KB118619

엄마와
내가
이야기하지
않는 것들

엄마와 내가 이야기하지 않는 것들

침묵을 깬 15인의 작가들

미셸 필게이트 외 14인 지음
이윤실 옮김

문학동네

일러두기

1. 주석은 모두 옮긴이주다.
2. 본문 중 고딕체는 원서에서 이탤릭체로, 볼드체는 대문자로 강조한 부분이다.
3. 장편소설과 기타 단행본은 『 』, 시와 희곡 등의 작품명은 「 」, 연속간행물, 방송
   프로그램명, 곡명 등은 〈 〉로 구분했다.

미모와 나나를 위해

느끼는 것을 말하지 않는 일보다 더 애석한 일은 없으므로……
버지니아 울프, 『댈러웨이 부인』

차례

서문
미셸 필게이트

11월 들어 첫추위가 찾아온 날, 너무 추워 옷장에서 겨울 코트를 꺼낼 때라는 사실을 결국 받아들인 그날, 나는 따뜻하고 풍미 있는 것이 당겼다. 브루클린의 동네 정육점에 들러 베이컨 약 200그램과 소고기 목살 1킬로그램을 샀다.

집에서 나는 버섯을 씻어 잘게 썰었다. 버섯 밑동이 잘리고, 흙이 소용돌이치며 배수구로 쓸려내려가는 모습을 보면서 어떤 만족감이 느껴졌다. 추수감사절이 다가오는 것도 아닌데 크리스마스 음악을 틀었고, 가스레인지 위에서 뭉근히 끓고 있는 양파, 당근, 마늘과 베이컨 기름의 푸근한 냄새가 나의 작은 아파트에 퍼져나갔다.

아이나 가르텐*의 레시피로 뵈프 부르기뇽**을 요리하는 건 내가 엄마를 가까이 느끼는 방법이다. 그 근사한 냄새를 풍기는 스튜를 젓다보면 나는 어린 시절의 주방으로 돌아가 있다. 일을 하지 않을 때 엄마는 대부분의 시간을 그곳에서 보냈다. 크리스마스 시즌이 돌아오면 가운데에 라즈베리잼을 넣은 양귀비씨 쿠키나 피넛버터 블라섬***을 구워주곤 했다. 나는 반죽하는 걸 거들었다.

음식을 만들다보면 주방에 있던 엄마의 존재가 느껴진다. 요리를 하면 꼭 엄마 생각이 났다. 주방은 그녀가 가장 편안해하던 곳이었기 때문이다. 소 육수 블록과 신선한 타임을 넣으며 나는 이 간단한 창조 행위에 마음이 편안해졌다. 알맞은 재료를 사용하고 지시사항을 따라가다보면 우리의 미각을 흡족케 하는 뭔가가 생겨난다. 하지만 하루가 끝나갈 무렵, 나는 배가 부른데도 여전히 뱃속을 긁어대는 통증을 느낀다.

엄마와 나는 그다지 자주 얘기를 나누지 않는다. 레시피대로 요리하는 건 쉽게 실행할 수 있는 나 자신과의 계약이다. 엄마와 얘기하는 건 그렇게 간단하지 않다. 이 책에 실린 에세이를 쓰는 일도 그랬다.

이 앤솔러지로 이어진 에세이를 쓰기까지 십이 년이 걸

---

* 미국의 요리연구가.
** 소고기, 채소, 와인을 재료로 한 프랑스식 스튜.
*** 미국에서 주로 크리스마스 시즌에 만들어 먹는 피넛버터 쿠키의 일종.

렸다. '엄마와 내가 이야기하지 않는 것들'을 쓰기 시작했을 때 나는 뉴햄프셔대학교 학부생이었고, 조 앤 비어드의 유명한 에세이집『내 젊은 시절의 소년들The Boys of My Youth』에 몹시 감명을 받은 상태였다. 그 책은 개인적인 에세이가 진정 무엇이 될 수 있는지 보여준 첫번째 사례였다. 에세이란 작가가 자신의 이야기에 대해 통제권을 주장할 수 있는 일종의 장소였다. 그때 나는 겪게 된 지 얼마 되지 않은 그 모든 기억에 시달리며 폭력적인 새아버지를 향한 분노로 가득차 있었다. 우리집에서 그의 존재감이 너무 컸던 탓에 나는 사라져버리고 싶었고, 끝내 그렇게 했다.

그 당시 내가 알아차리지 못한 것은 이 에세이가 진정으로 새아버지에 관한 건 아니라는 사실이었다. 현실은 훨씬 더 복잡하고 마주하기 어려웠다. 에세이 이면의 핵심적인 진실을 직접 마주하고 분명히 표현하기까지는 수년이 걸렸다. 내가 쓰고 싶던 (그리고 써야 했던) 것은 바로 나와 엄마의 분열된 관계였다.

2017년 10월, 나의 에세이가 〈롱리즈〉에 실렸다. 와인스타인* 스캔들이 터지고 #MeToo운동이 급격히 떠오른 직후였다. 침묵을 깨기에 완벽한 시기였지만 에세이가 공개되던 날 아침, 나는 소살리토에 있는 친구 집에서 일찍

---

* 미국의 영화 제작자 하비 와인스타인.

눈을 떴다. 잠을 잘 수 없었다. 그렇게 취약한 글 하나를 세상에 내놓게 된 것에 기분이 술렁였다. 바깥에 앉아 노트북을 열었을 때는 해가 막 떠오르고 있었다. 대기 중에는 근처 산불에서 날아온 연기가 자욱했고 키보드에 재가 비처럼 내려앉았다. 온 세상이 타고 있는 것 같았다. 내 인생에 불을 지핀 것 같았다. 엄마와의 불편한 관계 때문에 고통을 지니고 살아가는 것과, 그 고통을 글로 영원히 남기는 것은 완전히 다른 차원에 속했다.

자신의 진실을 고백하는 일에는 깊고 외로운 뭔가가 있다. 사실 나는 완전히 혼자는 아니었다. 심지어 아주 짧은 순간일지라도, 모든 인간존재에게는 엄마가 있다. 엄마와 자녀의 관계는 복잡하다. 하지만 우리는 행복한 관계를 가정하고 정한 휴일이 있는 사회에 산다. 매년 어머니날이 돌아올 때마다, 나는 자녀들을 키워낸 강하고 다정한 여성들을 찬미하는 페이스북 게시물의 맹공격에 대비해 마음의 준비를 한다. 축하받는 엄마들을 보는 건 언제나 행복하지만 한편으로는 고통스럽기도 하다. 어머니날마다 무수히 많은 사람이 자기 삶의 결핍을 떠올린다. 누군가에게 그 결핍은 엄마를 너무 일찍 여의거나 한 번도 만나본 적 없다는 사실에서 오는 강렬한 슬픔이다. 또 누군가에게는 엄마가, 설사 살아 있더라도, 자녀를 제대로 보살피는 법을 모른다는 깨달음이다.

이상적인 엄마의 모습은 보호자다. 보살피고 베푸는 사람, 그리고 자식들을 무너뜨리는 게 아니라 일으켜세우는 사람. 하지만 우리 중 아주 소수만 자신의 엄마가 이 모든 항목에 부합한다고 말할 수 있을 것이다. 여러 이유로 엄마는 실패할 수밖에 없다. "아마 우리 모두에게는 커다랗게 갈라진 틈이 있을 것이다. 우리가 믿는 '엄마', 마땅히 이래야 하고 우리에게 전부를 주어야 하는 '엄마'와 실제 우리 엄마가 일치하지 않아 생긴 틈이." 린 스티거 스트롱은 이 책에서 이렇게 썼다.

그 틈은 우리가 자라면서 일반적이고 불가피하게 경험하는 현실일 수 있다―그리고 그런 경험의 효과는 계속 이어질 수도 있다. 모든 인간에게는 엄마가 있는 것과 마찬가지로, 어떤 대가를 치르더라도 고통을 피하려는 본능 역시 내재되어 있다. 우리는 그걸 내면 깊숙이 묻어두려 한다. 더는 느낄 수 없을 때까지, 그게 존재한다는 걸 잊을 때까지. 그게 우리가 생존하는 방법이다. 하지만 유일한 방법은 아니다.

침묵을 깨면 안도감이 찾아온다. 이 또한 우리가 성장하는 길이다. 어떤 이유에서건 그렇게 오랫동안 말할 수 없던 사실을 인정하는 일은 타인과의 관계, 그리고 아마도 가장 중요하게는, 스스로와의 관계를 치료하는 한 가지 방법이다. 하지만 혼자 무대에 서는 것보다는 다른 사람들과 함께

하는 것이 훨씬 쉬운 일이리라.

이 책의 작가 열네 명 중 몇몇은 엄마와 관계가 소원하지만 또 몇몇은 몹시 친밀하다. 레슬리 제이미슨은 이렇게 썼다. "나에 대한 엄마의 사랑, 엄마에 대한 나의 사랑은 거의 다르지 않다. 그녀는 항상 내가 사랑을 정의하는 데 결정적인 사람이었다." 레슬리는 엄마의 전남편이 쓴 미출간 소설을 읽으며 엄마가 엄마가 되기 전에 어떤 사람이었는지 이해하려 애쓴다. 캐시 하나워는 그녀의 유쾌한 글에서 자신의 고압적인 (그러나 사랑스러운) 아버지의 방해 없이 어머니와 대화할 수 있는 기회를 마침내 얻는다. 딜런 랜디스는 화가 헤이우드 빌 리버스와 엄마의 우정이 엄마가 드러낸 것보다 더 깊지는 않았는지 궁금해한다. 안드레 애치먼은 청각장애 어머니를 둔 것에 대해 쓴다. 멀리사 페보스는 신화를 렌즈 삼아 자신과 심리치료사 엄마의 친밀한 관계를 들여다본다. 줄리애나 배곳은 그녀에게 모든 걸 말해주는 엄마에 대해 얘기한다. 사리 보통은 경제적 지위가 변한 엄마가 일종의 '계급 배신자'가 되어가는 모습과 그들이 서로 주고받는 것이 복잡해져가는 상황에 대해 쓴다.

이 책 전반에는 깊은 고통의 강 또한 세차게 흐르고 있다. 브랜던 테일러는 언어적으로 그리고 신체적으로 그를 학대한 엄마를 놀라울 만큼 다정하게 바라본다. 나요미 무나위라는 이민, 정신질환, 그리고 가정폭력으로 채색된 혼돈의 가정에서 자란 기억을 공유한다. 카먼 마리아 마차도는 부모가 되는 것에 대한 그녀의 양가적인 감정을 엄마와의 소원해진 관계와 연결한다. 알렉산더 지는 어릴 때 겪은 성폭력으로부터 엄마를 지켜야 한다고 느낀 잘못된 책임감에 대해 고찰한다. 키에스 레이먼은 어머니에 대한 회고록을 쓰게 된 이유를 어머니께 이렇게 전한다. "이 글을 쓰고 나서야 나는 깨닫습니다. 이 나라의 문제는 우리가 동의하지 않는 사람과 정당과 정치사상과 '잘 어울리지' 못해서 생기는 게 아니라는 것을요. 문제는 우리가 사랑하는 사람과 장소와 정치를 끔찍이도 제대로 사랑하지 못해서 생겨난 것입니다. 나는 우리가 더 잘 사랑하길 바라는 마음을 담아, 어머니를 위해 『무거운』을 썼습니다." 그리고 버니스 L. 맥패든은 거짓 비난이 어떻게 수십 년간 가족 사이에 지속될 수 있는지에 대해 썼다.

나는 이 책이 자신의 진실, 혹은 엄마의 진실을 말할 수 없다고 느껴본 모든 이에게 등대가 되어주길 희망한다. 알 수 없고, 현재에도 미래에도 알지 못하는 것들을 더욱 많이 마주칠수록, 서로를 이해하는 폭도 더욱 넓어질 것이다.

나는 새아버지를 만나기 전의 엄마도 그립지만, 그와 결혼하고 나서도 여전하던 엄마 역시 그립다. 때로 이 책을 엄마에게 건넨다면 어떨지 상상해본다. 내가 그녀를 위해 요리한 음식 너머로 소중한 선물인 양 이 책을 건네주는 모

습을. 이렇게 말하면서 말이다. 우리의 진실한 대화를 가로
막던 모든 게 이 책 속에 있어요. 여기 나의 마음이 있어요.
여기 나의 말이 있어요. 엄마를 위해 이걸 썼어요.

엄마와 내가 이야기하지 않는 것들

미셸 필게이트

라쿠나: 채워지지 않은 공간 혹은 기간; 틈

엄마는 우리의 첫번째 집이다. 그래서 우린 언제나 그들에게 회귀하고자 한다. 우리가 속한 유일한 곳이자 우리에게 꼭 맞던 그곳이 어떤 곳인지 알기 위해.

우리 엄마는 알기 힘든 사람이다. 아니 그보다 나는 그녀를 알면서도 동시에 모른다. 나는 그녀가 자르기 싫어하던 길고 회색빛 도는 갈색 머리카락, 그녀의 손에 들린 보드카와 얼음을 떠올릴 수 있다. 하지만 그녀의 얼굴을 떠올리려 하면 얼굴 대신 웃음소리, 가짜 웃음소리와 마주친다. 억지 행복 같은, 뭔가를 증명하려는 웃음소리.

일주일에 몇 번씩 엄마는 페이스북에 먹음직스러운 음식 사진을 올린다. 붉은 양파 피클을 곁들인 아치오테* 돼지고기 타코, 훈연기에서 방금 꺼낸 소고기 육포, 각종 찐

채소를 곁들인 스테이크. 내가 어릴 적 끼니때 먹던 음식들이다. 때론 거하게, 때론 실용적으로 차린 음식. 하지만 이런 음식들은 내게 새아버지에 대한 기억을 떠올리게 한다. 그의 붉은 얼굴, 접시에 흥건하던 불그스름한 피. 새아버지는 접시 닦는 행주로 양볼에 흐르는 땀을 닦는다. 그의 작업용 장화는 톱밥으로 뒤덮여 있다. 그의 말이 나를 찔러 상처를 낸다. 반쯤 바람 빠진 풍선에 포크가 내리꽂히는 것 같다.

내 결혼생활의 문제는 다 너 때문이야, 새아버지가 말한다. 미친년 너, 그가 말한다. 널 확 깔아뭉개버리겠어, 그가 말한다. 나는 그가 정말 그렇게 할까봐 두렵다. 내 침대에서, 내 위에서 그가 자신의 몸을 눌러내려 마침내 매트리스가 쪼개져 열리고, 나를 통째로 집어삼킬까봐 두렵다. 이제, 엄마는 자신의 요리 솜씨를 온전히 남편을 위해 아껴둔다. 이제, 엄마는 자신들의 시골 농장 주택과 도시의 콘도에서 그를 위해 요리한다. 이제, 엄마는 나를 위해 요리하지 않는다.

내가 십대 시절 쓰던 방은 〈틴 비트〉**의 화보 페이지들, 잉크젯프린터로 뽑은 레오나르도 디카프리오와 제이콥 딜

---

* 향신료의 일종.
** 미국의 청소년 잡지. 1967년부터 2007년까지 발행됐다.

런의 빛바랜 사진들로 도배되어 있다. 앞 창문에서 바람이 불어오면 회전초 같은 개털뭉치가 허공에 유유히 떠다닌다. 엄마가 청소기를 아무리 자주 돌려도 개털은 더 늘어나기만 한다.

책상에는 교과서와 반쯤 쓰다 만 편지지, 뚜껑 열린 펜, 말라버린 형광펜과 뾰족하게 깎은 연필들이 너저분하게 깔려 있다. 나는 원목 바닥에 앉아 서랍장의 딱딱한 빨간색 손잡이에 등을 기대고 글을 쓴다. 편하진 않지만 끊임없이 압박하는 뭔가가 나를 바닥에 묶어둔다.

나는 끔찍한 시를 쓴다. 십대의 허영에 젖은 순간에는 그 시들이 꽤나 멋지게 느껴진다. 가슴 아픈 일과 오해받은 일, 그리고 영감을 받은 것에 대한 시. 노을 지는 해변이 그려진 종이에 인쇄해서 '여름의 눈' 시집이라고 이름 붙인다.

내가 글을 쓰는 동안 새아버지는 내 침실 바로 바깥의 책상에 앉아 있다. 그는 노트북으로 작업중이지만 의자가 삐걱거리거나 그가 어떤 식으로든 움직여 소리를 낼 때마다 나는 뱃속부터 뒷덜미까지 쭉 밀려올라오는 두려움을 느낀다. 방문을 닫아놓지만 소용없다. 문을 잠그는 건 용납되지 않으니까.

새아버지는 엄마와 결혼하고 얼마 되지 않아 내게 소박한 보석함을 만들어줬다. 그것은 내 서랍장 위에 놓여 있다. 매끄럽고 윤이 나는 나무. 표면에 갈라지거나 파인 데가 없다. 나는 그 안에 끊어진 목걸이들, 촌스러운 팔찌들을 넣어둔다. 잊고 싶은 것들을.

그 보석함에 든 싸구려 장신구들처럼 나는 방안에 존재하는, 그리고 존재하지 않는 것들을 가지고 논다. 내 방은 나 자신이면서 나 자신이 아닌 곳이다. 나는 책이 블랙홀인 양 그 안으로 사라진다. 집중이 안 되면 몇 시간이고 이층 침대의 아래 칸에 누워 남자친구가 전화를 걸어주길 기다린다. 나를 생각에서 구해주기를. 엄마의 남편에게서 구해주기를. 전화는 울리지 않는다. 정적이 나를 베어버린다. 점점 침울해진다. 내 안으로 움츠러들어 몽상 위에 깔린 불안 위로 차곡차곡 슬픔을 쌓는다.

"세상을 '돌아가게' 하는 두 가지가 뭐지?" 새아버지가 늘 내게 던지는 질문이다. 우리는 지하에 있는 그의 목공실에 있다. 그는 장화를 신고 낡은 청바지에 올이 해진 티셔츠 차림이다. 그에게서 위스키 비슷한 냄새가 난다.

나는 답이 뭔지 안다. 알지만 말하고 싶지 않다. 그는 기대하는 눈빛으로 나를 빤히 보고 있다. 반쯤 감긴 눈가에 주름진 피부, 내 얼굴에 뜨겁게 와닿는 술에 전 숨결.

"섹스와 돈요." 내가 웅얼거린다. 이 말은 내 입에서 뜨거운 석탄처럼 느껴진다, 무겁고 수치심으로 들끓는.

"맞아," 그가 말한다. "자, 조금만 더, 조금만 더 내게 착

22

하게 굴면, 네가 가고 싶어하는 학교에 보내줄지도 몰라."

그는 내 꿈이 뉴욕주립대학교에서 연기 공부를 하는 것임을 안다. 무대에 서면 나는 완전히 딴사람이 되어 내 삶이 아닌 어떤 삶으로 옮겨간다. 심지어 더 큰 문제, 하지만 저녁이 다 지나갈 무렵이면 해결될 문제를 지고 사는 사람이 된다.

지하실에서 나가고 싶다. 하지만 그냥 그를 떠날 순 없다. 그런 건 용납되지 않는다.

갓을 씌우지 않은 백열등 아래에 있자니 나 자신이 누아르 영화 속 인물처럼 느껴진다. 지하실 공기는 점점 서늘해지고 무거워진다. 나는 일 년 전을 떠올린다. 그때 그는 해변에 트럭을 세우고 한 손을 내 허벅지 안쪽에 얹고는, 그가 어디까지 갈 수 있는지 알아보며 나를 시험했다. 나는 집으로 데려다달라고 고집을 부렸다. 그는 데려다주지 않았다. 적어도 삼십 분은 흘렀을, 그 길고 끔찍했던 시간 동안. 엄마에게 말했지만 엄마는 믿어주지 않았다.

지금 그는 내게 바짝 붙어 양팔로 내 등을 휘감는다. 포크의 날이 다시 내리꽂힌다. 이번에는 풍선의 바람이 완전히 빠져버린다. 그가 내 귀에 대고 부드럽게 말한다.

"이건 너랑 나만 아는 거야. 엄마한테 말하지 말고. 이해하지?"

나는 이해하지 못한다. 그가 내 엉덩이를 꼬집는다. 그는 새아버지라면 의붓딸에게 해선 안 되는 방식으로 나를 안고 있다. 그의 양손은 벌레, 나의 몸은 흙이다.

나는 그를 떨쳐내고 위층으로 달음박질친다. 엄마는 주방에 있다. 그녀는 항상 주방에 있다. "당신 남편이 내 엉덩이를 움켜잡았어!" 나는 그렇게 내뱉는다. 그녀는 휘젓고 있던 나무주걱을 조용히 내려놓고 지하로 내려간다. 주걱은 스파게티소스로 벌겋게 물들어 있다.

얼마 후, 그녀는 내 방에서 태아처럼 몸을 웅크려 말고 있는 나를 찾는다. "걱정하지 마." 엄마가 말한다. "그냥 장난친 거래."

몇 년 전 오후, 나는 스쿨버스에서 내린다. 우리집이 있는 블록 끝자락에서 집 앞 진입로까지 걸어가는 길에는 언제나 긴장감이 팽팽하다. 새아버지의 새빨간 토마토색 픽업트럭이 진입로에 있으면 내가 그와 함께 집에 있어야 한다는 뜻이다. 하지만 오늘은 트럭이 없다. 나는 혼자다. 기분좋게 혼자다. 그리고 주방 조리대에 엄마가 구운 커피 케이크가 있다. 흑설탕 크럼블을 보니 군침이 돈다. 케이크를 잘라 두 입에 절반을 해치운다. 혀가 따끔해지기 시작한다. 아나필락시스* 반응의 첫 조짐이다. 나는 이 상황이 익숙하

---

* 급성 알레르기 반응.

다. 뭘 해야 하는지도 안다. 곧장 액상 베나드릴*을 가져와서, 물고기처럼 부풀어오르며 기도를 막아가는 혀에 인공 체리향 시럽을 입혀야 한다. 기도가 막히기 시작한다.

그러나 집에는 알약뿐이다. 알약은 녹는 데 시간이 훨씬 더 오래 걸린다. 꿀꺽 삼켜보지만 곧바로 토한다. 나의 호흡은 가쁘게 끅끅거릴 뿐이다. 나는 베이지색 벽걸이 전화기로 달려간다. 다이얼을 돌려 911에 전화를 건다. 구급대원이 도착하는 데 걸리는 시간이 내가 이 땅에서 산 십삼년의 세월만큼이나 길게 느껴진다. 거울 속 눈물로 얼룩진 내 얼굴을 바라본다. 울면 숨쉬기가 더 힘들어지니까 울음을 그치려고 애쓴다. 그래도 눈물이 나온다.

구급차로 응급실에 실려가는 길에 구조대원이 내게 곰인형을 준다. 나는 갓난아기처럼 그걸 꼭 껴안는다.

나중에 엄마가 응급실 커튼을 밀어젖히고 병원 침대 옆으로 다가온다. 그녀는 눈살을 찌푸리면서도 동시에 안심하는 표정이다. "케이크 위에 으깬 호두를 올렸어. 회사 동료한테 주려고 구운 건데," 그녀가 말한다. 그녀는 여전히 내 팔에 안겨 있는 곰 인형을 본다. "너한테 쪽지를 남겨둔다는 걸 깜빡했구나."

---

* 항히스타민제 상품명.

나는 비밀을 깔개 밑으로 쓸어넣는다는 게 무슨 뜻인지 알 정도로 성당을 오래 다녔다. 우리 가족은 그런 걸 잘하지만 못할 때도 있다. 이따금 비밀들이 여전히 깔개 옆으로 비죽 튀어나와 있을 때도 있다. 우리는 그것들에 걸려 넘어지기 십상이다.

성당의 고요함이 항상 평화롭지만은 않다. 오히려 예배당에 울려퍼지는 숨죽인 기침 소리나 무릎이 삐걱이는 소리처럼 아주 작은 소음을 귀에 더욱 거슬리게 만들 뿐이다. 거기서 당신은 온전히 자기 자신일 수 없다. 당신은 스스로를 도려내야 한다, 겉껍질을 벗겨내듯.

고등학교에서 나는 반대다. 너무 지나치게 나 자신이 된다. 그것이 내가 아직 여기 있음을 말해주기 때문이다. 나 자신의 나로서, 그가 바라는 내가 아닌 나로서. 나는 무슨 일에건 폭발할 수 있다. 일주일에도 몇 번씩이나 생물 시간에 뛰쳐나오고, 선생님은 여자 화장실로 나를 따라와 사포같이 느껴지는 티슈로 내 뺨을 눌러준다. 나는 사람들에 둘러싸여 있는 게 힘들어질 때마다 보건실에서 시간을 보낸다.

그가 이성을 잃고 난 후에 잇따르는 정적의 소리는 이렇다. 내가 용기를 낸 순간, 그에게 당신은 내 아빠가 아니야! 라고 소리치고 난 후에 잇따르는 정적은 이렇다.

달걀이 도자기 그릇에 부딪혀 파사삭 깨지는 소리. 오렌

지 껍질이 오렌지에서 벗겨지는 소리. 교회에서 늘리는 숨
죽인 재채기 소리.

착한 여자아이들은 침묵한다.

나쁜 여자아이들은 생쌀 위에 무릎을 꿇는다. 딱딱한 쌀
알갱이들이 그들의 맨 무릎을 파고든다. 브루클린에 있는
가톨릭 여학교를 나온 전 직장 동료에게 듣기로는 그렇다.
수녀들은 그런 체벌을 선호했다.

착한 여자아이들은 수업을 방해하지 않는다.

나쁜 여자아이들이 너무 자주 찾아오는 바람에 상담 교
사는 그들을 위해 여분의 휴지를 더 챙겨놓는다. 나쁜 여자
아이들은 고등학교에 배정된 경찰에게 말을 건다. 그들은
휴지가 머핀처럼 뭉쳐질 때까지 손안에서 굴린다.

착한 여자아이들은 경찰의 눈이 아니라면 어디든 시선
을 둔다. 그들은 벽에 걸린 시계의 초침을 응시한다. 그들
은 경찰에게 말한다. "아뇨. 괜찮아요. 새아버지랑 엄마에
게 얘기 안 해도 돼요. 상황이 더 나빠질 뿐이에요."

침묵이 엄마와 나 사이의 틈을 메운다. 우리가 서로에게
말하지 않던 그 모든 것을 메운다. 자세히 설명하는 것은
너무 고통스럽기에.

내가 말하고 싶은 건, 엄마가 날 믿어줬으면 좋겠어. 귀기울

여줬으면 좋겠어. 엄마가 필요해.

내가 말한 것은, 없다.

나는 아무 말도 하지 않는다, 모든 것을 말하기 전까진. 그러나 일어난 일을 자세히 설명하는 것만으로는 부족하다. 그녀는 여전히 그와 결혼한 상태니까. 틈은 점점 벌어져간다.

엄마는 유령을 본다. 항상 그랬다. 우리는 마서스비니어드섬*에 와 있다. 그리고 나는 남동생과 숙소에 박혀 있다. 어른들이 밖에서 조개 튀김을 먹고 술을 마시는 동안 나는 사실상 베이비시터가 된다. 흔치 않게 쌀쌀한 8월의 밤이고 대기는 마치 숨을 멈춘 듯 너무도 고요하다. 나는 침대에서 옆에 누워 있는 남동생을 재우려 한다. 별안간 누군가, 어떤 것이 내 귀에 숨을 훅 불어넣는다. 나는 남동생에게서 고개를 돌린다. 창문은 닫혀 있다. 우리 말고는 아무도 없다. 나는 날카롭게 소리치며 침대에서 튀어나온다.

엄마가 방문으로 다가오자 나는 곧바로 얘기한다.

"넌 항상 과대망상에 빠져 있어, 미시." 그녀가 말한다. 그러고는 웃어넘긴다. 해변에 깔려 있는 울퉁불퉁한 조개

---

* 매사추세츠주 케이프코드 연안의 섬. 휴양지로 유명하다.

들을 파도가 순간적으로 덮어버리듯.

하지만 우리가 그 섬을 떠나고 며칠 뒤, 그녀는 내게 털어놓는다.

"어느 날 밤 깨보니까 누가 내 가슴 위에 앉아 있었어." 그녀가 말한다. "거기에 있는 동안은 너에게 말하고 싶지 않았단다. 너를 겁먹게 하고 싶지 않았거든."

그날 밤, 나는 내 방의 글 쓰는 자리에 앉는다. 서랍장의 빨간 손잡이가 등뼈를 파고들고, 나는 엄마가 본 유령들을, 그녀의 얼굴을, 집을 생각한다. TV가 늘 켜져 있고, 식탁에 늘 음식이 놓여 있는 곳. 내가 식탁에 함께 있으면 저녁식사를 망쳐버리니 나는 혼자 밥을 먹어야 한다고 새아버지가 말하는 곳. 원목 마룻바닥에 던져진 화병이 부드럽지만 날카로운 음악처럼 산산이 부서지는 곳. 새아버지의 총들이 유리장 안에 진열되어 있고, 권총 한 자루는 옷장 속 켜켜이 쌓인 셔츠 아래 숨겨져 있는 곳. 내가 소나무 사이를 무릎으로 기어다니며 개똥을 치우던 곳. 엄마도 나도 개헤엄 말고는 아무것도 할 줄 몰랐지만 수영장이 있는 곳.

새아버지는 내게 보석함을 만들어주고, 엄마는 내게 그 안에 비밀을 간직하는 법을 가르쳐주던 곳.

이제 나는 나만의 베나드릴을 사서 어느 때고 지니고 다닌다. 요즘 엄마와 나, 언니는 단체 문자메시지로 소통한다. 여자 조카와 남자 조카 사진들이 담긴 언니의 메시지에 엄마와 내가 응답한다. 코지쿠페 장난감 자동차에 탄 조이가 운전대를 잡고 카메라를 향해 활짝 웃고 있다.

어느 날, 나는 엄마와의 연락을 시도했다.

이번 주말 나나 할머니 댁에 갈 거야. 내가 할머니 댁에 있는 동안 엄마가 거기로 오는 건 어때?

그녀는 답이 없었다.

그녀가 그와 한방에 있을지 몰라서 나는 그녀에게 전화보다는 문자로 연락한다. 나는 그가 존재하지 않는 양 행동하는 게 좋다. 그리고 나는 그걸 잘한다. 그녀가 내게 가르쳐줬다. 낡은 보석함에 든 망가진 싸구려 장신구를 대하듯, 그저 뚜껑을 닫는다.

나는 그녀의 답장을 기다린다. 그녀가 올 수 없는 이유에 대한 약간의 변명을 기다린다. 나나 할머니가 기차역으로 나를 데리러 올 때, 엄마가 나를 놀래주려고 차 안에 앉아 있기를 남몰래 바란다.

나는 문자메시지를 확인한다. 그리고 오래된 〈내셔널 지오그래픽〉 〈패밀리 서클〉, 시어스백화점 카탈로그에서 잘라낸 것들을 이어붙여 만들곤 하던, 아귀가 맞지 않는 콜라주를 생각한다. 표범 옆에 캠벨 토마토수프 광고 조각을 붙이고, 그 옆에는 '열 가지 팁' 같은 제목 반쪽을 붙인 콜라주. 어릴 때도 콜라주의 그 미완성됨, 그 무의미함에 위안을 받았다. 그걸 보면 무엇이든 가능한 기분이 들었다. 시작만 하면 되었다.

그녀의 차는 집 앞 진입로에 나타나지 않았다. 문자메시지도 오지 않았다.

고향에서 두 시간 거리에 있는 엄마의 농장 주택은 독립전쟁 참전 군인이 손수 지은 집이었다. 물론 유령 들린 집이었다. 몇 년 전 그녀는 짙푸른 풀이 우거진 뒤뜰에 자그마한 구슬들이 별빛처럼 빛나는 사진을 페이스북에 올렸다.*

"해님과 달님과 별님을 넘어서까지 널 사랑해." 내가 어릴 적 그녀는 항상 이렇게 말해줬다. 하지만 난 그저 엄마가 나를 여기서 사랑해주길 바랄 뿐이다. 지금. 이 땅에서.

---

* 미국에는 사진에 나타난 구슬 모양 빛을 유령이라고 여기는 사람들이 있다.

어머니의 (문)지기

캐시 하나워

어떻게 보면, 이건 사랑 이야기다. 어찌됐건 사랑의 한 모습이다. 좋을 때나 나쁠 때나.

먼저, 프롤로그.

어머니와 아버지는 1953년 뉴저지주 사우스오렌지에서 열린 파티에서 만났다. 멀 앤드 벡이라는 사람의 집이었다. 고등학교 2학년이던 어머니는 그녀를 어렴풋이 알았고 아버지는 그녀를 전혀 몰랐지만, 간단히 말해 두 사람은 초대 명단에 이름을 올렸다. 명단에 있는 사람들의 이름을 들으면서 어머니는 아버지의 이름, 로니 하나워Lonnie Hanauer 가 마음에 들었다. 특히나 부드럽게 들리는 그 모든 'n'의 뭔가가 좋았다. 그녀는 그에 대해 물었고 그녀와 나이차가 고작 십칠 개월밖에 되지 않았지만—그녀는 열여섯이 된

지 육 개월이 되었고 그는 이제 막 열여덟이 되었다—그가 이미 코넬대학교 의예과 2학년이라는 걸 알게 되었다. 그녀는 호기심이 강하게 일었다. 비록 그녀는 학교 신문을 나눠주고 가끔은 아버지의 포목점 겸 잡화점에서 일을 돕는 조용하고 성실한 '착한 여자아이'였지만, 그 파티에서 그를 찾아냈다. 그들은 대화를 나누고 춤을 췄다. 그녀는 그가 똑똑하고 재미있다고 생각했다. 그날 밤 늦게 그녀는 어머니에게 결혼할 남자를 만났다고 말했다.

삼 년 하고 팔 개월이 지나 그의 가족이 속한 컨트리클럽—주변의 와스프* 클럽의 시설과 견줄 만큼 깔끔한 파란 수영장과 골프장이 있었다—에서 그녀는 그 말대로 했다. 그는 스물한 살이 된 지 육 개월, 그녀는 이제 막 스무 살이 되었을 때였다.

육십일 년 전의 일이었다. 아이 넷과 손주 여섯이 태어나기 전. 나는 그들의 장녀이자 언제나 답을 찾고 있는 것처럼 보이는 사람이다. 특히나 어머니에 관해서라면.

십여 년 전, 내가 사십대이고 부모님이 갓 일흔 살이 되었을 무렵, 어머니는 자기만의 이메일 주소를 갖게 되었다.

---

* WASP, White Anglo-Saxon Protestant. 앵글로색슨계 백인 신교도. 미국 사회의 주류를 이루는 가장 영향력 있는 계층으로 여겨진다.

대단한 일처럼 보이지 않을 수 있겠지만 그녀에게는 엄청난 일이었다. 그전에, AOL*과 '메일이 왔어요!'의 시절 이후로 부모님은 하나의 이메일 주소를 함께 썼다. 부모님의 친구들도 많이들 그렇게 했다. 그들로서는 육십대가 될 때까지 인터넷이나 이메일이 없었으니, 적어도 처음에는 주소나 유선전화를 공유하는 것과 비슷하다고 생각했을 터였다. 그러나 다른 대부분의 부부와는 달리, 누군가 어머니에게 이메일을 보내면—딸이든 단짝 친구든 남자 형제든—아버지는 그 내용을 읽어보는 것도 모자라 종종 답장까지 보냈다. 때로는 어머니도 답장을 보내긴 했지만 보내지 않을 때도 있었다. 그녀는 원래 이런 거라고 생각했던 것 같다.

전화도 마찬가지였다. 집에 전화를 걸면 아버지가 받았다. 여보세요, 라고 말하면 그는 소리쳤다. "벳! 전화 받아!" 그런 다음 딸깍 소리가 나면 그녀도 전화를 받았다는 의미였다. 나는 이미 오래전에 이 사실을 알게 되었다. 어머니와 통화해도 되는지 물으면 아버지는 말했다. "엄마도 듣고 있으니까 그냥 계속 말하렴." 내가 단둘이 하고 싶은

---

* 미국의 통신회사 아메리카 온라인(America Online)과 그곳에서 제공하는 PC통신서비스. '메일이 왔어요!(You've got mail!)'는 AOL의 상징적인 알림음이다.

얘기라고 하면 그는 이렇게 덧붙였다. "엄마한테 할 말은 뭐든 나한테 얘기해도 된다." 애원하고 이성적으로 설득해보고 화를 내봐도 소용없었다. 그는 수화기를 내려놓지 않았다. 그러다 그녀 대신 말할 때도 많았다. 그녀가 아프고 난 후에 "엄마, 몸은 좀 어때?"라고 물으면 그가 이렇게 답할지도 몰랐다. "엄마는 괜찮아. 열은 없고 방금 토스트를 조금 먹었다." 그다음 "엄마한테 물어본 거예요. 엄마, 몸은 어때?"라고 물으면 그녀는 해맑고 쾌활하게 이처럼 답할 터였다. "훨씬 좋아졌어" 혹은 "괜찮아"라고.

딸이 어머니에게 물어볼 법한 여자들만의 특별한 주제에 대해―임신 사실을 처음에 어떻게 알았는지, 결혼 선물로 뭐가 좋을지, 맛있기로 소문난 그녀의 블루베리 타르트는 어떻게 만드는지―물으면 그는 답을 몰라도 종종 답했다. "엄마는 타르트를 만들 때 살구 절임을 넣더라. 맞지, 벳?" 혹은 "돈을 주는 건 성의 없고, 선물을 사. 그러면 사람들이 그걸 쓰면서 널 떠올릴 테니." 정 할말이 없는 경우―예를 들어 그녀가 읽고 있는 책에 대해 물어본 경우라면―그는 TV 야구 중계를 틀어놓고 경기에 대해 큰 소리로 떠들어댔을지도 모른다. "빌어먹을! 마르티네스! 젠장 공 잡아!" 아니면 그녀와 며칠 전에 한 것들―외식, 영화 관람―에 대해 얘기하고는, 그것에 대한 의견을 풀어놓거나. 그가 "너 영화 X 봤니?"라고 물었는데 내가 아니라고 말하면 그는 이렇게 말하곤 했다. "별 세 개짜리더라." (아버지가 주는 최고 등급이 별 네 개다.) 그런 다음에는 사춘기 여자 주인공이 얼마나 깜찍했는지 얘기하고, 결국 가장 중요한 결말까지 전부 밝혀버린다. 내가 투덜거리면 그는 말했다. "햄릿도 마지막에 죽잖아. 너도 알면서."

우선 이 문제, 전화와 이메일에 관한 아버지의 행동은—그 모든 걸 불평 한마디 없이 견디며 지내온 어머니도 함께—내게 답답한 미스터리였다. 그녀는 이걸 프라이버시 침해라고 여기지 않는 걸까, 아니, 그게 남들에게는 얼마나 짜증스러운 일인지 깨닫지 못하는 걸까? 만약 그랬다면, 그녀는 왜 말하지 않았을까? 다른 어처구니없는 일들도 있었다. 아버지가 차에 사람들을 잔뜩 태우고서 그랜드 테프트 오토*의 도망자처럼 운전하던 때가 그랬다. 과속방지턱에서도 방향을 휙 틀고, 정지 표지판이 나와도 냅다 달리고, 길을 가로막는 사람이 있으면 무조건 경적을 빵빵 울려댔다. 혹은 국립공원 여행에서 그가 법석을 피우던 때가 그랬다. 여행이 마음에 안 든다고 해서—새 구경만 잔뜩 하고 하이킹은 별로 안 한다—결국 그를 여행사 본사까지 도로 모셔가야 했고, 엄마도 동행했으며, 다른 사람들은 내내 기다려야 했다.

---

* 미국의 컴퓨터·비디오 게임 시리즈.

혹은 아버지가 어머니에게 호통칠 때가 그랬다. 그가 개에게 밥을 주고 싶었는데 그녀가 줘버렸다고, 혹은 그에게는 방금 만든 신선한 음식을 주면서 그녀는 아껴답시고 남겨둔 음식을 먹는다는(그는 엄마가 스스로의 즐거움을 빼앗는 것을 좋아하지 않았다) 이유로 말이다. 때로는, 특히 전화상으로 보이는 모든 행동은 그야말로 믿기 힘들 정도여서—마치 그 자체가 패러디 같아 정말 우스우면서도 불쾌해서—나는 실제로 웃음을 터뜨렸다. 내가 말했다. "엄마가 어떻게 느끼고 / 생각하는지 / 블루베리 타르트는 어떻게 만드는지 말해줘서 고마워요." 그러면 그는 웃었고 그녀도 웃었다. 누군가로부터 놀림을 받으면 늘 웃던 식으로 말이다. 우리 가족이 서로에게 애정을 보여주는 방식이었다. 아버지는 이걸 읽으면 웃을 것이다—내가 쓴 모든 글을 너그럽고 자랑스럽다는 듯 읽었으니 이 글을 읽고도 웃을 것이다. 비판을 받아내는 능력—심지어 놀림을 받아도 감내해내는 능력—은 아버지의 존경스러운 자질 중 하나다. 아버지는 이런 행동들 중 어느 하나에도 부끄러움을 느끼지 않겠지만 말이다. "내가 왜 그래야 하지?" 그는 말하곤 했다. "난 안전 운전자라고. 게다가 그 여행 가이드가 얼간이었지. 그리고 네 엄마는 먹다 남은 음식을 그렇게 많이 먹으면 안 되는 거고."

처음에는 나를 향한, 나중에는 나와 어머니를 향한 아버지의 행동—그의 성질과 변덕, 자기도취, 통제하고 지배하려는 욕구—에 맞서려 애쓰며 수십 년을 보내기도 했지만, 한편으로는 어머니에게 다가가기 위해, 어머니와 함께 있고 심지어 아버지 없이 그녀와 대화하기 위해 노력했다. 그녀를, 그리고 그와 그녀의 관계를 이해하고 싶어서였으나, 또한 인정하건대, 나도 그녀의 일부를 원했기 때문이었다. 어쨌거나 그녀는 나의 어머니니까! 작은 몸집에 온화하고, 머리카락은 은빛인데다, 정원을 가꾸고, 요리를 하고, 개를 데리고 산책을 나가고, 퇴비를 만들기도 하는 여든한 살의 어머니. 정원에 **환영합니다!**라는 푯말을 걸어놓고 냉장고에는 손주들 사진을 다닥다닥 붙여놓는 분, 나의 글을 모조리 읽고 비평해주는 분, 생일이나 기념일마다 잊지 않고 수취인의 사진을 넣은 축하 카드를 보내주는 분. 자신의 삶을 바쳐 아이 네 명을 기르면서 장애 아동들까지 가르치던 분, 우리의 안부를 항상 잊지 않고 물어보는 분. 어느 누가 그런 걸 조금이라도 원하지 않을 수 있을까? 나는 십구 개월 때부터 첫째 여동생과, 마찬가지로 아버지와 그녀를 공유했다. 둘째 여동생이 태어나고 곧이어 남동생이 태어난 무렵 그녀는 왁자지껄한 아이들과 강아지들에게서 벗어날 틈이 없었다. 장을 보고, 카풀을 하고, 마카로니 앤드 치즈와 와플을 만들고, 브라우니단*을 이끌고, 우리의 할로윈 복장을 직접 만들고, 분홍색과 흰색 체크무늬 맥시스커트를 맞춰보느라 분주했다. 한가롭게 앉아 있거나 '점심'이나 커피 혹은 담배나 오후 칵테일을 누리는 일은 없었다. 그녀는 모두의 요구를 챙기며 여기저기 뛰어다니다가, 아버지가 집에 오면 그때부턴 그의 요구를 챙겼다.

성인이 되고 나서도 어릴 때와 마찬가지로 나는 오랫동안 어머니에게 다가갈 기회를 얻지 못했고, 도리어 그런 기회는 더 줄어든 것 같았다. 대학교를 졸업하고 맨해튼으로 옮겨간 내가 뉴저지주에 있는 부모님을 보러 가면—두 달에 한 번씩 퇴근 후 저녁이나 주말에—아버지는 항상 집에 있거나 집으로 오는 길이었다. 가끔 아버지가 오기 전에 몇 분 정도 시간이 나긴 했지만, 이내 차고 문이 타다닥 열리고 아버지의 흰색 메르세데스가 미끄러지듯 들어오며, 라디오에서 나오는 오페라나 뉴스가 요란하게 울려퍼졌다. 그러면 어머니는 이내 준비를 하기 위해 일어서는 것이었다. 혹은 나중에 아버지가 서재에서 독서를 하거나 TV를 보는 동안 어머니와 내가 주방에서 함께 청소를 할라치면, 그는 어느새 주방으로 들어와서 그녀에게 기사를 읽어주거나, TV에 나온 뭔가를 보라고 그녀를 불러내곤 했다. 그는 그녀 없이는 존재할 수 없는 사람처럼 보였다—아니 어쩌

---

* 만 7세부터 9세까지의 여자아이들을 위한 주니어 걸스카우트.

면 그녀를 나와 함께 남겨두고 싶지 않았을지도 모른다. 집의 현상태를 위협하는 듯한 말을 거침없이 내뱉는 독립적인 페미니스트인 나와는.

그녀는 금요일 밤에 볼 영화나 일요일에 볼 TV 프로그램을 모조리 골라놓고 함께 보자고 하는 그가 거슬리지 않았을까? 인간관계와 결혼생활에서 언제나 자율성을 필요로 하던 여자인 나로서는 항상 요구를 들어주는 기분을 상상조차 할 수 없었다. (〈올리버!〉*의 노랫말이 생각났다. "그에게 내가 필요한 이상 / 난 내가 있어야 할 곳을 알아요.") 하지만 나를 좌절시킨 또하나는 그녀의 시간을 끝없이 빼앗는 부탁들이었다. 나는 이런 생각이 들곤 했다. "나는요?" 때로는 이런 생각도 들었다. "엄마는 나랑 시간을 보내고 싶지 않나봐." 결국 나는 아버지처럼 강한 성격에, 말 많고, 자기주장이 강하니까. 스스로를 이성적으로 인식하는 여성이면서 엄마로서의 나는 아주 다르지만. 나는 질문하고 깊이 파고드는 것을 좋아한다. 당신의 인생은 행복한가요? 인생에서 뭔가를 바꿀 수 있다면, 무엇을 바꾸고 싶요? 하지만 나보다 말수도 적고 캐묻지도 않는 막내 여동생도 어머니에 대해서라면 이렇게 느끼곤 했다. 그녀가 무엇을 원하는지 잘 모르겠다고. 그녀가 원한 건 우리였을까? 그

---

* 찰스 디킨스의 소설 『올리버 트위스트』를 각색한 뮤지컬.

녀였나? 아니면 아버지? 그녀는 미스터리였다.

어머니만의 이메일 주소가 생겼을 때쯤, 부모님과 이메일로 연락하며 지낸 지 오래였던 나는 이게 아버지와 대화하는 최고의 방법이라는 것을 알고 있었다. 이메일이 대중화된 삼십대 시절, 두 명의 어린 자녀를 둔 나는 생계를 꾸려나가야 했다. 혼자만의 시간이 생기면 부모님에게 이메일을 쓸 수 있었다. 또한, 전화로 아버지의 말에 귀기울이며 스트레스를 받느니 이메일을 쓰고 그의 말을 글로 읽는 게 더 편했다. 때로는 아버지의 말을 즐기기도 했다―그는 지적이고, 때때로 웃기기까지 했으며, 뉴스나 정치, 연예를 불문하고 모든 분야에 환했으니까. 그는 상대가 뭔가에 흥미가 있다는 걸 알면 기사를 찾아 보냈다. 마찬가지로 상대가 불쾌해하는 뭔가를 알 때도 그랬다. "그 '매트리스 판매 원년'은 그냥 관심받고 싶었던 거야. 그게 아니면 그러지 않았겠지―" 삭제! 끝. 우리 사이에 어머니가 끼어들 틈은 없었다.

내가 전화에서 이메일로 넘어간 일, 이 일은 아버지를 정말 화나게 했고―나와 어머니의 주의를 끌면서 큰 소리로 장황하게 이야기를 늘어놓을 기회를 없앴다―아버지는 오랫동안 항의했다. 그러나 그즈음, 그동안 상담받은 모든 심리치료사에게 고맙게도, 나는 신경쓰거나 뒤로 물러나지 않았다. 하지만 어머니만의 이메일 주소가 생기자—아버지는 그걸 발견하자마자(그가 바로 알게 된 건 아니었다) 항의했지만, 신기하게도 그녀는 굳건히 버텼고…… 음, 그건 인생의 흐름을 바꾸는 사건처럼 보였다.

그즈음 나는 아버지에 대해 파악한 지 오래였지만, 어머니에 대해서는 여전히 혼란스러웠다. 그녀는 누구란 말인가, 155센티미터가량의 키에 물에 흠뻑 젖어도 40킬로그램 정도인 몸무게에도 불구하고, 매일 아침 블랙커피와 치즈샌드위치, 정확히 호두 두 알을 올린 요거트 한 숟갈로 끼니를 때우는, 초록색 눈동자의 에너지 넘치는 선생님, 가정교사, 친절한 이웃 너머의 그녀는? 매일 밤 아버지와 충실하게 잠자리에 들지만 몇 시간 뒤에는 세상을 떠난 내 남동생의 방에 조용히 들어가 소설을 한 편씩 읽는 그 여성 너머에 있는 그녀는? 그녀의 꿈들은 뭐였을까—아니 그녀가 살고 있던 안락하고 실용적이며 남부러울 만한 인생 말고, 조금이라도 다른 꿈은 없었을까? 그녀를 사랑하는 자녀들과 손주들, 동물보호소에서 데려온 활발한 개, 깔끔하게 잘 가꿔진 집과 정원, 재건 초기부터 도운 학교 위원회 직책 외에. 육십 년 넘게 이어진 결혼생활, 편하게 노후를 보낼 수 있는 넉넉한 자금 너머에. 그녀는 내 남동생에 대해 생각했을까, 부모님이(아버지가?) 넷째 아이와 사내아이를 원해서 생후 육 주에 입양됐고, 문제 많은 젊은 시절을 보내다가 약과 술에 취해 끔찍한 사고로 삼십대에 세상을 떠난 남동생을? 그녀에게도 후회스러운 일들이 있었을까? 인생에서 뭔가를 바꿀 수 있다면 무엇을 바꾸려고 했을까?

이제 나는 그녀에게 물어볼 수 있다, 이런 질문들과 함께. 왜 아버지가 어머니와 자녀들에게, 그리고 다른 사람들에게 저지른 나쁜 행동에 대해 항의하지 않았나요? 혹은 그저 실제로 문제될 건 없다고, 내가 너무 예민한 거라고 생각했나요? (난 아버지가 이 질문에 대해 어떻게 대답할지 안다.) 초등학교 4학년 시절에 쓰면 안 되는 말인지 모르고 쓴 걸 우연히 들은 그가 내 얼굴을 때렸던 때, 그가 사춘기를 겪는 여동생을 다소 세게 밀쳐 그녀가—세상에!—계단 아래로 나동그라졌던 때(그녀는 괜찮았다! 우리집에는 카펫이 깔려 있었다!), 그가 내 SAT 언어 점수를 가지고 비웃었던 때(소설가, 편집자, 작가로서의 내 오랜 경력에도 불구하고 그는 요즘에도 여전히 그런다)…… 나는 그걸 그냥 못 본 척하고 지냈어야 했을까, 어머니가 그랬듯?

성적이 좋고 고주망태가 되지도 않았으며 심지어 그의 병원 일도 도운(그는 내가 다른 일을 하게 내버려두지 않았다) 여자아이인 내게 아버지는 독단적인 규칙을 적용했다. 나는 친구들 혹은 남자친구와 영화를 보러 갈 순 있었지만 그가 충분히 지적이라고 여기는 영화만 볼 수 있었다—그래서 열다섯 살인 친구들이 가령 〈핼러윈〉이나 〈죠스 2〉를 보려고 하면, 나는 〈디어 헌터〉를 보자고 설득해야 했다. 안 그러면 영화를 보러 갈 수 없었다. 나의 또다른 보호자였던 어머니는 이런 양육 방식에 동의했을까? 그가 나를 때리거나 굶기거나 내쫓지는 않았지만, 그래도 그녀는 대체 왜 입을 열지 않았을까? 십대 시절에는 너무 화가 나서 그녀에게 차분히 물어볼 수 없었다. 그 대신 울부짖었다. "엄마는 왜 아빠한테 그러지 말라고 하지 않아요?!" 내가 아무리 애걸복걸해도 그녀는 한마디도 거들려 하지 않았다. 혹은 할 수 없었거나. 어쨌든 그녀는 아무 말도 하지 않았다. 그녀는 그에게 동조한 걸까? 두려웠던 걸까? 성인이 되고—마침내!—나는 그녀와 직접 접촉할 기회를 얻었고 답을 들을 수 있었다.

하지만 이내 깨달았다. 그녀와의 접촉이, 내가 이미 알고 있던 것을 훨씬 뛰어넘는 통찰을 주진 않는다는 것을—적어도 바로는 아니었다. 내가 아버지에 관해 물으면 그녀는 때때로 답장조차 하지 않았고, 어떤 때는 간단하게 답장을 보내주긴 했지만 짧막한 답에 흥미로운 내용도 없었다—적어도 내게는 그래 보였다. "내가 아버지를 통제할 순 없어." 그녀는 말했다. 추수감사절에 아버지가 접시에 남은 마지막 새우를 누가 먹었다고, 심지어 주방에 새우가 남아 있는데도, 목청껏 괴성을 지르며 짜증을 내는 걸 왜 그냥 내버려뒀는지 물었을 때 그녀는 이렇게 말했다. "내가 하는 말은 중요하지 않아" 혹은 이렇게 말했다. "내가 그만하라고 하면 그의 화를 더 돋울 뿐이야." 이 모든 말은 사실이었고 지금도 사실이다. 그래도 남편의 그런 행동을 못 본 척 넘길 수 있다고? 입이 떡 벌어진 손주들은 자리를 피해 서로 소곤대고 키득거렸다(솔직히 말해 그들은 그가 몹시 웃기다고 생각했다). 그녀는 왜 목소리를 내지 않았을까? 왜 최후통첩을 보내지 않았을까? 어쨌거나 나는 그런 일을 상상조차 할 수 없다.

이메일로 관계를 맺으면서 그녀에게 말을 걸 수 있는 길이 열렸다. 그건 재미있었다.

내가 자녀 양육법이라든지 레시피를 물어보면 이제 그 모든 걸 그녀가 직접 대답해줄 수 있다. 그녀는 자신이 일대일로 지도하는 새로운 아이나, 가장 오래된 친구와 도시에 있는 박물관에 간 일에 대해 얘기해준다. 그녀가 혼자 뉴욕으로 나들이를 나간 지는 십 년 정도밖에 되지 않았다. 그녀는 자신의 가족사에 대해서도 얘기해줬다. 그리고 우리는 책에 대해 얘기했다. 이제 그 망할 편지봉투용 칼이 어디 있는지 덧붙여 물어보는 사람은 없다. 어머니는 '너무 지나친' 흡연이나 음주, 욕설이나 외도를 담은 내용이 아니라면 거의 모든 소설을 좋아한다. 그녀는 내 작가 친구들의 경력을 유심히 지켜보더니, 자신의 북클럽에, 나한테도 그랬듯 그들 몇몇을 부르기도 했다. 그들은 버스를 타고 어머니의 집에 가서 그녀의 친구들과 정원에서 이제 막 딴 수국으로 장식된 탁자에 앉아 에그샐러드에 커피 한 잔을 곁들인 뒤 이렇게 말했다. "너네 어머니 너무 좋아!" 그들은 아버지도 좋아했다. 아버지는 버스정류장으로 마중나와 본인이 원하면 언제든 소환 가능한 그만의 매력과 정중함을 발산하며 상냥하게 농담을 던졌다. 그는 책도 읽었다. 남성 작가만 읽진 않았다. 그가 좋아하는 책 중에는 『오만과 편견』과 『미들마치』가 있었다. 그는 각각 별점 네 개를 주었다.

하지만 어머니는 우리의 새로운 이메일 교환에서도 아버지의 행동—그녀를 향한, 나를 향한, 혹은 세상을 향한—에 대한 자신의 생각을 내가 이해할 수 있는 방식으로 자체 분석하거나 논하지 않았다. 적어도 자주 그러지는 않았으며 깊이 있게 하지도 않았다. 내가 물어보면 그녀는 웃어버리거나 나를 부드럽게 놀리곤 했다. ("오 캐시, 난 몰라!") 그리고 마침내 이 모든 걸 말하지 않는 게 그녀의 선택이었음을 알게 되었으므로, 혹은 내가 그다지 성공하지 못했기 때문에 나는 뒤로 물러났다—적어도 조금은. 부모님을 보러 가면 나는 그들의 관계에서 조금 떨어져 있으려고 했지만 때로는 실패했다. "엄마한테 소리 좀 그만 지르세요!" 나는 소리쳤다. 아버지가 그 멍청한 망할 새우나 코스트코에서 구매한 캐슈너트 몇 그램에 누가 함부로 손을 댔느냐고 폭발할 때 말이다. 그리고 이제, 때때로 아버지가 실제로 내 말을 듣기도 했다. 걸 파워*에 뛰어오른 성인 딸 세 명은 물론, 성숙한 손녀딸 네 명과 페미니스트 엄마들에게서 자란 온순한 손자 두 명이 갑자기 그들의 자매나 사촌 형제를 응원해주는 것이 이런 상황에선 그다지 나쁘지 않았다. 아버지는 수적으로 열세였다. 때로는 심지어 그가 안됐다는 느낌도 들었다. 자신의 집 저녁식사 자리에서 #MeToo를 당한 또 한 명의 이성애 백인 남자가 되었으니 말이다. 그가 없었다면 결국 우리 중 그 누구도 이 자리에, 이곳이든 다른 어느 곳에든 아예 존재하지 않을 테니까.

그리고 대체적으로 우린 괜찮았다—괜찮았고말고!—어느 정도는 아버지 덕분이다. 우리는 잘살았고, 사이가 소원하지도 않았으며, 일 년에 몇 차례씩 모이는, 건강하고 남부럽지 않게 사는 열서너 명의 가족으로…… 오십오 년을 살아보니 그다지 나쁜 인생은 아니었다. 내가 그와 그의 지배하의 어린 시절을 겪어내고도, 아직도 그와 뭔가를 함께하며 시간을 보내기로 선택한 것은 단지 어머니와 접촉하기 위해서만이 아니었다. 나도 때로는 그걸 즐겼고 그도

---

* 여성의 힘과 자주권을 주장하는 슬로건.

그렇다는 걸 알기 때문이었다. 그리고 그가 더 젊어지는 건 아니었기 때문에, 그리고 늘 그랬듯, 그는 여러 방면으로 베푸는 사람이었기 때문이다. 의료적 조언을 해주거나, 저녁 외식이나 심지어 휴가 여행에 내 아이들을 데려가기도 했고, 지금은 손주들의 대학 등록금까지 도와주고 있다(그가 인정하는 대학에 가는 경우에 한해서긴 했다. 코넬대학교가 이상적이었다. 그가 거길 나왔기 때문이다. 하지만 브라운대학교는 '허세를 부린다'는 이유로 이상적이지 않았다). 그는 내 인생에서 그가 부정적이라고 여기는 것들에 대해 노발대발하는 것만큼이나 긍정적인 부분—특히 나의 일—을 항상 응원해줬다. 검은 머리였다가 회색 머리가 되어버린 부모님은 이제 흰머리 부부가 되어 헬싱키, 베네치아, 주노*로 크루즈 여행을 다니며, 최근 출간된 내 책을 위해 명함을 나눠주고 남편의 신문 칼럼을 여기저기 자랑하고 다녔다. 내가 그런 걸 당연하게 여기는 건 아니었다.

그렇지만 다음날이면 그는 우리가 개인적으로 주고받은 긴 이메일에 다른 누군가를 참조한다거나(난 제발 그러지 말라고 애원했다), 어린 여자애의 매력이나 혹은 매력 없음에 대해 짜증나는 의견을 풀어놓았다(난 마찬가지로 애원했다)…… 그러면 우리는 다시 제자리인 셈이었다. 그리

---

* 알래스카주 동남부의 항구도시.

고 어머니―이 에세이의 중심이 되어야 할 어머니(여기서도 무슨 일이 벌어지고 있는지 이제 알겠는가?)―나의 어머니는 또 침묵한다. 거의 나를 나무라듯. 정말 나를 나무란 건가? 그래도 뭐 괜찮다! 그렇지만 나는 그녀의 얘기를 듣고 싶었다.

그리하여, 이 에세이를 쓰기 위해서라도 기어코 제대로 알아내기로 결심했다. 부모님은 현재 여든두 살, 여든한 살이다. 그들은 매우 정정하지만 이번이야말로 내가 평생 품어온 질문에 대한 대답을 얻을 수 있는 마지막 기회가 될지도 몰랐다! 그래서 그녀에게 이메일을 보내 엄마와 내가 말하지 않는 것들에 대해 쓰고 있는데 음, 얘기를 해줄 수 있겠느냐고 물었다. 그녀는 좋다고 말했다. 우리는 아버지가 병원에 가 있는 시간으로 약속을 잡았다. 아버지는 여전히 일주일 중 며칠은 오전에 환자를 진료했다. 그리고 우리는 전화로 얘기하게 되었다.

내가 보기에 어머니는 지난 이십 년 동안, 특히 지난 십년 동안 바뀐 듯했다. 인생의 몇십 년 동안은 쉼없이 일하다가―엄마 노릇, 아내 노릇, 가르치는 일, 아버지의 병원 회계장부 기록까지―이제야 서서히 주변에 눈 돌릴 여유가 생긴 것이다. 여성단체, 북클럽, 그녀가 속한 위원회일…… 여든한 살의 그녀는 더이상 있는 듯 없는 듯 존재감 없는 사람이 아니다. 그녀가 흥에 겨워 얘기하는 게 거의 느껴질 정도였다. 어쨌든 그녀가 말하길 꺼렸다는 생각은 들지 않았다.

소소한 이야기를 어느 정도 나누고, 나는 곧장 본론으로 들어갔다. "두 분이 처음 만났을 때도," 내가 말했다. "아빠의 성미가 지금 같았어? 그게 아니면 그런 성미인 걸 엄마는 언제 처음 알게 됐어?"

"처음엔 안 그랬지." 그녀가 말했다. "인생이 점점 복잡해지면서 네 아버지는 자신이 원하는 방식대로 일이 굴러가는 많은 기준을 세워버린 거야. 그리고 일들이 그 방식대로 안 풀리면 화가 났던 거고." 그녀는 잠시 말을 멈췄다. "하지만 처음엔 그렇지 않았단다. 내 생각엔 그런 성미는 한참 뒤에야 생긴 것 같구나. 내 생각엔 그래. 우리가 그 오랜 세월 동안 결혼을 유지한 이유 중에는 이런 것도 있었지, 캐시―내가 무슨 일이든 금방 잊어버려서 그래. 그이에게 몹시 화가 났다가도 금방 다 잊어버려. 하지만 난 너희 세대처럼 결혼생활이나 인간관계를 분석하면서 살진 않았어. 지금도 그렇고. 내 생각에, 우리는 순진한 세대였던 것 같구나."

그래 좋다, 비록 글로리아 스타이넘부터 베티 프리든, 저메인 그리어, (정확히 어머니 나이인) 그 멋진 비비언 고닉에 이르기까지의 대단한 페미니스트 지성인들도 어머니 세대 사람들이긴 하지만, 그래도 이 넷 중 셋은 자녀가 없었다―그렇다, 그 당시만 해도 아이가 없다는 사실이 우리의 세계관, 우선순위, 그런 게 조금이라도 있다면, 독립적이고 그래서 목소리를 낼 수 있는 힘 같은 것들을 변화시켰을 거라고 진심으로 생각한다. "아빠가 엄마의 문지기였다는 데 동의해?" 내가 물었다. "아빠가 다른 사람들을 엄마에게 접근 못하도록 막았다는 걸? 나, 엄마의 친구들, 다른 가족들을?"

"내 생각에도 그래. 지금도 그런 것 같고, 날 다른 사람들에게서…… 다른 선생님들에게서 떼어놓으려고 했지. 교장 선생님은 수업이 끝나면 바에서 모이자거나 저녁을 먹으러 가자는 식으로 항상 자리를 만들려고 했어. 근데 난 원하지 않았어." 여기서 나는 아버지가 원하는 것이 어머니가 원하는 것으로 바뀌면서 두 사람이 같은 걸 원하는 것처럼 보이게 되었음을 알아챌 수밖에 없었다. "먼저 내겐 아이 넷과 바쁜 일상이 있었으니까―난 그 오랜 세월 동안 병원 회계장부를 정리했지―저녁식사 후에는 항상 위층에 올라가서 그가 말해준 걸 기록하거나 환자의 보험사에 연락했어." 그녀는 뉴욕에 사는 이혼한 친구가 항상 이렇게 말했다고 했다. "우리집에서 자고 가!" 그녀는 덧붙였다. "근데 난 그러지 않았어."

나: "왜?"

"음, 네 아빠가 자신을 위해 나를 붙들어뒀던 것 같구나.

네 말이 맞아. 그이는 정말 요구가 많은 사람이었고, 지금도 그래. 그리고 항상 나의 첫번째 임무가 그에 대한 것이어야 한다고 느끼도록 만들었지. 나도 어느 정도는 거기에 동조했던 것 같고. 항상 그를 위해 음식을 챙겨놓았지. 네 아빠는 가게에 뭔가를 사러 가거나, 어떤 것을 따져 알아내야 한 적이 없었지. 내가 다 알아서 했으니까. 그는 댄처럼 뉴욕에 아파트를 얻어 나한테서 떨어져 지내는 짓은 하지 않았어."

여기서 어머니는 내 남편과 우리가 몇 년 전 사둔 뉴욕의 소형 아파트를 언급하고 있었다. 당시 남편은 일 때문에 주로 뉴욕에 머물러야 했다. 나는 때때로 그와 함께 뉴욕에 가기도 하고—그곳에 내 일과 친구 그리고 직장 동료가 있었다—때로는 매사추세츠에 있는 우리집에서 반려견들과 머무르기도 한다. 이것은 우리가 선택하고 사랑하는 삶의 방식이다. 어머니로서 그리고 아내로서 거의 삼십 년을 보내고 나니, 사랑스러운 가족도 생겼고 갈망하던 혼자만의 시간도 되찾았다. 그런데 어머니는 그걸, 댄이 아파트를 얻어 내게서 떨어져 지내는 걸로 보다니 흥미롭다는 생각이 든다—마치 그런 선택이 그만의 선택이었던 것처럼 말이다. 나는 이에 대해 굳이 설명하지 않기로 했다.

"그건 어때," 내가 말했다. "아빠가 우리한테 소리치거나 전화로 엄마 대신 얘기할 때는? 그건 어떻게 생각해?"

"네 아빠는 전화할 때 정말 심술궂어." 그녀가 인정했다. "하지만 그이는 내가 아이들과 하는 건 뭐든 본인도 함께해야 한다고 생각하지. 난 동의 안 해. 특히 우리는 딸이 셋이잖아. 그리고 난 그 딸들의 엄마고. 그러니 나도 네 아빠가 옆에서 듣지 않는 상황에서 딸들과 얘기할 수 있어야 된다고 생각해. 하지만—싸울 가치까지는 없어. 네가 이메일로 해준 어떤 이야기를 전하면, 그는 이러겠지, '당신은 그걸 어떻게 알았어?' 그러고는 이렇게 말할 거야, '당신은 왜 캐시한테 따로 이메일을 보내는 거지? 둘은 왜 이걸 비밀로 부치는 거야?' 그는 자신을 떼놓는 일은 무엇이든 싫은 거야."

나는 고개를 끄덕였다. 대단히 새로운 사실은 아니다. 하지만 그녀는 딸이나 다른 사람과 직접 소통하기 위해 그와 싸울 '가치가 없다'고 인정했다. 딱 잘라 말하면, 그건 그녀가 우리와 대화를 나누는 것보다 아버지를 달래는 것을 우선으로 택했다는 뜻이었다. 물론 나도 알고 있었다. 하지만 그녀가 그 말을 지금, 정식으로 하는 걸 들으니 더 잘 알게 되었다.

"그러면 아빠가 여행지를 어디로 할지, 무슨 영화를 볼지 결정할 때," 내가 말했다, "엄마는 마음이 편해? 편하다면 얼마나? 엄마가 일일이 선택할 필요가 없으니까 더 좋아?"

"나는 그저 네 아빠와 다투지 않는 게 더 좋아." 그녀가 다시 말했다. "그이는 까다로워. 그리고 그의 결정을 매번 따라주는 건 항상 힘겨운 일이지. 그래도 다투는 것보단 따라주는 게 훨씬 쉬워. 나한테는 정말 그다지 큰 차이가 없단다."

그때 그녀의 가족, 특히 그녀의 아버지가 떠올랐다. 작고 따뜻하며 온화한 남자, 둥그런 얼굴에 평생 옅은 갈색 머리카락을 유지한 분이었다. 어머니, 그녀의 남자 형제 두 명, 그리고 손주들 모두 그와 친밀했다. 그 집에서 자던 때가 기억난다. 아침 대여섯시에 그를 깨워서, 나와 내 여동생과 함께 만화영화를 보자고 했다. 집에서는 우리가 할 수 없는 일이었다. 그는 항상 우리가 하자는 대로 해주셨다. 아빠의 부모님과는 다르게, 엄마의 부모님인 맥 할아버지와 실비아 할머니는 한 번도 화낸 적이 없었다―우리에게, 혹은 내 기억으론 그 누구에게도 말이다. 한번은 내가 모기에 물려 가려워하자, 맥 할아버지는 긁으면 안 된다고 일러줬다. 가렵다는 걸 그냥 받아들여야 한다고. 나는 도저히 이해할 수 없다고 생각했다. 할아버지는 변호사 교육을 받았지만, 그의 아버지가 돌아가시자 변호사 일을 하는 대신 형제들과 함께 가업인 포목점 겸 잡화점을 물려받았다. 세 형제는 오랫동안 그곳에서 일했다.

"엄마는 아빠랑 처음 싸운 일 기억나?" 내가 물었다.

"아니."

"아빠가 엄마더러 사람들이 다 보는 앞에서 날 끌고 나오라고 한 거 기억해? 고등학교 경기중에 말이야. 아빠가 저녁 먹으러 집에 왔는데 내가 없다고 노발대발해서 그랬잖아. 엄마는 그게 조금이라도 거슬리긴 했어?"

"기억이 안 나는구나. 그렇지만 분명 화가 났을 거야." 그녀가 주변을 서성이며 내게 말을 거는 모습이 그려졌다. 주방 조리대를 닦으면서 아버지가 버리지 말라고 고집을 피우는 바람에 끝없이 쌓여버린 신문과 잡지를 맞춰 정리하면서 말이다. "네 아빠가 집안의 규칙을 정하고 모든 결정을 내리는 사람이고 훈육자이며 부양자라는 건 의문의 여지가 없지." 그녀는 말했다. "하지만 난 내가 한 모든 일을 내가 당연히 해야 할 것들이라 생각했단다. 그러고는 의문을 품지 않았어. 선택지가 없다고 느꼈지."

"어쩌면," 내가 물었다. "어떤 면에서는 아빠가 우리를 훈육하는 게 마음이 편했던 거네?"

"음, 그저 네 아빠가 훈육을 어떻게 해야 하는지 안다고 생각했어. 그에게 미룬 거지. 그렇다고 네 아빠가 너를 훈육한 방식에 항상 수긍한 건 아니란다―난 언제나 그가 너무 거칠고, 너무 화난 목소리로 말한다고 생각했지. 그래서 그렇게 말해도 그는 이랬지, '아, 진짜로 화난 게 아니었어.' 그러면 난 말했어. '근데 화난 것처럼 들려. 그리고 사람들은 당신이 화가 났다고 생각해, 그러니까―당신은 그게 문제야.'"

그녀는 잠시 말을 멈췄다. "너도 알겠지만, 캐시, 네 아빠는 너희들과의 체육 활동에도 몹시 적극적이었잖니." 이건 맞다. 내가 어릴 때는 야구공을 던지며 놀아줬고, 나중에는 남동생과 그렇게 했다. 내가 테니스를 치자고 그렇게나 자주 졸랐는데도 거의 매번 응해줬다. 그는 내게 강해지라고 가르쳤다. "그리고 그가 정말로 친절하게 대하는 친구 말이야," 그녀는 최근 남편을 잃은 그들의 친한 친구를 언급했다. "지난 주말엔 네 아빠가 그 친구를 차로 데리고 와서 같이 저녁식사도 했어. 그러고 나서 집까지 바래다줬는데 그녀가 정말 고마워하더구나. 그는 오랜 친구들한테 의리를 지킬 줄 알아."

이번에도, 좋다. "아빠가 국립공원에서 여행 가이드랑 싸운 일은 어떻게 생각해?" 내가 물었다.

"정말 화가 났지." 그녀가 말했다. "답답하고 창피하고 화가 났어. 내가 그 일에 대해 한소리 했는데, 네 아빠는 내 생각을 전혀 받아들이지 않더구나―아직까지도 마찬가지고. 지금도 그래. 최근에 그 여행을 다녀온 한 친구한테 그 일에 대해 자세히 설명하더라. 본인이 심하게 화를 낸 건 맞는데, 그 여행 가이드가 욕먹을 만했다면서 말이다. 돈을 낸 만큼 여행에서 건진 게 없었다면서, 불평할 권리가 있었다는 거지. 내가 느끼기에─그러니까 그이가 그녀[그 가이드]한테 '엿이나 드쇼'라고 말했잖니. 그런 행동은 동행한 여행객들에게 썩 보기 좋은 모습은 아니라고 생각해." 그녀는 잠시 말을 멈췄다. "하지만 솔직히, 난 이런 자잘한 일들을 다 기억하진 못해! 다시 들춰낼 때까진 생각이 안 나. 그리고 난 정말 내 결혼생활을 지속시켜주는 건 건강한 부정否定이라고 생각한단다."

나는 고개를 끄덕였다. 전부는 아니더라도 오랜 결혼생활을 이어온 많은 부부가 실용주의와 어떤 (건강한?) 부정을 가지고 있는 걸 보아왔다. "그럼 P[내 딸]가 대학교 1학년 때 휴학했을 때는 어땠어," 나는 말한다. "아빠가 어떤 반응을 보였는지 기억나?" 나는 그녀의 기억을 되살렸다. 집에서도 학교에서도 P의 심리치료사가 딸이 시간을 좀 가진 후에 학교로 돌아가야 한다는 데 동의했다는 얘기를 전했는데도, 그는 무시했다. 내 딸과 나 둘 다에게 격분한 그는 비난의 이메일을 보냈다. 내 딸을 버르장머리 없는 철부지라고 했고 나더러는 억지로라도 그녀를 학교에 보내라고 강하게 요구했다. "그애가 영영 널 쥐고 사는 걸 내버려둘 셈이냐?" 그는 내게 소리쳤다. 그리고 내 딸에게는 이렇게 소리쳤다. "네 형제에게도 관심받을 기회를 줘야 할 것 아니냐?" 그는 마치 내 딸의 휴학이 우리집에서의 여왕 자리를 지키기 위한 계략인 것처럼 말했다─그의 집에선 그가 왕인 것처럼.

"네 아빠는 네가 때때로 애들을 더 강하게 훈육해야 한다고 생각했던 것 같아"가 어머니의 대답이었다. "그이가 너한테 했던 식으로. 네가 딸의 휴학을 허락했을 때 그이가 널 지지해주진 않았지만, 그 결과에는 정말 만족했잖아." 물론 아버지는 그랬다. 내 딸은 일 년 동안 일하면서 뭔가를 깨달았고, 다시 학교로 돌아가 최근 뛰어난 성적으로 졸업했다. 친구들과 표창장, 그해 휴학하지 않았다면 쌓지 못했을 직장 경험과 함께 일 년 늦게 졸업했다. 아버지는 활짝 웃으며 졸업식에 왔다. 모든 것이 제자리를 되찾은 것이다.

"그럼 엄마는?" 내가 그녀에게 물었다. "그때 엄마는 어떤 기분이었어?"

"그 아이가 걱정됐어." 그녀가 말했다. "그리고 넌 딸에게 휴식의 시간이 필요하다고 생각하는 것 같더라. 그래서 난 생각했어—내 말은, 그애는 네 아이잖아. 네가 생각하는 최선의 방법이 무엇이든 우린 지지해야 한다고 말이야. 네 아빠에게 내가 분명 그렇게 말했어." 내가 기억하기에 그녀는 그 주제에 대해 철저히 침묵으로 일관했다. 그렇지만 그녀가 뒤에서 무슨 말을 했는지 누가 알겠는가?

나는 막내 여동생인 에이미에 대해서도 물었다. 에이미는 직원 열세 명 규모의 싱크탱크를 만들어 운영중인 성공한 경영인이다. 그리고 아버지는 에이미와도 말다툼을 한다. 최근 얼마간은, 내 생각에, 나보다 더 자주 다툰다.

"그이는 에이미와 에이미가 하는 일을 정말 자랑스러워해." 어머니가 말한다. "에이미가 정말 똑똑하다고 생각해." 나는 웃는다. 당연히 나보다 똑똑하다. 그녀는 SAT 점수도 나보다 높고 대학교도 코넬대학교에 갔다. "그리고 에이미가 훌륭한 엄마이자 아내라고 생각하지." 그녀가 덧붙인다. "네 아빠는 에이미랑 뭔가 일이 생기면 미안한가봐." 그녀는 잠시 말을 멈췄다. "그리고 모두에게 그렇게 느끼지! 하지만 그 잘못에 책임을 지고 싶어하지는 않아."

이건 맞는 말이다. 아버지는 사과한 적이 한 번 있을까 말까 한다. 진심으로 후회한다는 말은 딱 한 번 들었는데, 남동생이 이십대 때 대학원 때문에 샌디에이고로 가는 걸 '내버려둔 일' 때문이었다. 남동생이 샌디에이고에서 사고를 당했으니까. 아버지는 그애가 가까이 있었다면 더 잘 보살펴줄 수 있었으리라 생각했던 것 같다.

자, 한번 들어보시라. 아이를 잃는 일은 도저히 상상이 되지 않는다. 누군가 그렇게 살아가는 건 상상할 수 없다. 그것에 대해선 아버지가 어떻게 생각하든 상관하지 않는다. 내가 이 모든 걸 곰곰이 생각하는 동안 어머니는 말했다. "그런데 너도 알겠지만, 캐시. 넌 아빠와 사사건건 겨루고 싶어하잖니. 내 생각엔 어떤 것들은 그냥 흘려보내는 게 좋아. 넌 항상 아빠를 고쳐야겠다고 생각하잖아—항상 그의 탓을 하면서 말이야. 에이미는 때때로 더 목소리를 높이고 공격적이긴 해도, 정치 문제나 다른 것들에 관해서는 그와 잘 통하지. 그래서 둘은 유대가 깊어. 하지만 넌 훨씬 적대적이야."

한번 더, 그래 좋다—그리고 어떤 면에서는 도움이 된다. 과거에 그의 자아도취증과 권위주의로부터 가장 많은 영향을 받은 게 분명한 첫째 아이이자 자매로서, 내가 그에게 아주 너그러운 편은 아니다.

"아빠가 엄마의 페이스북 계정을 쓸 때," 내가 말했다, "조금도 거슬리지 않아?" 그는 페이스북 계정이 없고, 그래서 그녀의 계정을 쓴다. 그는 엄마의 '친구'—예를 들면, 나—의 글들에 의견을 남기고, 내 친구들과 (나도 알지 못하는 사람들이 대부분인) 독자들이 볼 수 있는 곳에 때때로 농담이나 적대적인 댓글을 남긴다. 페이스북에 로그인한 나는 고개를 내젓는다. 삭제 삭제 삭제. "그이가 내 행세를 하는 건 아니야." 그녀가 말했다. "항상 자기 이니셜을 덧붙이잖아." 그게 그녀의 얼굴이고 그녀의 이름이라는 건 중요하지 않다. 가끔 초성을 다는 걸 잊어버리거나 댓글 끄트머리에 'BFH가 아니라 LBH'라고 덧붙여놓은 게 그녀가 아니라 그라는 뜻임을 이해하는 사람은 거의 없다는 사실은 신경쓰지 않는다. 한번은 엄마가 아빠를 통제하지 않으면 내가 그녀와의 페이스북 친구를 끊을 수밖에 없다고 말한 적도 있었다. 그 효력은 일주일 정도 갔다.

내가 마침내 말했다. "엄마는 아빠가 무서운 적이 있었어? 헤어지고 싶을 정도로 싸운 적은?"

"몇 번 있는 거 같아." 그녀는 잘 기억나지 않는다는 듯 말했다. "그이가 소리를 지르면 힘들긴 하지만, 떠날 생각을 한 적은 없어. 함께한 인생이 있잖아. 어떤 싸움이든 결국 해결됐지." 그녀가 잠시 말을 멈췄다. "그리고 이제는 심하게 소리를 지르지도 않는 것 같고."

내가 웃었다. 사랑이 눈멀게 할 수 있다면 귀먹게도 할 수 있다. 아버지는 예나 지금이나 늘 똑같다. 적어도 내가 그를 알고 지낸 오십오 년 동안은. 그리고 어머니도 그렇다.

나는 사랑스럽고 상냥한 어머니에게 시간을 내주고 솔직하게 얘기해줘서 고맙다고 했다. 그리고 우리는 전화를 끊었다.

자, 이제 내 이야기의 결말이다—어쩌면 에필로그라고 볼 수도 있겠다. 1953년, 어머니는 그녀가 꿈에 그리던 남자를 만났고, 1957년 결혼했다. 열아홉을 겨우 넘긴 그녀는 반달 모양 네크라인의 새하얀 드레스 차림으로, 좋을 때나 나쁠 때나, 죽음이 서로를 갈라놓을 때까지 그와 함께할 것을 맹세했다. 그리하여 인생이 무엇을 가져다주건 미소로 받아들여야 한다고 믿은 온화하고 다정한 남자의 딸이던 그녀는 성실한 초록색 눈으로, 그가 그녀를 부양하고 결정을 내리면 평생 받아들일 것을 약속했다—그리고 내내 그렇게 했다. 그 대신 믿을 만하고 충실한 남편, 이따금 소리를 지르거나 호통을 치고 역정을 내며 그녀를 무안하게 하는 남편, 가끔은 화를 내며 아이들을 때리지만 그녀와 아이들을 부양하며 그녀의 인생을 문화적으로 풍요롭게 해주고, 그녀가 그를 의심의 여지 없이 믿고 의지하는 만큼 그녀를 믿고 의지하는 남편을 얻었다. 그는 폭력적이었을까, 아니면 그저 융통성 없고 공감 능력이 부족한 사람이었을까? 그게 정말 중요하긴 한가? 이름표는 붙이기 나름이다. 엘리 위젤*이 말한 것처럼, 사랑의 반대는 증오가 아니라 무관심이다—그리고 아버지에게 없는 단 한 가지가 바로 무관심이었다. 그는 늘 그곳에 있었다. 언제나 우리 얼굴 바로 앞에 있었다. 그리고 육십 년 세월과 아이 넷, 손주 여섯, 여러 마리의 개, 수많은 여행을 겪으며 어머니는 괜찮게 지내왔다. 그녀는 그의 편이었고 그가 최우선이었다.

어머니에 대한 미스터리는 풀린 셈이다. 그 답은 바로, 미스터리란 원래 존재하지 않았다는 것이다—그리고 사실 그건 이야기가 너무 뻔해지는 걸 막기 위해 만들어낸 나의 바람일 뿐이었다. 어머니는 자신의 아버지처럼, 인생의 좌

---

* 미국의 유대계 작가이자 인권운동가. 1986년 노벨평화상을 수상했다.

절과 고통이 다 지나가길 기다리면서 지나치게 분석하지 않으려 한다. 바쁘게 지내고, 필요하다면 못 본 척 지나가기도 하고, 할 수만 있다면 불우한 사람들을 도우며, 스스로에게 우울할 틈을 주지 않았다. 나와 달리 그녀는 인생의 모든 질문에 대한 답을 필요로 하지 않았고, 지금도 그렇다. 그녀는 열여섯 살에 인생의 결정을 내렸고, 육십오 년이 흐른 지금 그 삶 안에서 여전히 쾌활하고 만족스럽게 산다. 그녀는 정확히 내가 본 그대로이고 정확히 그녀가 되고 싶어한 사람이었다. 그녀가 원하는 것과 소유한 것은 대개 일치하지만, 그러지 않을 때도 그녀는 상황이 나아질 때까지 인내하는 사람이다. 나의 모든 행동을 괜한 분란을 일으키려는 시도로 보던 아버지가 최근 이렇게 말했다. "엄마는 행복하니까 엄마가 불행하다고 생각하게 하지 마."

아버지의 말이 맞다. 그래서 더는 그러지 않는다. 결국 그녀의 이야기는 그녀의 이야기니까. 그녀 자신만의 해피 엔딩이 있는.

그리고 나의 이야기—사랑에 대한, 그렇다, 또한 용서에 대한—는 나의 이야기다.

테스모포리아*

멀리사 페보스

I. 카토도스**

로마의 인도에서는 증기가 피어오르는 듯했다. 2015년 7월이었다. 더위와 담배 연기, 지친 기운이 공기 중에 짙게 배어 있었다. 나는 거의 이십사 시간을 꼬박 깨어 있던 참이었다. 이중 세 시간은 공항에서 렌터카를 기다리다 지나갔다. 나는 말벌처럼 주위로 달려드는 모페드***의 드르렁거리는 소리와 삑삑 울리는 경적을 들으며 도시를 향해 차

---

* 고대 그리스에서 농업과 대지의 여신 데메테르와 그녀의 딸 페르세포네를 위해 연 제전. 보리 파종기에 열렸으며 여성들만 참여했다.

** 그리스어로 '하강' '내리막'.

*** 초경량 오토바이.

를 몰았다. 미심쩍은 장소에 주차를 하고 북적이는 인도를 지나 렌트한 집에 다다랐다. 조그마한 아파트에서 나는 커튼을 치고 거친 흰색 천이 덮인 낯선 침대로 기어올랐다. 페이스북에 번들거리는 지친 얼굴 사진—이탈리아!—을 올리고는 곧장 잠에 빠졌다.

세 시간 뒤 핸드폰 알림에 잠이 깼다. 엄마에게서 문자메시지 세 통이 와 있었다. 몇 달 전 엄마는 심리 치료 스케줄을 비우고 나폴리행 비행기표를 끊었다. 나는 나흘 뒤 공항에서 그녀를 픽업하기로 했다. 우리는 공항에서 곧장 소렌토 해안에 있는 조그마한 어촌으로 갈 예정이었다. 그곳은 엄마의 할머니가 태어난 곳이었고, 나는 그곳의 또다른 아파트를 일주일간 렌트해놓은 상태였다.

너 이탈리아에 있니??

내 비행기표는 다음달인데!

멜리???

두려움의 창살이 시차로 인한 몽롱함을 뚫고 들어와 내 속을 뒤틀었다. 제발 내가 그런 엄청난 실수를 저지른 게 아니길. 나는 엄마와 주고받은 이메일들을 미친듯이 스크롤하며 날짜를 훑었다. 그것은 사실이었다. 그 여행에 대해 처음 얘기한 이메일에 달을 잘못 적어놓은 것이다. 그로부터 몇 주 뒤 비행기표 확인 메일을 서로 공유했지만 둘 다 꼼꼼히 확인하지 않은 게 분명했다. 머리가 절망감으로 지

끈거렸다.

내가 느낀 공황은 그토록 고대해온 엄마와의 휴가를 망쳐버렸다는 실망감 이상이었다. 내가 자고 있던 몇 시간 동안 엄마가 느꼈을 분명한 공황, 혹은 절박한 실망감을 생각하며 느낀 슬픔 이상이었다. 또한 엄마가 내게 화를 낼지 모른다는 두려움 이상이었다. 어느 누가 화를 내지 않겠는가? 엄마의 화는 절대 오래가지 않았다.

벌집만큼이나 섬세하고 정교한 토대를 상상해보라. 부주의하게 잘못 건드렸다가는 쉽게 부서지는 어떤 형체. 아니, 부주의한 강타를 수차례 견뎌온 형체를 상상해보라. 내가 느낀 두려움은 내 생각에서 생겨난 게 아니라, 이번 실수 이전에도 저지른 적이 있는 모든 실수를 꼼꼼히 기록해온 어떤 신체의 논리에서, 몸속에서 우러나온 것이었다. 그 논리란, 사람이 누군가의 마음을 아프게 하는 데는 횟수에 한계가 있어서 그 한계를 넘어가면 상대의 마음이 굳어버린다는 믿음이었다.

첫해에, 우리는 둘뿐이었다. 너무도 외롭게 자란 엄마는 딸을 원했다. 그러다 그녀에게 내가 생겼다. 그것이 내가 나의 것으로 이해한 첫번째 이야기였다. '벌집'이라는 뜻의 멜리사Melissa는 데메테르의 여자 사제 이름이다. 멜리사는

'꿀'이라는 뜻의 멜리에서 나온 이름이다. 페르세포네의 또다른 이름인 멜린디아 혹은 멜리노이아도 마찬가지다. 우리는 페르세포네 이야기를 잘 알고 있다. 하계의 왕, 하데스는 페르세포네를 보고 사랑에 빠져 그녀를 납치한다. 그녀의 어머니이자 농업의 여신인 데메테르는 슬픔에 싸여 분노한다. 데메테르가 페르세포네를 미친듯이 찾아 헤매는 동안 들판은 메말라간다. 기근에 시달리는 사람들과 데메테르의 간청에 설득당한 제우스는 하데스에게 페르세포네를 돌려보내라고 명한다. 하데스는 명을 따르지만, 페르세포네에게 먼저 석류 네 알을 먹여 그녀가 매년 네 달—겨울—동안은 그에게 돌아오게 만든다.

자신의 몸으로 하나의 몸을 창조한다는 게 어떤 느낌인지 잘 모르겠다. 아마 앞으로도 알 수 없을지 모른다. 하지만 어느 딸에게서 나와 어느 딸이 된다는 것이 어떤 느낌인지는 기억한다. 두 몸 사이에 존재하지 않던 거리가 점점 벌어진 것은 기억한다. 그녀는 내가 거의 두 살이 될 때까지 수유를 했다. 그 무렵 나는 이미 완전한 문장으로 말할 수 있었다. 그뒤에 그녀는 내게 바나나와 케피르*를 먹였다. 나는 아직도 그 시큼한 맛을 정말 좋아한다. 그녀는 주

---

* 러시아와 동유럽 지방에서 마시는 발효유의 일종.

근깨가 돋은 가슴에 나를 기대어놓고 노래를 부르며 재웠다. 그녀는 내게 글을 읽어주고, 나를 위해 요리하고, 어디든 나를 데리고 다녔다.

그렇게 사랑받은 건 얼마나 큰 선물인가. 그보다 더 큰 선물은, 나 자신이 안전하다고 믿을 수 있었다는 것이다. 모든 아이는 안전함을 느낄 수 있도록 타고났지만, 모든 부모가 그걸 충족해주진 못한다. 그녀는 충족해줬다. 나의 첫번째 아버지는 충족해주지 못했고, 그래서 그녀는 그를 떠났다. 처음에 우리는 그녀의 어머니와 같이 살았고 그러다가 남자 없이 살기로 결심한 여자들로 가득한 어느 집에서 살았다. 어느 날 바닷가에서 우리는 기타를 치는 선장, 나의 진정한 아버지를 만났다. 두 사람이 만난 그날부터 그는 엄마와 나의 모습을 따로 떼놓고 상상할 수 없었다. 요즘에도 그를 만나면 그가 내게 건네는 첫번째나 두번째 말은 항상 이렇다. 와! 방금 너희 엄마랑 완전히 똑같았어.

그들은 나의 어렸을 적 모습을 회상하길 좋아한다. 통통하고, 행복하고, 항상 재잘거리는 아이였던 나를. 너무 귀여웠어, 그들은 말한다. 너한테서 눈을 뗄 수 없었다니까. 네가 모르는 사람과 함께 사라져버릴까봐.

그가 바다에 나가면 다시 우리 둘만 남았다. 남동생이 태어나고 나서는, 아빠가 떠난 뒤 남겨지는 기분이 점점 더 힘들어진다며 엄마가 속내를 털어놓는 상대는 나였다. 그녀의 눈물에서는 해무 냄새가 났다. 내 뺨에 닿는 그녀의 눈물은 차가웠다. 그들이 나를 애지중지한 것처럼 나도 남동생, 우리 아기를 애지중지했다.

부모님은 헤어진 뒤 새로운 거주 방식을 시도했다―아이들은 원래 살던 집에 남고 부모가 번갈아 집에 들어왔다가 나갔다가 하는 방식이었다. 아빠가 바다에서 돌아오고 엄마는 마을 건너편에 빌린 방에서 밤을 보낸 첫날, 나는 그녀가 너무 보고 싶어서 몸이 아플 지경이었다. 나의 갈망은 자아의 분열, 혹은 자아의 증류처럼 다가왔다―모든 것이 공황에 사로잡힌 단 하나의 집착으로 응축됐다. 나는 모든 장난감에 흥미를 잃었다. 어떤 이야기도 나를 구해줄 수 없었다. 마찬가지로 마음이 괴로울 아빠를 지키기 위해 나는 절망을 숨겼다. 몰래 엄마에게 전화를 걸어 조용히 말했다, 제발 날 데려가줘. 나는 그녀와 떨어져 있어본 적이 없었다. 그전에는 엄마가 나의 집이라는 걸 몰랐다.

내 생일은 고대 그리스 달력에서 네번째 달에 속한다. 그 달은 페르세포네가 납치된 달이기도 하다. 데메테르가 실의에 빠져 대지가 온통 황폐해진 달이기도 하다. 그달에 아테네의 여자들이 테스모포리아를 열었다. 사흘에 걸쳐 땅의 비옥함을 기리는 이 축제의 의식은 남자들 모르게 치러졌다. 이 의식에는 제물―주로 도살된 돼지들―을 땅에 묻는 것과 전년도 제물을 회수하는 것이 포함됐는데, 여신들을 위한 제단에 바치고 남은 제물은 그해의 종자와 함께 들판에 뿌려졌다.

열세 살에 내가 첫 달거리를 하자 엄마는 파티를 열어주고 싶어했다. 그냥 조촐하게, 여자들끼리만, 그녀가 말했다. 축하해주고 싶어. 그러기에는 이미 늦었다. 나는 나 자신의 비옥한 생식 능력의 도래를 맞기도 전에 더 거대한 어떤 것—내 몸에서 분출되는 호르몬, 우리가 분열된 가족이라는 사실, 아이 모습의 종말, 혹은 매일 밤 자위하며 맞는 오르가슴으로 인한 격정적 기분—으로 들끓고 있었다. 이 변화들이 전부 나쁘지만은 않았다. 그녀가 이미 그 대부분을 고결하게 여기도록 가르쳤으니까. 하지만 그녀가 준비시켜주지 않은, 준비해줄 수 없는 것들이 있었다. 전부 차마 말로 꺼낼 수 없는 것들이었다. 그걸 엄마와 함께 축하하느니 그냥 죽어버리는 편이 나았다.

사랑받는다는 것은 때때로 지극히 고통스럽다. 심지어 견딜 수 없다. 나는 그녀를 밀어내야 했다.

이를 두고 심리학자들은 많은 설명을 한다. 철학자들도 마찬가지다. 분리와 차별화 그리고 개인화에 관한 글을 읽은 적이 있다. 그들은 그것이 가장 흔히 겪는 혼란이고, 고통은 불가피하다고 말한다. 특히 엄마와 딸의 관계에서 그

렇다고 한다. 엄마와 딸 사이가 친밀할수록 스스로를 해방
시키려는 딸의 몸부림은 더욱 폭력적이라고, 그들은 말한
다. 우리의 분열이 흔히 일어나는 것이라는 점에 대해 누군
가의 허락, 절대적인 설명, 혹은 확인을 기대하지는 않지만,
그런 설명들이 뭔가를 말해주긴 한다. 그뿐 아니라 어쨌든
그 문제를 다른 방식으로 이해하는 데도 관심이 간다. 그러
려면 우리의 이야기를 다시 바꿔 말할 필요가 있다.

　연인을 상상해본다. 내가 십이 년 동안 끊임없이, 변함
없이 가깝게 지내온 연인. 그 연인을 돌보는 책임은 온전히
내게 있다. 동시에 그 책임에 대해서도 상상해본다. 데메테
르의 경우 그 책임이란 땅을 비옥하게 하고 모든 이에게 영
양을 공급하는 일, 그리고 삶과 죽음의 순환이었다. 십이
년 후 나의 연인은 나를 거부한다. 그녀가 떠난 건 아니다.
그녀는 여전히 내게 의지한다—나는 아직도 그녀에게 옷
을 입혀주고, 먹여주고, 매일 데려다주고, 건강을 챙겨주고
가끔은 위로도 해준다. 하지만 대체로 그녀는 나의 다정함
을 받아들이려 하지 않는다. 그녀는 자신의 내면세계에서
나를 거의 철저히 추방한다. 그녀는 분노한다. 그녀는 분명
고통스러워하고 있고 어쩌면 위험에 처했을지도 모른다.
내가 한 발짝씩 다가설 때마다 그녀는 멀어진다.

　물론 이 은유에는 결점이 있다. 내가 그런 이야기를 꺼
낸 이유는 우리에게 낭만적 사랑, 성애적 사랑, 결혼을 이

해하게 해주는 서사는 정말 많지만, 엄마가 느꼈을 게 분명한 가슴 아픔을 이해하게 해주는 서사는 없기 때문이다. 내가 그것을 상상해볼 수 있는 유일한 방법은 이 유명한 서사들, 그리고 내가 알고 있는 사랑의 종류들을 통해서다. 성인의 관계를 규정하는 애착 방식은 그 첫 관계에서 결정된다. 그렇지 않은가? 나는 연락이 되지 않는 연인으로 인한 충격을 최소 몇 번은 느껴봤다. 누가 떠나는지는 중요하지 않다. 그건 자연을 거스르는 범죄 같다. 그 몸안에서 머물며 삶을 이어간다는 것은 고문과도 같았다. 그녀도 분명 그랬을 것이다. 그것이 검은 전차에 실려온 페르세포네를 땅이 아가리를 벌려 집어삼키는 걸 바라볼 때 데메테르가 분명 느꼈을 기분일 것이다.

II. 네스테이아[*]

나는 그주 토요일을 도서관에서 트레이시와 함께 보냈다. 그게 내가 그녀에게 한 말이었다. 그날 저녁 내가 차에 탔을 때는 해가 동네 건물들 뒤편에 반쯤 잠겨 있었다. 봄

---

[*] 테스모포리아 축제 둘째 날 행하는 금식. 고대 그리스어로 '굶주림'을 뜻하며, 딸을 잃은 데메테르의 슬픔을 기리는 의미다.

날 오후의 포근함이 식어갔고, 근처 항구에서 불어온 바람이 부표의 부드러운 종소리를 싣고 왔다. 나는 조수석에 미끄러지듯 앉아 안전띠를 매고는 트레이시에게 잘 가라고 손을 흔들었다. 그녀는 돌아서서 집으로 걸어갔다. 엄마와 나는 그녀가 멀어지는 모습을 보았다. 그녀의 티셔츠 끝단이 바람에 나풀거렸다. 그녀는 등이 정말 곧았다. 조금은 로봇처럼 걸었다. 조시가 내 목에 뜨거운 숨을 내쉬고 내 속옷 안을 더듬거리며 살펴볼 때처럼, 엄마의 초점은 내게로 옮겨왔다.

너한테 섹스 냄새가 나는구나, 멜리사, 그녀가 말했다. 화나지도 놀라지도 잔인하지도 않은, 그저 지친 목소리였다. 목소리에는 애원이 담겨 있었다. 그 목소리가 말했다, 제발, 내게 진실을 말해주렴. 난 이미 알고 있어. 이 문제를 같이 풀어보자꾸나.

수치로 인한 충격을 불신으로 인한 충격으로 표현하기란 쉬운 일이었다. 나는 전에도 그런 적이 있었고 우리는 둘 다 그걸 알았다.

섹스해본 적 없어, 내가 말했다. 나는 그렇게 믿었다.

엄마는 기어를 천천히 1단으로 바꾸고 주차장 출구 방향으로 차를 틀었다. 섹스가 꼭 성교만을 의미하진 않지, 그녀가 말했다. 우리는 침묵 속에서 집에 도착했다.

우리가 그날 밤 신뢰에 대해 대화를 나눴는지는 잘 모르겠다. 우리는 전에도 그런 대화를 수없이 나눴다. 엄마는 우리 사이에 벌어진 거리에 줄 하나를 던져 이해의 다리를 놓아보려 애썼다. 신뢰가 무너지면 다시 세워야 한다고, 엄마는 말했다. 하지만 엄마와 나 사이의 신뢰의 신성함은 내 안중에 없었고, 그래서 무너진 신뢰는 내게 자유의 상실을 의미했다. 자유의 상실은 내게 통하지 않았다. 그녀가 나의 자유를 박탈하고 싶어한 건 아니었다. 그녀는 내가 집으로, 그녀에게로 돌아오길 바랐다. 아마 나는 그 사실을 알았던 것 같다. 그녀는 내 거짓말이 만들어놓은 거리를 좋아하지 않았고, 나의 침묵과 부루퉁함, 쾅 닫아버린 방문은 더더욱 좋아하지 않았다. 물론 내가 이겼다. 우리는 각자 서로가 원하는 것을 가지고 있었지만 승리에 대한 확신은 내게만 있었다.

그녀가 나를 거짓말쟁이라고 부를 만한, 혹은 그렇게 믿을 만한 일이 얼마나 많았을까? 나는 우리 둘 다 알고 있는 것을 인정하기를 끈질기게 거부했다. 친구 집에 자러 갔는데 친구의 오빠들이 나를 옷장으로 끌어들이거나 밤 열두시에 주방에서 물잔을 들고 있는 나와 마주치기도 했다. 마약을 거래하는 친구 엄마와 함께 마약을 배달하기도 했다. 집에 남자애들을 몰래 들이거나 영화관 뒤편에서 그들을 만나기도 했다. 다 큰 남자들은 우리집 뒤뜰과 지하실, 부둣가와 집 앞 진입로에서 내 몸을 더듬었다. 그러니 그녀가 할 수 있는 건 아무것도 없었다.

'페르세포네의 강간'은 수백 년을 거쳐 수많은 예술가가
묘사한 소재다. 강간이라는 단어를 납치와 유의어로 생각할
수도 있다. 대부분의 작품에서, 페르세포네는 하데스의 품
안에서 몸부림치고 그녀의 보드라운 몸은 그의 근육질 팔
과 터질 듯 튼실한 허벅지에서 벗어나려고 비틀려 있다. 잔
로렌초 베르니니의 유명한 바로크식 조각상을 보면, 하데
스의 손가락은 그녀의 허벅지와 허리를 꽉 누르고 있다. 그
부분의 대리석은 실제 피부처럼 생생하게 표현됐다. 그녀
의 손은 그의 얼굴과 머리를 밀어내고 있다. 실제 강간 희생
자의 반응을 떠올리게 하는 동작이다. 이런 작품 중 일부는
바로 그 또다른 유형의 폭력을 강조해 표현했다. 렘브란트
의 〈페르세포네의 강간〉을 보면 하데스의 전차는 물거품이
이는 바다를 헤치며 어둠 속을 내달리고, 오케아니데스*들
은 끌려가는 페르세포네의 새틴 치맛자락을 붙잡고 있다.
하데스는 그녀의 한쪽 다리를 움켜잡고 자신의 골반 옆으
로 끌어당기고 있다. 비록 그녀의 드레스 때문에 다른 부위
는 보이지 않지만 말이다.

엄마는 분명 내가 강간당할까봐 두려웠을 것이다. 그럴

---

* 그리스신화에 나오는 바다 님프.

만큼 위험하긴 했다. 돌이켜보면 아무 일도 일어나지 않은 게 놀랍긴 하다. 어쩌면 나도 그녀만큼 두려웠기 때문일지도 몰랐다. 혹은 내게 강압적으로 굴 만한 이들을 내가 순순히 따르는 일이 많아서였는지도.

틀림없이 그녀에게는 그런 일들이 납치처럼 느껴졌을 것이다. 누군가 그녀의 딸을 훔쳐놓고 그 자리에 제정신이 아닌 애를 데려다놓은 것처럼. 나는 엄마를 떠나 거짓말을 하고, 근육질 허벅지의 남자가 내게 손을 댈 수 있는 곳들을 쫓아다니기를 택했다. 그렇지만 나는 그저 아이일 뿐이었다. 그럼 납치범은 누구였을까? 그, 내 안을 연기처럼 채우고 다른 건 다 몰아내버린 욕망, 하데스일까? 나는 무서웠다, 그랬다, 그래도 나는 그를 따라갔다. 아마 그게 가장 무서운 대목이었으리라.

그리스에서 흔히 보이는 스파르타식 결혼식에는 신랑이 그의 품에서 몸부림치는 신부를 억지로 붙들어 마차에 싣고 '납치'하는 관습이 있다. 페르세포네의 납치를 완벽하게 본뜬 듯하다.

우리는 주저하는 연인의 매력을 안다. 하지만 마음의 분열은 어떻게 이해할 것인가? 내 안의 양가적인 감정이 나를 괴롭히고 굴복시킨다. 내 안에서 웅웅거리는 에로스 기차는 나를 우리집에서 어둠으로 몰아냈다. 나는 그게 위험하다는 걸 알았다. 두려움과 욕망의 차이를 구분하지 못했다─둘 다 내 육체를 흥분시켰고 나는 내 육체 자체가 낯설었다. 그리고 딸들은 원래 엄마를 떠나고, 남성의 불거진 신체 부위를 찾아 어둠 속을 더듬다가, 그것에 저항하게 되어 있다. 엄마는 이것을 분명 예상했을 테고, 나만은 그런 일을 비켜가길 바랐을 것이다.

하지만 엄마도 나의 연인이자 억류자가 아니었을까? 내가 가장 맹렬히 싸워 벗어나고자 한 건 엄마의 두 팔이 아니었을까? 스파르타의 신부처럼, 그녀가 정말 나를 놓아버렸다면 나는 가슴이 무너졌을 것이다. 딸의 첫 결혼 상대는 엄마니까.

'데메테르에게 바치는 찬가'에서 호메로스는 이렇게 말한다. "아흐레 동안 데메테르 여신은 / 대지를 샅샅이 헤맸다, 활활 타오르는 횃불을 손에 쥐고." 그후 그녀는 인간의 모습을 하고서 엘레우시스의 왕자를 돌본다. 그녀는 그를 불사의 몸으로 만들어주려다 실패한다.

엄마는 심리치료사가 되었다. 그녀에게는 긴 금발의 여자 연인이 생겼다. 그 연인은 엄마가 그레이하운드* 버스를 타고 무릎 위에 문서 작성기를 놓고 작업하면서 도시를 왔

---

* 미국의 버스회사.

다갔다하며 일하는 동안 우리를 예뻐해줬다. 심리치료사라는 직업은 정확히 이런 것들을 이해하는 일이다. 심리치료사의 일은 엄마의 일과 크게 다르지 않다. 오히려 더 안전하다. 그것은 협력이자 돌봄이다. 하지만 공생은 아니다. 서로 필요한 걸 주고받는 게 아니다. 그녀의 환자들은 불사신이 되지 못한 엘레우시스의 왕자였을지 모르지만, 내가 그녀에게서 받지 못한 유의 도움을 받았다.

열일곱 살을 몇 달 앞두고 내가 집을 나가겠다고 말했을 때, 엄마는 말리지 않았다. 그녀가 그걸 원치 않는다는 걸 나는 알고 있었다. 그때 널 말렸어야 했나봐, 나중에 그녀는 몇 번이나 말했다. 하지만 널 영원히 잃을까 두려웠어.

돌이켜보면 우리 사이의 긴장은 어느샌가 휘리릭 사라져버리곤 했다. 집을 나갈 때쯤 나는 이미 다소 누그러진 채였다. 그녀가 반대했어도 나는 나갔을까? 아닐 것이다. 하지만 그것은 성인이 된 내가 그때의 어린 여자아이에게 바라는 소망일지도 모르겠다. 어떤 길을 택했건 나는 그후에 지하세계를 발견했을 것이다.

하데스는 페르세포네를 그녀의 어머니에게 되돌려주기로 했다. 제우스의 강한 요구에 그는 한 가지 조건을 내걸며 물러선다. 페르세포네가 하계의 음식을 조금이라도 맛본다면 매년 일 년 중 절반은 그의 곁에 머문다는 조건이었다. 페르세포네는 알고 있었을까? 그렇기도 하고 아니기도 하다. 어떤 이야기에서는, 그녀가 자신은 똑똑하기에 하계의 음식을 먹어도 하데스를 피해 집으로 돌아갈 수 있으리라 생각했다고 한다. 신화에는 허점이 정말 많다. 수많은 반복과 변화를 거치고, 연대기도 명확하지 않다. 신화란 오랜 세월 전해진 이야기에 대한 기억이다. 모든 기억이 그런 것처럼 신화도 바뀐다. 때론 의지에 의해, 혹은 필요나 망각에 의해, 심지어 심미적인 목적을 위해서도.

석류알은 루비처럼 너무나 예쁘고 너무나 달콤했다. 그 이야기의 모든 버전에서 그녀는 석류알을 맛본다.

나는 헤로인부터 시작하지 않았다. 시작은 필로폰이었다. 우리는 그걸 크리스털이라고 부르기도 했다. 크리스털이란 이름이 아파트에 버려진 은박지의 그을린 자국이나, 오랫동안 방치된 오븐에서 풍기는 시큼한 냄새보다는 훨씬 예쁘게 들린다.

페르세포네가 지옥에서 처음 보낸 계절을 상상해보라. 집으로 건 전화들. 전화 못해서 미안. 수업 때문에 너무 바빴어. 정말 좋은 친구들을 사귀었어.

내 거짓말 중 절반은 사실이었다. 나는 수업을 들었다. 친구도 사귀었다. 일을 했고 숙제도 했고 고양이 오줌에 찌든 매트리스가 있는 고작 월세 150달러짜리 창고에서 지냈다. 엄마의 도움을 받으면 더 좋은 방을 구할 수 있었을 것이다. 그러나 그랬다면 그녀는 내게 진실을 요구할 권리를 얻어갔을 것이다.

엄마가 탄 것과 똑같은 그레이하운드 버스를 타고 집에 와서, 그녀가 차려준 따뜻한 음식을 먹고, 생명력 넘치던 유년 시절의 공간을 바라보고 있으면 마치 하계에서 황금빛으로 물든 대지로 올라온 듯한 기분이 들었다. 그곳이 정말 그리웠다. 그렇지만 얼른 그곳을 떠나고 싶었다. 욕구처럼, 굶주림처럼, 어떤 특정한 종류의 사랑처럼, 내 안에서 근질거리는 욕망 때문에.

페르세포네가 그를 사랑한다고 상상해보라. 그게 그리 불가능한 일일까? 우리는 우리를 납치하는 것들을 사랑하기도 한다. 때로는 사랑하는 이를 두려워하기도 한다. 나는 상상해본다. 만일 내 인생의 절반이 누군가에게 묶여 있다면 나도 그를 사랑하는 방법을 찾았을 거라고. 아니, 영원의 절반이다. 그녀는 영생하니까. 게다가 죽어서도 그에게서 벗어날 수 없을 테니까.

크리스마스 혹은 추수감사절이었다. 엄마, 남동생, 그리고 나는 김이 모락모락 나는 음식이 차려진 식탁에 둘러앉아 팔을 뻗어 서로의 손을 잡았다. 엄지손가락이 서로의 손바닥을 파고들 만큼 세게 잡았다. 아버지가 계시지 않아 정말 슬펐지만 몹시 강인하게 살아온 작은 삼인조. 서로를 지

독히 사랑했고, 여전히 사랑하는 우리.

엄마는 설거지를 마치고 소파에 몸을 파묻고 앉아 우리를 바라보며 미소 지었다. 그녀는 내가 집에 있어서 정말 행복해했다.

우리 게임할까? 영화 볼까?

엄마 차 좀 빌릴게, 내가 말했다.

그녀의 표정을 떠올리려니 괴롭다. 그녀의 심장을 구겨서 멀리 던져버린 것 같았다.

오늘밤에 꼭 어딜 가야 해?

내가 뭐라고 대답했는지는 기억나지 않는다. 그녀가 날 놔줬고 그들을 떠나는 게 얼마나 마음이 아팠는지만 기억난다. 나는 현관문을 열었고 등뒤에서 문이 닫혔다. 그리고 여전히 수선되지 않은 찢어진 옷처럼 내 안의 뭔가가 찢어진 듯했다. 그럼에도 재빨리 어둠 속에서 담뱃불을 붙인 뒤 고속도로를 향해 나아갔다. 아마도 한 남자가 정부情婦를 만나기 위해 가족을 버리고 나올 때의 기분이 이럴 테지. 나는 아버지 같기도 남편 같기도 했다. 아마 세상의 모든 딸이 그렇지 않을까. 적어도 아버지가 없는 집의 딸이라면.

마약을 끊었을 때, 모든 것을 끊었을 때, 나는 그녀에게 그 사실을 말하지 않았다. 그녀는 내가 시작한 것조차 몰랐으니까. 그녀는 본 것만 알았고 그걸로도 충분히 괴로워했다. 지옥에서 엄마에게로 올라왔는데 그런 모습을 보일 순 없었다. 그녀에게 더는 걱정할 필요가 없다고 말하려면 왜 그녀가 걱정했어야 했는지 말해야 했다. 완전히 끝낸 상태여야 했다. 페르세포네가 데메테르에게 지옥에서 있었던 일 말고도, 어쩌면 집으로 완전히 돌아올지 모른다고 말했다면 어땠을까? 어떤 딸이 그렇게 하겠는가? 게다가 하데스에게는 헤로인 말고도 더 많은 것이 있었다.

도미나트릭스*로 일한 지 일 년 정도 되었을 때, 엄마가 뉴욕에 있는 나를 보러 왔다. 그녀는 내 직업에 대해 알고 있었다. 그건 무성無性의 페미니스트를 추구하는 일이었다. 진정한 행동주의라고나 할까. 혹은 적어도 그걸 빙자한 것이었으리라. 예전에도 수없이 그랬듯 그녀는 내게 아무 문제도 제기하지 않았다.

어느 날 함께 저녁을 먹으러 나가려던 차에 그녀는 내 방문 뒤에 걸린 하니스**와 딜도를 보았다. 그녀가 그걸 보길 바라지는 않았다. 나는 정말이지 그 정도로 조심성이 없었다.

그들이 저걸로 너한테 뭘 시키는지 알아, 그녀가 대담한 목

---

* 지배와 복종, 속박과 규율 등을 포함한 성적 활동에서 지배자 역할인 여성.
** 딜도 고정용 벨트.

소리로 말했다. 나는 아무 말도 하지 않았다. 그때의 고통을 피하려고 이렇게 생각해본다. 그후로 불과 몇 년 뒤처럼 그것이 차라리 내 개인 용도였다면 얼마나 대답하기가 쉬웠을까. 그랬다면 부끄럽긴 해도 훨씬 덜 고통스러웠을 것이다. 하지만 그때는 몇 년 뒤가 아니었고, 그것은 내 개인 용도가 아니었다. 그녀는 그들이 내게 그걸로 무엇을 "시키는지" 알고 있었을까? 어쩌면. 그녀가 그걸 어떻게 알게 되었는지는 생각하지 않으련다.

우리가 섹스에 대해 얘기하지 않은 건 아니었다. 가끔 했다. 우리가 얘기하지 않는 것은 내가 정했다. 그녀가 판독할 수 없었을 나의 일부. 아마 그녀가 못마땅해할 일이나 그녀가 상처받을 만한 일, 혹은 내가 말로 설명할 수 없는 것이었다.

하데스가 그렇게 나쁜 사람은 아니야, 엄마. 페르세포네는 이렇게 말했을지도 모른다. 설명하기 어려워. 여기 지하세계는 완전히 다른 세상이야. 그곳도 역시 내 집이지. 하지만 그녀가 그렇게 말하지 않은 이유도 이해할 수 있다.

또다른 휴일. 저녁식사를 마치고 우리는 식곤증으로 소파에 널브러져 있었다.

엄마, 차 좀 빌려줘, 내가 말했다.

그녀의 애원하는 듯한 표정은 정말 예쁘고 정말 슬펐다.

어딜 가는데?

나는 숨을 들이켰다.

재활 모임 가야 해, 내가 말했다. 설명해야 했다. 상황이 안 좋아.

그녀는 얼마나 상황이 안 좋은지 알고 싶어했다, 아니 알고 싶다고 생각했다.

안 좋아, 내가 말했다.

아주 조금 털어놓은 것뿐인데도 가슴이 너무 아팠다.

이제야 이해가 되네, 엄마가 말했다. 그녀는 몹시 지친 얼굴이었다. 나는 그 모든 일을 되돌리고 싶었다.

그렇게 나를 사랑해주고, 내가 보호해주고 싶은 누군가에게 어디까지 얘기하는 게 맞을까? 나중에, 보이지 않는 곳에서 안전해지고 난 뒤에 알리는 게 더 나쁜 걸까? 내가 보여주지 않던 조각들로 나의 모순된 부분들을 하나씩 맞춰나가며 과거를 알아내는 엄마의 모습은 보고 싶지 않았다. 거짓말은 우리가 사랑하는 사람들을 바보로 만드는 짓이다. 그들을 보호하면서 동시에 배반하고야 마는, 용의주도한 방정식이다. 마치 집을 담보로 자동차를 사는 것과 비슷하다. 또한 나는, 언제나, 스스로를 보호하는 중이었다. 소리내 말했을 때 나조차 믿을 수 없는 진실도 있었다. 내가 그 진실을 마주할 수 있을 때에야 비로소 그녀에게 말할 수 있을 터였다.

삼 년이 흘렀고 그녀에게 내가 쓴 책을 보냈다.

다 읽을 때까지 나한테 전화하면 안 돼, 내가 말했다. 그 책
에는 헤로인과 행동주의 페미니스트는 물론이고 그저 연기
로는 느껴지지 않는 그 직업에 대한 이야기가 담겨 있었다.
내가 그녀에게 지금껏 말하지 않은 모든 게 담겨 있었다.
필요한 만큼 충분히 시간을 가지고 읽어, 나는 말했다. 책을 읽
으면서 엄마가 느낀 감정에 대해 내게 말할 필요도 못 느낄
정도로 충분한 시간을 가지길 바라면서.

그녀도 그러기로 했다.

다음날 아침 일곱시에 전화벨이 울렸다.

엄마? 다 읽을 때까지 전화 안 하기로 했잖아.

다 읽었어.

다 읽었다고?

멈출 수가 없었어. 책을 내려놓고 불을 껐다가 도로 켜고 책을
집어들었지.

왜?

네가 괜찮아졌는지 알아야겠으니까.

그녀는 지금껏 읽은 책 중에서 가장 읽기 힘들었다고 했
다. 걸작이라고 했다.

그후로 몇 년간 그녀는 종종 얘기했다. 그녀의 직장 동료

들이 그 책에 대해 했던 불편한 말들을, 그녀가 내 과거에 대해 어떻게 설명해야 했는지, 아니면 설명해줄 수 없었는지를.

나도 그 책에 대해 나만의 경험을 한 셈이야, 한번은 그녀가 말했다. 그녀에게 얼마나 힘든 일이었는지 내가 알아주길 바란다는 뜻이었으리라. 사는 것과 이야기하는 것. 나는 내가 말하지 못한 것들을 세상에 말하기로 결심했다. 그런 결심을 통해 스스로가 말할 수밖에 없도록 강제한 셈이다. 비록 엄마와는 여전히 그 이야기를 하는 게 쉽지 않지만. 그녀에게 그 이야기를 밝힌 건 내 선택이었고, 그로 인해 그녀는 어쩔 수 없이 세상 사람들과 대화하게 되었다. 더 부당한 일은 내가 엄마의 상황을 알고 싶지 않아했다는 것이다. 나는 그 이야기를 듣는 것도 감당하기 힘들었다.

십 년 뒤, 선물 공세와 당당한 애정 표현을 쏟아내는 애인이 생겼다. 그녀는 내가 언제나 그녀에게만 집중하길 원했다. 내가 그렇게 하면 그녀는 보상을 했다. 내가 그렇게 하지 않으면 벌을 내렸다. 주로 나를 외면하는 식이었다. 그녀가 나를 외면하면 나는 그 옛날의 분열과 가슴 아픈 갈망을 느꼈다. 그것은 고문이었다. 내 동의하에서 일어난, 어쩔 수 없는 순환 고리.

내가 애인을 집으로 처음 데려간 날, 그녀는 엄마를 쳐다보지 않았다. 나만 보았다. 저녁식사 자리에서 그녀는 질문에 대답하긴 했어도 질문하지는 않았다. 그녀의 두 눈은 내 눈만 따라다녔다, 뭔가를 지키려는 듯. 나는 다른 곳으로 시선을 돌릴 수 없었다.

네 친구는 너한테만 온통 신경이 쏠려 있더구나, 엄마가 말했다. 이상하더라.

애인은 홍합 속살처럼 반질반질한 라벤더색 구슬 목걸이를 엄마에게 선물하려고 가져왔다. 그녀는 방안의 여행 가방에서 작은 선물 상자를 꺼내 내게 건넸다.

이거 너희 엄마한테 전해줘, 그녀가 말했다.

하지만 네가 준비한 거잖아, 내가 말했다.

네가 전해주는 게 더 좋아, 그녀가 말했다.

나는 엄마가 이상하게 여기리라는 걸 알았다. 애인이 나만 쳐다보는 것만큼이나, 그렇게 짧은 방문 동안 나와 단둘이만 있으려고 하는 것만큼이나 이상하다고 생각할 터였다.

같이 드리자, 내가 말했다.

그녀와 헤어지고 몇 달 후, 나는 그 행동이 양심의 가책을 표현한 것이라고 해석하고 싶어졌다. 그러나 그녀가 우리 엄마 앞에서 죄책감을 느낄 만큼 스스로를 잘 알았다고 생각진 않는다. 그보다는 엄마를 경쟁자로 여겼을 것이다. 아마 내가 아직 알아채지 못한 그녀의 모습을 엄마가 먼저 알아볼까봐 두려웠던 것 같다. 어쨌든 엄마는 정말 알아봤다. 그럼에도 나는 그녀를 이 년 동안 사랑했다. 그 이 년 동안 엄마와는 거의 보지 않았다. 나는 스스로에게 일어나고 있는 일을 알지 못했고 알고 싶지도 않았다. 내 애인처럼 엄마를 보는 것을 거부했다. 엄마가 보고 있는 것을 보고 싶지 않았다.

나는 몇 번이나 헤로인에 취한 채 흐느끼며 전화했다.

내가 좋은 사람이라고 생각해? 내가 물었다.

당연하지, 엄마가 말했다. 엄마는 여전히 나를 도와주고 싶어했다. 나는 전화를 끊었다. 엄마가 너무 그리웠다. 어느 때보다도 더.

결국 그 애인을 떠나기로 마음먹은 아침, 엄마에게 전화를 걸었다. 이번에는 그 이야기를 책으로 써서 보내기까지 삼 년이라는 시간을 기다리지 않았다.

나 헤어지려고, 내가 말했다. 엄마한테 말한 것보다 훨씬 더 안 좋았어.

얼마나 더 안 좋았는데? 엄마가 물었고 나는 털어놓았다. 왜 엄마한테 얘기 안 했어? 그녀가 물었다.

모르겠어, 내가 말했다. 눈물이 흘렀다. 엄마한테 이렇게 얘기해놓고 그 사람을 떠나지 않으면 어떡해?

그녀는 잠시 말이 없었다. 그런 일로 내가 널 나쁘게 생각할 것 같니?

나는 손으로 눈을 가리고 더 심하게 울었다.

잘 들어, 그녀가 말했다, 그녀의 목소리는 내 볼을 감싸는 손처럼 든든하고 흔들림 없었다. 엄마는 절대 널 떠나지 않아. 네 평생 동안 매일매일 너를 사랑할 거야. 네가 무슨 짓을 해도 너에 대한 나의 사랑은 멈추지 않아.

나는 아무 대답도 하지 않았다.

내 말 듣고 있니?

III. 칼리제네이아*

내가 엄마에게 두번째 책을 보냈을 때, 우리는 몇 시간 동안 긴긴 대화를 나눴다. 나는 글쓰기가 나의 일부를 들여다보며 말을 걸 수 있는 공간을 만들어준 것에 대해, 글쓰기가 아니었다면 만나지 못했을 공간에 대해 설명했다. 그녀는 이게 바로 그녀의 치료법이며 그녀가 환자들에게 유도하는 것이라고 말했다. 전에도 이에 대해 얘기한 적이 있었지만 그렇게 깊이 얘기한 적은 처음이었다.

몇 달 뒤, 우리는 심리치료사들로 가득한 회의실 앞에 섰다. 엄마가 매년 참석하는 콘퍼런스였다. 그녀는 사람들에

---

* 테스모포리아 축제 셋째 날. 고대 그리스어로 '아름다운 탄생'이라는 뜻으로, 풍요와 번영을 기원하는 의식이다.

게 임상 모델을 설명하며 워크숍을 시작했다. 원래 자신의 심리 상담에서 활용하다가 세계 곳곳을 다니며 임상의들에게 교육시키는 임상 모델이었다. 그녀에게서 시선을 뗄 수 없었다. 그녀는 따뜻하고 재미났으며 전문가로서의 카리스마가 넘쳤다. 그녀가 수십 년 동안 치료해온 환자들의 정성스러운 카드로 우리집 우체통이 채워지는 이유를 쉽게 알 수 있었다. 그녀가 설명을 마치자 내가 일어섰다. 나는 글쓰기를 통해 가장 고통스러운 과거의 기억을 되짚고, 거기서 새로운 의미를 찾고 치유된 경험에 대해 한참 동안 얘기했다. 그러고 나서 그것의 사례이자 엄마의 치료법과도 이어지는 글쓰기 연습 문제로 사람들을 이끌었다. 심리치료사들은 각자의 노트에 글을 끼적였다. 나는 그중 몇 명을 불러내 글을 공유해달라고 청했다. 지명된 이들이 자신의 글을 읽어나가자 사람들은 고개를 끄덕이기도 하고 웃기도 했다. 몇몇은 눈물을 흘렸다.

그 주말 내내 사람들은 우리 손을 붙잡고 우리의 공동작업을 칭찬했다. 그들은 그 공동작업이 일군 기적에 놀라워했다. 정말 특별해요, 그들이 말했다. 누구의 아이디어였나요?

엄마요, 나는 그들에게 말했다.

더 오래된 버전의 데메테르 이야기가 있다. 이야기에 대한 기억이 말할 때마다 바뀌듯, 데메테르 이야기도 정복자마다, 식민지 개척자마다, 한 민족이 다른 민족에 동화될 때마다 돌이킬 수 없을 만큼 바뀌어왔다. 이 버전은 우리가 너무도 잘 아는 그리스나 로마 이야기보다 이전에 존재했으며, 모계 중심 사회에서, 아마도 이 버전이 반영하는 가치를 품은 어느 사회에서 비롯된 이야기라고 알려져 있다.

그 이야기에는 강간도 없고 납치도 없다. 삶과 죽음의 순환을 관장하는 여신인 어머니는 하계와 지상을 자유로이 오가면서, 이승에서 저승으로 건너가는 죽은 이들을 품었다. 다른 버전에서는 그녀의 딸이 그녀와 똑같은 능력을 가진, 그저 그 여신의 젊은 시절 모습이라고 말한다. 또다른 버전에서는 애초부터 페세파타*가 하계의 아주 나이 많은 여신이었으며, 내내 그랬음을 암시한다.

나는 엄마가 이해하지 못할 것들을 내가 원한다는 사실이 두려웠다. 우리는 서로의 차이점을 두려워했던 것 같다. 그녀한테 그 차이점을 숨기려고 애쓰며, 나는 오히려 정말 피하고 싶은 것들을 만들어내곤 했다. 그렇다고 내가 그녀에게 모든 걸 말했어야 했다는 건 아니다—만약 그랬다면 그 경우 생겨날 수 있는 또다른 잔인함이 드러났을 것이다. 엄마를 더 신뢰할 순 있었겠지만 말이다. 더 어린 버전의 우리 이야기, 거의 내 인생 내내 마음속에 품어온 이야기,

* 페르세포네의 또다른 이름.

이 글에서 거의 다 털어놓은 이야기는 사실이다. 나는 스스로에게 상처를 주었고 그녀에게 거듭 상처를 주었다. 하지만 오래된 그 신화처럼, 우리 이야기에는 또다른 버전이 있다. 더 성숙한 버전이.

그 이야기는 페르세포네가 집으로 돌아오는지에 대한게 아니다. 그녀는 이미 집에 와 있다. 그 이야기는 계절의 주기, 생명의 주기를 설명하는 데 쓰이기도 한다. 그녀가 어둠 속에서 보낸 시간은 자연의 일탈이 아니라 자연이 정한 일이었다. 내 이야기도 마찬가지인 것 같다. 페르세포네처럼 나의 어둠은 지상에 올라와 작품이 되었다. 나는 엄마에게로 돌아가고 또 돌아간다. 양쪽 세계 모두 나의 집이다. 납치범 하데스는 없다. 오직 나뿐이다. 저 아래에 내가나 자신의 일부라고 생각하지 않는 것은 없다. 이 사실을엄마에게 숨길 필요가 없다는 걸 알게 돼서 기쁘다. 덕분에어둠이 나를 죽일 가능성이 그 어느 때보다 줄어들었다.

나는 그 두 이야기를 모두 이해한다. 두 이야기는 서로겹치는 부분이 있다. 먼저 테스모포리아 축제의 첫째 날인카토도스에서는 폭력 의식이 거행되며 제물이 희생된다. 셋째 날 칼리제네이아에서는 희생된 제물이 들판에 뿌려진다. 그 제물은 풍성한 수확물이 된다. 나의 모든 폭력적인경험도 이렇게 생각해볼 수 있을 것 같다. 하강과 상승, 그리고 파종으로. 그 경험을 대지에 뿌린다면 제물은 수확물이 될 수 있다.

로마의 자동차들이 그 작은 아파트 창밖에서 들썩거렸고 나는 핸드폰을 응시했다. 내 안의 두려움이 짙어져갔다. 나는 이번 여행을 통째로 그 두려움 속에 빠뜨리고, 실수한 자신을 매일 스스로 벌하며 보낼 수 있다는 것을 깨달았다. 하지만 그럴 필요가 없었다. 이번 타격을 견뎌내기에 우리의 결속이 너무 약하지는 않을까 두려워한 건 내 어린 시절의 일부였다. 나는 그녀에게 이 새로운 이야기를 들려줘야 했다. 내가 무슨 짓을 해도 나를 향한 엄마의 사랑을 멈추지 못할 것임을 말해줘야 했다. 나는 그녀에게 약속했다. 그리고 엄마에게 전화를 걸었다.

물론 그녀는 화가 났고 실망했다. 하지만 통화를 마칠 때쯤 우리는 웃고 있었다.

며칠 뒤 그녀의 할머니가 태어난 동네에서 그녀에게 전화를 걸었다.

엄마가 여기 정말 좋아할 거야, 내가 말했다.

당신을 사랑하는 누군가를 화나게 할지 모른다는 두려움과 그들을 잃을 위험은 다르다. 오랫동안 나는 그 둘을 구별하지 못했다. 어느 정도 경험이 쌓인 뒤에야 사랑하는 이에게 상처를 줌으로써 생긴 고통과 그들을 잃을 수 있다는 두려움을 구별하게 되었다. 사랑하는 이에게 상처를 주는 것은 극복이 가능하다. 그리고 피할 수 없는 일이다. 상처 주는 일이 적었더라면 좋았겠지만. 하지만 내가 얼마나 많은 상처를 주었든, 엄마는 절대 나를 떠나지 않았을 것이다.

일 년 후, 나는 나폴리공항으로 그녀를 데리러 갔다. 그리고 우리는 해안을 따라 그 동네로 차를 몰았다. 이 주 동안 싱싱한 토마토와 모차렐라를 먹고, 그녀의 할머니가 걸었던 거리를 돌아다녔다. 아말피 해안 고속도로를 죽 내달렸지만 렌트카에는 아주 작은 흠집만 생겼다.

내가 운전하는 중에 엄마는 내 핸드폰을 들고 동영상을 찍었다. 저 아래에서 물결치는 놀라울 만큼 푸른 바다, 고속도로 바로 옆에서 수직으로 떨어지는 절벽, 우리를 따라오는 양 공중을 맴도는 새들, 그리고 언덕의 작은 마을들을 찍었다. 내가 좋아하는 모든 여행에서처럼 숨이 멎을 만큼 아름다웠다.

집으로 돌아와 사진을 정리했다. 중복된 사진을 지우고 우리의 행복한 얼굴을 보면서 미소 지었다. 동영상을 재생해보았더니 렌트한 피아트의 까끌까끌한 바닥 위로 샌들을 신은 그녀의 발―내 발처럼 넓고 다부진―이 보였다. 또렷하게 녹음된 목소리는 풍경에 대해 말하고 있었다. 나는 그녀가 내내 핸드폰 카메라를 거꾸로 들고 있었다는 걸 깨달았다. 나는 피식 웃고는 그녀의 발이 이리저리 움직이는 걸 계속 보았다. 우리는 지나가는 버스에 대해 얘기하고 있었다. 눈을 감고 귀를 기울였다. 이 얘기, 저 얘기를 재잘대던 우리의 대화에, 급커브길에서 옆으로 쌩하게 지나가는 모페드 때문에 우리가 헉하고 숨을 삼키는 소리에, 울리고 또 울리는 우리의 웃음소리에.

⟨제너두⟩

알렉산더 지

우리는 방에서 각자 증언할 수 있었다. 증언은 녹음됐다. 우리가 미성년자였기 때문이다. 그 남자애들 중 하나였던 친구와 함께 대기실에서 기다리고 있을 때, 그가 어깨를 으쓱하며 말했다. "그 사람이 나한테 오럴섹스를 했어." 말을 마친 그는 등을 기대고 양손을 내밀었다. "내 말은, 괜찮다고. 그 일로 상처받지 않았어."

나는 고개를 끄덕이며 나도 같은 생각인지 궁금했다.

우린 열다섯 살, 거의 열여섯 살이었다. 오랫동안 같은 소년 합창단에 있었고 변성기가 오면서 합창단을 나왔다. 자세한 내용이 언론을 통해 밝혀지자 합창단 남자아이들은 전학을 갔다. 사람들이 우리 피해자들을 범죄자처럼 취급한다는 걸 이미 알고 있었다. 우리가 성적으로 학대당한 걸 알게 된 사람들은 저마다의 의견이 있었다. 모두가 대번에 자기라면 그런 상황에서 더 잘 대처했을 거라고 생각하는 듯했다. 그리고 그들은 자신의 생각을 확인해보려고 상대에게 질문을 던지고 대답을 기다린다. 자처해서 증언한다는 건, 특히 소년이라면, 자신이 실패했다는 말을 암묵적으로 혹은 심지어 대놓고 듣는 것과 같다.

나는 증언하는 데 동의했지만, 나 자신이 피해자라고 생각하진 않았다. 합창단 단장의 혐의는 열다섯 건이었다.

나는 친구의 말투를 따라 해보려고 했다. 그의 진술 내용까지도.

그렇게 나쁘진 않았어요. 나는 스스로에게 거짓말을 하고 있었고, 그 역시 그걸 알았다. 거짓말은 하지 않으려고 했다, 아직은. 하지만 빠져나올 수 없었다.

이 일을 다시 떠올린 건 일 년 후였다. 나는 친구를 설득해야 했다. 그는 게이가 아니라고, 목숨을 버리지 말라고.

그가 내 친구였다고 말할 수도 있다. 그러나 우리가 서로에게 무엇이었으며 누구였는지를 표현해주는 단어는 정말이지 하나도 찾을 수 없었다. 증언을 했던 무렵에도 우린 성적인 관계를 맺고 있었다. 캠핑을 떠났을 때 합창단 단장을 즐겁게 해주기 위해 시작된 일이었다. 그로부터 몇 달 뒤 관계가 시작됐다. 마치 시간을 때울 일이 필요하기라도 했던 것처럼. 우리는 같이 던전 앤드 드래곤 게임을 했다―그는 항상 성기사, 나는 항상 마법사 역할을 맡았다. 서로 사랑하는 사이는 아니었지만, 나는 그를 사랑했고 지금도 그렇다. 우리가 알게 된 것에 어떤 이름을 붙여야 할지 나는 몰랐다. 가끔 그가 내 첫 남자친구였다고 말하기도 하지만 우린 손도 잡지 않았고 졸업 파티 파트너도 아니었다―졸업 파티에는 둘 다 여자애와 함께 갔다. 어느 날 아무 말 없이 시작한 그것이 그 순간만은 더 현실적으로 느껴졌다. 우린 그것에 이름을 붙인 적이 한 번도 없었다. 우리 중 하나가 놀 계획을 세우면 그것은 무엇이든 될 수 있었다. 가끔은 우리가 서로를 위로하고 있던 건 아닌지 궁금해지기도 하지만, 잘 모르겠다. 그 행위에 대해 얘기를 나눈 적이 거의 없었으니까. 대기실에서 그가 털어놓은 그날의 이야기는 충격적이지 않았다. 그가 말하는 것을 직접 보았으니까. 바로 내 눈앞에서.

그 일이 일어난 시기에, 합창단에 있었던 친구들과 나는 군인, 무기, 비행기, 잠수함을 잔뜩 보유한 정교한 요새를 그리곤 했다―현실에 있을 수 없는 구조물을. 그것은 합창단과 비슷했다. 지금 돌이켜보니 그랬던 것 같다. 아니, 그것은 나와 닮았다. 비밀로 가득하고 너무 복잡해서 설명할 수 없는 것. 하지만 지도가 있다면 모든 걸 말해줄지도 모른다. 여기 그 하나가 있다.

나는 열한 살에 합창단에 들어갔다. 단장이 내게 접근하기 시작한 건 열두 살 때부터였다. 나는 스스로 조숙한 아이라는 사실에 자부심을 느꼈고 혼혈아, 퀴어, 외톨이라는 사실에 부끄러움을 느꼈다. 그는 바로 그 자부심과 부끄러움을 겨냥했다. 그는 처음부터 재능 있고, 또래보다 지적 능력이 우수하며, 감정적으로 성숙하다는 나의 믿음을 부채질했다. 오디션에서 내 목소리와 시창 능력을 칭찬했고 나를 섹션 리더로 뽑았으며 나중에는 솔로를 맡겼다. 이는 그와 단둘이서 리허설을 해야 한다는 뜻이었다. 나는 그를 믿었다. 그는 나를 즐겁게 해주고 심지어 우월감을 느끼게 해줬으니까. 세상으로부터 버림받았다고 느끼던 때였다. 그러니까 그 말은 구체적으로, 내가 한국계 미국인 혼혈아라는 의미다. 그것도 서로 다른 인종 간의 결혼뿐 아니라 그 사이에서 아이를 갖는 걸 도무지 믿지 못하는 동네에서 말이다. 나는 항상 스스로가 괴물 같다고 느꼈고 잘못된 방식으로 눈에 잘 띄었다. 그건 눈에 띄지 않는 것과 다르지 않았다.

나는 세 옥타브에 걸친 넓은 음역을 소화하는 소프라노로서 높은 음들도 힘차게 부를 수 있는 목소리를 지녔고, 다른 이들의 목소리와 조화를 이루며 화음을 만들어내는 능력이 있었다. 처음 보는 악보로도 노래를 꽤 잘 불러서 단원들이 악보를 익히는 데 내가 꼭 필요했다. 그리고 이내 깨달은 사실은 반 친구들 사이에서 어떤 인종차별이 판을 치든, 합창단에서는 내가 리더로 환영받고 있다는 것이었다. 나는 인기 있었고, 단원들은 나를 좋아했다. 중학교 때는 내내 구석에 혼자 있었고 친구들에게 따돌림을 당했다. 하지만 합창단에서는 언제나 친구들에게 둘러싸여 있었다. 당시 나는 소속될 곳이 필요했지만 그 사실을 몰랐다. 하지만 단장은 알았다. 그래서 그는 자신만이 그걸 제공해줄 수 있는 것처럼 굴었다. 이제야 알게 되었지만 이걸 피해자 그루밍하기라고 부른다. 그중 몇몇 아이들이 나처럼 왕따였고, 몇몇 아이들은 퀴어였던, 재능 있는 남자아이들로 구성된 합창단은 내게 잠시나마 파라다이스처럼 느껴졌다. 하지만 그곳은 우리의 발목을 잡는 덫이기도 했다. 우리로 만든 덫.

표면적으로는 합창 연습을 가는 것처럼 보였지만 속으로는 매번 집에서 도망치고 있었다. 세상에서 유일하게 나를 받아주고 보살펴주는 곳으로. 관객이 많으면 많을수록 그들이 보내는 박수 소리가 지금껏 상상조차 못한 위로처럼 느껴졌다.

단장의 범행은 아버지의 죽음으로 슬퍼하던 바로 그해에 폭로됐다. 아버지는 사고가 난 지 삼 년째 되던 1월의 어느 날 돌아가셨다—내가 합창단에서 거의 살다시피 하던 시기였다. 당시 나는 어느샌가 엄마의 오른손이 되어 있었다. 병원에서 전화가 걸려와 아버지가 자동차 사고를 당했다고 말해줬고, 그녀는 즉시 아버지에게 갔다. 일이 정리될 때까지 우리를 가깝게 지내던 가족에게 맡겨두고서. 거실 전화기 앞에서 그녀의 전화를 기다리는 것 외에는 아무것도 할 수 없었던 기억이 난다. 가깝게 지내던 가족이 우리를 돌봐주기 위해 집에 도착하던 순간부터 엄마가 집을 나서던 순간까지, 나는 내내 알고 있었다. 지금이 아버지가 전에 내게 말한 그 순간이라는 것을. 아버지에게 무슨 일이 생기면 내가 집안의 가장이 되어야 한다던 그 순간. 내 안의 뭔가도 그렇게 바뀌어갔다.

전화벨이 울렸다. 그녀의 전화였다. 벨소리는 공중으로 치솟았다가 나를 향해 날아왔다. 마치 내가 생각만으로 그 소리를 들어올리기라도 한 것처럼. 만화책을 보면서 간절히 바란 염력이 위기 상황이 닥치자 갑자기 발현되기라도 한 것처럼. 딱 만화책에서와 똑같았다. 하지만 그게 정말 염력이었더라도, 나는 그걸 바로 봉인해버렸다. 그런 일은 두 번 다시 일어나지 않았다.

수화기를 들자 엄마가 말했다. 그녀는 간신히 말을 이어갔다. 나는 우리가 새로운 세상을 맞게 되었음을 알았다.

아버지의 차는 다른 차와 정면으로 충돌했고, 상대 운전자는 아버지보다 부상이 심하지 않았지만 며칠 뒤 사망했다. 아버지는 석 달을 혼수상태로 있었다. 우리는 교대로 병원에 가서 그에게 책을 읽어줬다. 우리 목소리를 들으면 의식이 돌아오는 데 도움이 될까봐. 무슨 책을 읽어줬는지는 기억나지 않는다. 아버지와 나의 역할이 바뀌었다는 것만 기억난다. 예전에 내게 이야기책을 읽어주곤 하던 남자는 이제 혼수상태에 빠진 채 내 목소리에 귀기울이고 있었다. 내가 그를 책 속으로 이끌어줄 수 있기라도 한 것처럼. 내가 침대 옆에 앉아 책을 읽어주던 무렵, 아무에게도 말 못한 그 이야기는 내 인생만큼이나 엄청났다. 나는 아버지의 사고를 내 탓으로 여겼다.

사고가 일어나기 전 가을, 나는 수영 연습을 건너뛰고 위 빌로스* 친구들과 롤러스케이트를 타러 가겠다고 졸랐다. 롤러스케이트를 잘 타진 못했지만 당시 내가 가장 좋아하던 영화가 〈제너두〉**였다. 그래서 스케이트장에서 롤러스케이트를 타며 올리비아 뉴튼 존처럼 조명을 받으며 음악에 맞춰 노래를 불러보고 싶었다―남몰래 내가 그녀라고 상상하면서. 하지만 그날 밤 스케이트를 타다가 넘어지며

---

* 보이스카우트의 초등생 조직인 컵스카우트의 최상위 계급.
** 1980년 개봉한 올리비아 뉴튼 존 주연의 뮤지컬 영화로, 롤러스케이트 무대 장면이 있다.

왼쪽 팔을 바닥에 부딪혔다. 팔이 나뭇가지처럼 꺾여 있었다. 나는 보이소프라노만이 지를 수 있을 법한 비명을 질렀다. 스케이트장에 흐르던 음악을 멈추게 할 정도의 비명이었다. 내 기억으로는 내가 소리를 지르기도 전에 내 팔에 조명이 비치고, 사람들은 스케이트를 타다가 멈춰 서서 공포에 질린 표정을 지었다. 그사이 디스코 음악이 멈췄다.

스케이트장으로 향하던 엄마는 구급차가 지나갈 때까지 잠시 정차하면서 누가 다쳤는지 궁금해했다.

병원에서 의사는 내 팔을 맞추며 이렇게 말했다. 내 손가락을 집어넣은 기구는 원래 중세의 고문기구였는데, 이제는 부러진 뼈를 분리했다가 다시 원위치로 되돌리는 데 쓰인다고. 그 옛날 고문기구가 내 팔을 맞춰줬다. 나는 엑스레이를 찍고 깁스를 했다. 집으로 돌아가서는 진통제 기운에 늘어져 내 행동을 뉘우쳤다. 며칠이 지나고 내가 더이상 수영 연습을 하지 못하게 되자 코치님이 화가 났다는 것을 알게 되었다. 그리고 깁스에 모래가 들어갈까봐 플로리다로 휴가를 떠날 수도 없게 되었음을 알게 되었다.

아버지의 사고가 있던 날 밤, 그의 차가 눈에 미끄러져 반대편 차선의 차와 충돌한 밤, 나는 우리가 해변에 있었다면 사고가 나지 않았을 거라고 스스로에게 말했다. 그걸 한시도 잊지 않았다. 나는 비난받을 준비를 했다. 깁스를 한 팔은 근질거리고 어색했다. 하지만 아무도 내게 뭐라고 하지 않았다.

이 얘기를 엄마에게 하기까지 삼십오 년이 걸렸다. 나중에는 그 일에 대해 그렇게 생각한 것이 기억나긴 하지만 그 기억을 믿어도 되는지 확실하지 않다는 생각이 들었다. 충격을 받은 엄마의 얼굴은 너무 끔찍해서 보기 힘들 정도였다. 세상에 존재할 수 없는 뭔가로 변해가는 내 모습을 지켜보는 듯한 얼굴이었다. "아버지의 일 때문에 여행을 취소했던 거야." 그녀가 말했다. "네 팔 때문이 아니야. 그런 것 때문에 여행을 취소하진 않지." 나는 그녀를 믿어도 되는지 가늠해보려 했다. 최소한 엄마는 그렇게 믿고 있다는 걸 깨달았다.

내가 기억한다고 확신한 그 대화, 여행이 취소됐다는 그 대화는 내가 지어낸 것일까? 내가 팔을 다쳤다는 이유만으로 여행이 취소되지는 않았을 거라는 말은 일리가 있었다—당시 아버지가 하던 일은 수백만 달러가 오가는 국제 거래였으니까. 그런 거래가 진행되는 중에 그가 가족여행을 떠나진 않았을 것이다. 아버지는 그 거래로 인생역전을 노렸다. 스스로에게 주는 선물로 차를 사려고 나를 데리고 고급 자동차 매장을 돌아다니기도 했다. 시승용 차로 학교에 우리를 데리러 오기도 했다. 어느 주에는 빨간색 가죽으로 내부가 꾸며진 흰색 메르세데스 컨버터블을 타고 왔다. 다음날은 알파 로메오, 그다음날은 재규어였다. 그는 기분이 한껏 들뜬 채로 차문을 열어주며 정말 환한 미소를 지었다. 그리고 그해 겨울이 왔다.

수년이 흘러 동창들은 우리집이 부자인 줄 알았다고, 그 자동차들이 우리 소유인 줄 알았다고 털어놓았다.

지나서 생각해보니 알 것 같았다. 아버지는 부상을 감당하기도 힘들었겠지만—사고로 중추신경이 손상되고 몸 왼편이 마비됐다—모든 꿈이 무너져내린 것 또한 감당하기 힘들었으리라. 그는 어린 시절부터 무술을 익혔다. 그래서 그보다 부상 정도가 덜했던 상대 운전자는 그 사고로 생명을 잃었지만 그는 살아남을 수 있었다. 어떤 상황에서도 살아남는 훈련을 평생 해왔고, 그렇게 살아남았지만 그는 죽고 싶어했다.

그는 내 인생 최고로 강한 남자였다. 불과 몇 달 전까지만 해도 나와 물속에서 숨 참기 내기를 하며 45미터, 70미터를 숨 한 번 쉬지 않고 수영하던 남자였다. 지하실에서 내게 복싱을 가르쳐주던 남자, 학교에서 아이들이 나를 구석에 몰아넣는 일이 생기자 가라테와 태권도를 배우게 했던 남자. 바다가 무서워 울고 있는 나를 파도에 던지며 거센 물결을 헤쳐나가는 법을 몇 년간 가르치던 남자였다. "수영을 잘해야 해. 배가 가라앉으면 해안까지 헤엄쳐갈 수 있을 정도로." 그가 말했다.

정말 몰랐다. 이번 일의 해안은 어디쯤인지.

나는 열두 살. 아버지는 내 영웅이다. 그리고 그는 망가 졌다. 나는 내가 그를 망가뜨렸다고 믿는다, 나의 부러진 팔이 그를 차로 몰아넣었다고 믿는다. 사 년 전까지 나는 그렇게 믿었다.

아버지는 그 부상으로 결국 세상을 떠났지만 회복을 시 도하던 삼 년 중 혼수상태에서 깨어난 그해에는 집에서 지 냈다. 한때 거실이었던 공간을 임시로 개조해 만든 침실에 서. 그는 화가 나 있었고 우울했고 가끔 자살충동을 느꼈 다. 학교가 끝나고 집에 오면 나는 숙제를 하기 전에 먼저 아버지와 시간을 보냈다. 한국의 가족들이 우리랑 같이 살 면서 아버지의 말동무가 되어주라고 둘째 사촌을 보냈다. 침착해 보이진 않았지만 그래도 내가 좋아하는, 나보다 나 이가 많은 남자였다. 그는 한국 드라마를 보거나 한때 포커 를 정말 잘 쳤던 아버지와 카드게임을 하면서, 아버지의 비 애와 분노로 숨막히게 우울한 분위기를 다소 해소해줬다. 우리는 아버지를 살리기 위해 분투했지만 아버지는 더이상 살고 싶어하지 않았다. 그에게 도움이 안 된다는 기분이 들 수밖에 없었다. 엄마는 내게 햄버거 캐서롤 만드는 법을 알 려줬다—일종의 토마토소스 마카로니 파스타인 아메리칸 촙수이, 쌀이 들어가는 것 빼고 기본적인 건 똑같은 '텍사 스 해시', 내가 자주 쌀밥에 부어 먹던, 간 소고기에 사워소스와 버섯수프를 넣어 만드는 비프 스트로가노프. 이제 엄마는 수산업에 종사하게 되었다. 아버지가 진행하던 거래는 핵심 담당자들이 없어 무산됐다. 엄마는 남자들이 우글거리는 업계에서 여자로 일하는 어려움에 맞닥뜨렸다. 하루가 끝나면 지친 몸으로 집으로, 가족과 문화를 거스르면서까지 결혼해 함께 살아온 남자에게로 돌아왔다. 당시 그녀가 얘기해주기로는, 일을 하는 동안 친구로 지내던 여자들과 멀어졌고 아버지와 함께 일하던 남자들과는 좋은 관계를 유지했으며 그래야만 했다. 엄마가 그런 얘기를 토로하면 나는 들어줬고, 때로는 그녀의 등이나 어깨를 토닥여주거나 얼음을 넣은 스카치 한 잔을 가져다주기도 했다. 그때 나는 남들의 이야기에 귀기울이는 사람이었고 지금도 그렇다. 그리고 나는 그걸 그때 배웠다.

집밖에서 일어나는 일들에 대해 엄마에게 어떻게 말해야 할지 몰랐다.

나는 모두가 침묵을 지킬 때 말하는 사람으로, 모든 이가 생각하고는 있지만 말하지 않으려는 것을 말하는 사람으로 알려져 있다. 그래서 그 일을 말하지 않은 것, 목소리 높여 말하지 않은 것은 그만큼 이상하게 느껴진다. 돌이켜 생각해보면 내 기억 속에서 그것은 비밀스러운 파라다이스와 같았다. 음식을 제외하고 나의 유일한 기쁨은 노래 부르기였다. 그리고 이제 그것은 또다른 지옥이 되어버렸다. 조금은 덜 끔찍한 지옥.

　일 년이 흐르고, 고모는 자신의 집에서 아버지를 돌보겠다고 우리를 설득한다. 매사추세츠주에 있는 그녀의 집 근처에 의사가 한 명 있는데 그를 치료할 수 있을 거라고 한다. 둘째 사촌과 아버지가 고모네로 가고, 일 년 동안 우리가 그를 보러 왔다갔다한다. 일 년 뒤, 그 의사가 사실 아버지에게 그저 임상시험을 했을 뿐이며 그의 건강을 위험에 빠뜨리고 있다는 걸 알게 된 우리는 그를 다시 메인주로 데려온다. 이번에는 우리집 근처 팰머스에 있는 한 요양원으로 그를 옮긴다.

　합창단은 점점 규모가 커지고 더욱 전문적으로 되어간다. 잠시나마 내 리더십과 인기가 자랑스러웠다. 그러나 단장이 내게서 자신이 원하는 것을 취하고 나자 내 리더십과 인기는 그에게 위협이 되었다. 그는 던전 앤드 드래곤으로 패거리를 형성하고 있다고 나를 비난하면서 합창단 내에서 나를 고립시키려 한다. 나는 여전히 섹션 리더였지만 더이상 솔로 파트를 맡지 못한다. 친구와 나의 그 이상한 관계는 이제 내 인생에서 조용한 중심이 되고, 우리가 공유하는 세상이 되고, 우리는 그 세상을 발견할 때마다 섹스를 한다. 그 순간만은 나머지 삶의 끔찍한 고통이 지워졌다. 지금 그에 대한 기억들은 나머지 기억들과는 다른 색으로 남아 있다. 마치 다른 차원에서 일어난 일처럼.

호숫가에 있는 그의 부모님 집에서 묵은 일주일은 여름 날의 즐거운 기억으로 남아 있다. 우리는 밤에 몰래 호수에 가서 수영을 하고, 결국 어두운 물속에서 서로를 찾는다. 우리가 어떻게 만났는지는 이제 기억나지 않는다. 그래서 우리의 만남은 왠지 가치 있게 느껴진다. 하지만 나는 그에게 말하지 않는다. 그래서 그가 어떻게 느끼는지 모른다. 가끔 궁금하기도 하다. 내가 거기에서 무슨 말을 했다면 어떤 일이 일어났을지.

내 안에 숨겨진 비밀들로 그 호수를 가득 채울 수도 있겠지만 그러지 않는다. 비밀들은 나와 함께 떠난다.

나는 이제 열다섯 살이다. 나는 나라는 사람을 데리고 다니며 해야 할 일들을 모두 처리하는 착한 로봇처럼 하루하루를 보낸다. 하지만 가끔은 폭발이, 분노의 폭풍이 일어난다. 남동생과 싸우다가 입 닥치라고 말하는가 하면, 원하는 걸 하지 못할 때는 무릎으로 그의 가슴팍을 누른다. 지금도 깜짝 놀라 두려움에 찬 그의 눈을 떠올릴 수 있다.

요리사로서 나는 음식을 가까이 하고, 먹는다. 아침식사로는 크림치즈와 베이글, 점심식사로는 페퍼로니 피자나 햄버거 혹은 치즈버거, 뮌스터치즈, 킬바사소시지*와 달걀,

---

* 마늘을 넣어 훈제한 폴란드식 소시지.

햄, 녹인 체다치즈가 들어간 로스트비프 샌드위치. 음식은 최초의 돌봄 경험이라고, 나를 진료하는 아동정신과 의사가 말한다. 엄마가 나를 거기 보낸 이유는 나의 식습관 때문이다. 나는 몸무게가 늘었다. 그는 내게 사랑받지 못한다고 느끼느냐고 묻지만 나는 그 질문에 뭐라고 대답해야 할지 모른다. 나는 내가 느끼는 기쁨, 그 일을 무력화하는 기쁨 때문에 먹는다. 너무 똑똑해서, 너무 민감하고, 너무 퀴어여서, 너무 아시아인이고, 너무 슬프고, 너무 시끄럽고, 너무 조용하고, 너무 화나고, 너무 살이 쪄서 먹는다. 롤러스케이트를 타러 가고 싶었고, 디스코 조명에 둘러싸여 있고 싶었다. 그러나 그 일은 내 세상을 멸망시켰고, 이렇게 먹는다고 벗어날 순 없지만 벗어날 수 있을 것만 같아서 먹는다. 씹어서라도 이 지옥을 빠져나갈 수 있다는 듯.

내 목소리가 결국 바뀌자 목구멍에 어떤 변화가 일어난 것처럼, 죽어가는 뭔가가 몸부림치는 것처럼 느껴진다. 내가 부르던 높은 소프라노 음들, 그것들이 나를 빛나게 해주던 방식, 필라멘트 같았던 나의 성대. 이 모든 것이 떠나고 어둠만 남겨진 듯한 기분을 떨치기 힘들다. 적어도 독특한 빛은 없다. 지금도 그걸 들을 수 있다. 물속에 들어가 있을 때 입안에 머금고 있는 공기처럼 그 고음이 내 머리와 목구멍을 채우던 것을 여전히 느낄 수 있다. 내 목이 만들어낸 소리에 따라 진동하는 몸을 통해 살아 있음을 더 강렬하고 오롯하게 느꼈다.

　나는 변성기를 맞고 삼십 년 동안 노래를 배우지 않다가 한 남자와 사랑에 빠진다. 그는 변성기가 지난 뒤에도 고등학교 시절 밴드에서 따라 부르던 팝가수들의 목소리만큼이나 아름다운 목소리를 가졌다. 우리는 먼 미래에 가라오케를 갈 것이고, 그러면 내 목소리는 다시 리허설을 하는 것처럼 반응하기 시작할 것이다. 내 목소리는 예전과 같은 목소리로 느껴지지 않는다. 목소리가 변한 게 아니라 하나의 목소리가 떠나고 또다른 목소리가 들어온 것 같다.

　증언할 때의 목소리, 그것이 지금의 내 목소리다. 새로 온 목소리. 나는 그 여행들, 단장이 마음에 드는 애를 골라 훈련시키고 솔로 파트를 맡겨서 고립시키는 방식을 자세히 설명한다. 나는 말하지 않는다, 내가 그걸 아는 이유는 그걸 당했기 때문이라고. 나는 말하지 않는다, 누구도 나를 특별한 존재로 생각하지 않는 듯할 때 그는 나를 그렇게 만들어주려 했다고. 아니, 그곳 아이들은 대부분 게이였고, 그곳이 나의 첫번째 퀴어 공동체였다고. 나는 말하지 않는다, 거기서 첫번째 남자친구를 만났고, 그로 인해 이 세상과 연결된 기분을 느꼈다고. 다른 데서는 그런 느낌을 받지 못했다고. 그리고 우리 중 많은 아이가 그랬을 거라고, 너무 비슷했기 때문에 선택됐다고—우리의 세상을 지탱해줄 누군가가 필요했고, 그 대가로 그가 그 짓을 하도록 내버려두었던 소년들. 아버지가 없거나 설사 있어도 망가진 아버지를 둔 소년들. 가정을 구해내려 애쓰는 엄마를 둔 소년들이었다고. 나는 다른 사람들에게도 그런 일이 일어났다고 말한다. 그저 협조적인 아이인 척한다. 나 때문에 그 모든 일이 일어난 것 같고, 내가 퀴어라서 그 모든 일이 일어난 것 같아서 죄책감으로 죽고 싶었다고는 말하지 않는다.

이 증언은 밤에 걸려온 친구의 전화를 위한 좋은 연습이 되었다. 나는 그에게 말하지 않았다. 친구는 자신이 나와 같지 않다고, 게이가 아니라고 말해달라고 애원했다. 아버지의 엽총을 가지고 있는데 자신이 게이라면 스스로를 쏠 준비가 되어 있다고 했다. 말해줘, 그가 말했다. 난 너랑 다르다고 말해줘. 그래서 나는 말한다. 넌 나와 달라, 나는 말한다. 넌 게이가 아니야. 마침내 우리는 그 말을 뱉었다. 왜냐하면 사는 게 더 낫지 않은가? 적어도 그는. 나는 주방에 있는 칼을 볼 때마다 자살을 시도할 뻔했다고 말하지 않는다. 요리를 할 때마다 위층에 올라가 물을 틀어놓은 욕조에 칼을 가지고 들어갈 용기가 나기를 정말 자주 바랐다고 말하지 않는다. 대신 그 모든 걸 다른 모든 것과 함께 목구멍에 가둔다. 그리고 법정을 떠난다. 수년 후 모든 게 폭파되어 지면으로 올라올 때까지, 오래된 전쟁에서 나온 잊힌 폭탄처럼.

이십 년 뒤 나는 브루클린의 원룸아파트에 서서 손에 든 전화기를 두려운 마음으로 바라본다. 2001년 가을, 나의 첫 소설이 출간되기 전날 밤이다. 그리고 엄마는 아시아계 미국 작가 워크숍에서 열리는 출간 행사에 참석하기 위해 곧 뉴욕에 오기로 했다. 전화하지 않는다면 그녀 앞에서 이 소설을 읽게 될 것이다. 그녀는 내가 어린 시절의 사건들로부터 영감을 얻어 쓴 성폭력과 소아성애에 대한 이 소설— 이 자전적 사건들, 그녀에게 자세히 말해준 적이 없는 사건들—을 내일 저녁 낯선 이들이 가득 붐비는 곳에서 맞닥뜨릴 것이다. 그리고 그런 일이 일어나도록 내버려둔다면 그녀는 나를 절대 용서하지 않을 것이다. 그러니 이제 얘기해야 한다.

내가 건 전화, 내가 한 얘기, 그녀가 한 얘기를 기억한다고 말할 수도 있을 것이다. 그러나 그건 거짓말일 것이다. 나는 전화한다. 대화의 틈마다 뜨거운 뭔가가 나머지 기억에 내려앉아 타들어가는 것 같았다. 내가 기억하기로 그녀는 충격을 받았고, 그동안 왜 말하지 않았는지 이해하지 못했다. 나도 이해하지 못했다. 하지만 지금은 이해한다.

우리 가족은 지옥의 한 철을 빠져나왔고, 나는 살아남기 위해 그렇게 했다. 마침내 나는 안다. 내가 그녀에게 말하지 않은 이유는 그게 그녀를 보호하는 길이라고 확신했기 때문이었다. 그러니까 그 일을 부끄러워해서가 아니었다.

나는 그녀가 슬퍼하리라는 걸 알았다. 그 일이 또다른 재앙이 되리라는 걸 알았다. 나는 그녀의 또다른 손이었고, 그녀에게는 내가 필요했다. 나마저 망가질 순 없었다. 그래서 또다른 재앙에서 살아남기 위해 덜한 재앙 속으로 나 자신을 숨겼다. 나 자신을 완전히 숨겼다. 엄마는 아버지가 오랫동안 품어온 죽음의 꿈 속으로 매일매일 일하러 갔다가, 우리에게—그녀의 세 아이와 지금은 다친 몸으로 죽기만을 바라는, 그녀가 사랑했던 남자에게—돌아왔다. 그녀에게는 내가 필요했다.

내가 다음날 엄마에게 건넨 소설에는 학대의 비밀과 그 일로 비롯된 모든 일이 상세하게 나와 있었다. 아버지의 사고, 그의 절망감, 그의 죽음, 그리고 내가 그것을 어떻게 극복했는지에 대한 이야기, 그 이야기는 시도하긴 했지만 책에 담지 못했다. "이렇게 많은 나쁜 일이 한 사람에게 닥쳤다고 믿는 사람은 아무도 없을 겁니다." 나의 첫 에이전트가 말했다. 나는 초고에서 그 부분을 삭제하고 더 믿기 쉬울 법한 다른 참극들을 만들어 넣었다. 그 부분을 생략했기에 이렇게 수년이 지나서도 견딜 수 있다. 나는 두 가지 비극을 견디고 살아남았지만, 소설을 쓰면서 두 비극 중 어느 하나도 견디기 쉽지 않다는 사실을 알게 되었다.

내가 그녀에게 숨겨온 세상인 그 소설을 이런 문장들로 낭독하고 나서, 관중 사이에서 엄마의 눈을 발견한다. 그녀는 웃고 있다. 나는 알 수 있다. 그녀가 힘들지만 나를 자랑스러워하고 있다는 것을. 그 어느 때보다도 더 자랑스러워하고 있다는 것을.

그리고 이것이 우리가 서로를 헤쳐나간 방식이다.

미네타 레인 16번지

딜런 랜디스

아버지 친구들의 아내들은 셔츠를 다리지 않는다.

"분명히 바닥 물걸레질도 안 할 거야." 엄마는 차분하게 말한다. 그녀는 내게 말하고 또한 나를 통해 말하기도 한다. 우리가 사는 뉴욕 아파트의 엘리베이터가 지하실로 내려간다. 엘리베이터에는 우리뿐이다. 지하실에서 플로시라는 여자가 2달러를 받고 엄마에게 남자 와이셔츠를 다리는 법을 가르쳐줄 것이다.

엄마는 그 아내들이 심리학이나 사회복지학 학위가 있어서 우리 아빠처럼 집 거실에서 환자들을 진료한다고 말한다.

"내가 그걸 안다고 해두자." 엄마가 말한다. 우리는 널따랗고 복잡한 회색 복도로 발을 들인다.

때는 1964년이고 나는 여덟 살이다. 내가 다니는 공립학교는 규율이 정말 엄격해서 눈보라가 치는 날에도 여자아이들은 바지를 입을 수 없다. 아빠는 '자아 경계'라는 제목의 심리학 논문을 쓰고 있다. 나는 이 논문의 제목이 우리 아파트에서 모습을 잘 드러내지 않은 채 사는 사람의 이름이라고 반쯤 믿고 있다. 아빠는 내가 커서 박사학위를 받고 그가 하는 일을 넘겨받을 거라고 놀리듯 말한다. 그리고 나도 그렇게 믿는다.

그는 엄마가 박사학위를 받을 거라고는 말하지 않는다.

엄마는 가정주부다.

우리는 자물쇠가 채워진 문들이 있는 넓은 복도를 따라 걷는다. 아파트 관리소장의 딸, 빨간 머리 실다는 여기 지하에 산다. 우리는 벨벳처럼 부드러운 바닥을 롤러스케이트를 타듯 걸으며 수위 아저씨 오토를 슬쩍 본다. 그는 팔에 숫자*가 새겨져 있고, 창고의 오래된 신문더미 뒤편에서 잠을 잔다.

세탁실에는 젖은 양모의 기분좋은 냄새가 풍기고, 건조기에서는 항상 웅웅거리는 소리가 난다. 엄마가 밝은 목소리로 안녕하세요, 잘 지내셨나요, 라고 말하자 플로시는 고개를 든다. 그녀는 그녀에게 말을 거는 모든 이에게 똑같이

---

* 나치는 유대인을 강제수용소에 보내기 전 팔에 숫자를 문신처럼 새겼다.

보여주는 듯한 반쪽짜리 미소를 내보인다. 그녀는 얼굴에 주름이 있고, 자두처럼 어두운 피부에 새처럼 연약한 모습이다. 그녀가 들고 있는 다리미는 무거워 보인다. 다리미로 다리미판을 쿵쿵 내리찍는 소리는 하루종일 천천히 뛰는 심장 소리 같다.

우리 아파트에 사는 아내들은 플로시에게 셔츠를 한 장당 25센트를 내고 맡긴다.

나는 세탁기에서 젖은 옷을 꺼낸다. 엄마는 셔츠 한 장을 골라 플로시에게 주면서 돈을 건네고, 돈은 플로시의 진흙색 앞치마 속으로 사라진다. 그런 다음 플로시는 셔츠를 다리미판 끄트머리에 끼워 고정시킨다.

아빠는 매일 와이셔츠를 입는다. 엄마가 셔츠를 플로시에게 맡기지 않는다면 매달 5달러가 절약될 것이다.

나는 붙박이 철제 빨래 건조대를 끼이익 당기면서 옷이 걸려 있지 않은 곳을 찾는다. 빳빳하게 마른 다른 사람들의 옷들이 촘촘하게 걸려 있다. 나는 아빠의 양말과 속옷을 널면서 그 수업을 본다. 플로시가 다리미질하고 나면 엄마가 다리미질하고, 엄마는 고개를 기울이며 플로시의 말을 듣는다.

정말 아름답다, 우리 엄마는. 아늑한 푸른 눈에 버터나이프처럼 도드라진 광대뼈. 턱은 할머니네 도자기 찻잔 같다. 우리 아파트에는 어느 여자 화가가 사는데, 그녀가 엄마에게 초상화 모델이 되어달라고 부탁했다. 엄마는 그녀를 좋아하고 일주일에 한 번 초상화 모델이 된다. 나는 엄마가 그 시간 동안 새장에서 미끄러지듯 빠져나와 화가와 함께 책 이야기를 하고 홀짝홀짝 차도 마시면서 반짝이는 허드슨강을 바라본다는 걸 안다.

벽 안쪽 빨래 건조대 아래에는 가스버너가 있다—열을 맞춰 타오르는 아름다운 주황색, 파란색 불꽃이 엄격히 통제되고 있다. 그러지 않는다면 불꽃이 솟구쳐 옷을 핥았을 것이다.

건조기 사용료는 25센트다. 빨래 건조대는 공짜다.

엄마는 다림질한 셔츠를 옷걸이에 걸어서 내 쪽으로 다가온다.

"저 사람 정말 잘 가르쳐." 엄마는 그렇게 말하고 돌아서서 플로시에게 외친다. "정말 잘 가르쳐주네요." 그러고는 이렇게 말한다. "내가 다리려면 만만치 않겠구나."

몇 주 뒤 아빠는 우리집 거실에서 깜짝 놀랄 만한 걸 한다. 엄마에게 춤을 춰보라고 한 것이다.

저녁식사 후 밖은 어둑하다. 저층인 우리집 거실은 통풍 공간을 향해 있고, 내 방은 벽돌 벽을 바라보고 있어서 어차피 낮에 해가 전혀 들지 않는다.

나는 엄마와 함께 식탁을 치운다. 보통은 책상으로 직행하는 아빠가 〈보이 프렌드〉 레코드판을 꺼낸다. 음반은 우리 가족의 오락거리다. 우리집에는 TV가 없다. 하지만 반짝이는 가지색 플라스틱 전축이 있다. 나는 아직 그걸 만져서는 안 된다.

아빠는 레코드판 위로 팔을 올려 다이아몬드 전축 바늘을 내려놓는다. 도입부가 시작된다. 나팔소리가 지나치게 우렁차고 활기차다. 나는 그 소리들이 가식적이라는 걸 안다. 그럼에도 부모님은 그게 행복이 내는 소리인 것처럼 행동한다.

아빠는 사마귀처럼 팔다리를 펴면서 소파에 앉는다. 엄마는 소파의 한쪽 끝에서 책을 펼치고 발을 아빠 다리 밑으로 끼워넣는다.

"춤춰봐, 냠냠." 아빠가 말한다.

엄마가 춤을 춘다고?

이제 여자들이 노래하기 시작한다. 너무 기운찬 목소리여서 한 대 찰싹 때려주고 싶다.

엄마는 미소를 띠며 고개를 젓고 계속 책을 읽는다. 책 표지에는 '황금 주발'이라고 쓰여 있다. "춰봐, 냠냠." 아버지가 부추긴다. "한번 춰봐."

"잘 못 추는데." 엄마가 말한다.

그럼에도 그녀는 일어선다.

줄리 앤드루스*가 모든 소녀는 지금 남자친구가 필요하

다고 노래한다. 그를 위해서라면 기쁘게 목숨을 내놓겠어요. 이 가사에 나는 깜짝 놀란다. 이 음반에 있는 다른 곡들처럼 이것도 가식적으로 느껴지지만 한편으로는 친숙하게 느껴지기도 한다. 엄마는 전에 보지 못한 방식으로 움직인다. 처음에는 공기가 무르익었는지 맛보는 것처럼 움직인다. 그러다가 우리 눈에 보이지 않는 남자친구와 상상 속 무대에서, 한쪽 벽면을 가득 채운 책장을 향해 탱고 스텝을 밟으며 나아간다. 그녀는 몸을 홱 돌린다. 입술을 깨문다. "와." 아빠가 외친다. 그러나 그녀는 아랑곳하지 않는다. 한쪽 발가락 끝을 바닥에 찍고 치마를 높게 쳐든 채 가슴을 앞으로 내밀고 활보한다.

그러다 노래가 끝나고 그녀는 방금 거실에 들어온 사람처럼 소파에 앉는다. 다시 발가락을 아빠 다리 밑에 끼워넣고는 『황금 주발』의 책갈피를 꽂아둔 부분을 펼친다.

"냠냠!" 아빠가 박수를 치며 외친다. "그 춤 어디서 배웠어?"

하지만 정확히 말해 아빠는 질문을 한 게 아니고, 엄마도 제대로 답하지 않는다.

"아, 그냥 내가 지어낸 거야." 그녀가 말한다.

---

* 영국의 가수이자 배우.

그날 밤 내가 엄마에게 하지 않은 질문들:

매일 춤을 춰보는 건 어때요?

왜 남편의 손을 잡고 같이 추자고 하지 않나요?

왜 딸의 손을 잡고 같이 추자고 하지 않나요?

춤추는 엄마가 보이지 않을 때 그녀는 어디에 있나요?
지금껏 우리 인생에서 그녀는 어디에 있었던 건가요?

춤추는 엄마는 어딘가로 가서 숨는다. 그러다 삼 년 뒤
내가 열한 살이던 어느 봄날 토요일, 아빠와 나는 우연히
한때 그녀가 살았던 곳으로 가게 되었다.

엄마가 의도적으로 그걸 보여주려 했다고는 생각하지
않는다.

지하철 IRT선을 타고 14번가에 간 우리는 한가롭게 거
닌다. 부모님은 산책을 사랑한다. 아빠의 꿈은 에든버러를
다시 거니는 것이고 엄마의 꿈은 파리를 거니는 것이다. 우
리는 6번가 시내를 향해 간다. 부모님은 서로 손을 잡고 있
다. 아빠가 해군에서 배운 노래를 부른다―지저분한 릴,
지저분한 릴은 쓰레기 언덕에 살지. 이걸 들으니 기분이 나
쁘다. 아빠는 릴이 해군들의 놀림을 받으면서 쓰레기 언덕
에 살고 싶어한다고 생각하는 걸까?

갑자기 저 위쪽에서 여자들이 소리친다. 공처럼 구겨진
종잇조각들이 보도 여기저기에 흩어져 있다. 잘근잘근 씹

은 통통한 진주 같다. 어느 먼 세상에서 떨어진 물건 같아서 하나하나 펼쳐보고 싶다.

"그러면 안 된다." 아빠가 엄하게 말한다.

여자구치소를 지나갈 때마다 항상 꿈을 꾸는 기분이다. 저 높은 건물에는 길쭉하고 어두운 창문이 여러 개 있다. 저긴 감옥이다. 하지만 그 안의 여자들이 밖을 향해 소리치고 있다. 나는 그들이 외치는 말을 이해할 수 없다. 게다가 그들은 외부로부터 격리되어 갇혀 있는데 어떻게 이 종이 뭉치들을 밖으로 떨어뜨릴 수 있는 걸까?

그들은 무슨 말을 하려는 걸까?

우리는 시내의 좁은 길을 좀더 걷는다. 결국 나는 묻는다. "그 사람들은 왜 종이 공을 던지는 거야?"

엄마는 한숨을 쉰다. "이름이랑 전화번호를 적은 종이야." 그녀가 말한다. "사람들한테 자기 남편이랑 애들한테 전화해서 자기 말을 전해달라고 소리치는 거고."

"무슨 말?" 나는 전율한다. 이 하얗고 작은 공들은 이미 오래전에 죽어버린 별에서 온 빛 같다.

"사랑해." 엄마는 밝게 말한다. "그 말 말고 뭐가 있겠니?"

이제 우리는 웨스트빌리지에 들어선다. 아빠는 우리를 오른쪽으로 이끌며 다시 6번가로 향한다. 그런데 엄마가 갑자기 멈춰 서는 바람에 나는 그만 엄마 뒤꿈치를 밟고 만다.

엄마가 그걸 느꼈는지는 잘 모르겠다.

우리는 마치 노랫말 같은 이름의 도로 모퉁이에 접어든다. 미네타 레인. 그리고 엄마는 내가 처음 보는 분홍색 건물을 쳐다보고 있다.

나는 순식간에 그 건물에 반한다. 내가 가져보지 못한 바비 인형 드림하우스. 창문에 달린 흰색 셔터, 그리고 연철 대문. 연철 대문 안쪽에는 작은 현관 혹은 통로가 있고 현관 벽에는 잔잔하게 빛나는 검은색 랜턴이 걸려 있다.

"아," 그녀가 말한다. 순간 그녀의 숨이 터져나오는 것 같다. 아빠는 잠시도 가만있지 못하는 사람이지만 엄마를 참을성 있게 바라본다.

"나 여기 살았어." 엄마가 말한다. 놀란 듯한 목소리다.

"멋진 곳이야, 냠냠." 아빠는 그렇게 말하고 시계를 본다. "아가씨들, 배고프지 않아?"

나는 정신을 놓을 만큼 몹시 배가 고프다. 그러나 이 엄마, 분홍색 건물에 사는 엄마, 춤을 추는 엄마의 딸로 더 있고 싶다.

엄마는 생각에 잠겨 있다. 나는 그녀를 바라본다. 그녀는 집을 살펴본다. 꿈을 꾸듯 대문을 빠르게 훑어보는데 그때 뭔가 스르르 풀린다. 입가의 근육이 살짝 부드러워진다. 그래서 나는 그녀가 우리와 보낸 대부분의 시간 동안 일부러 행복한 척하고 있는 건 아닌지 궁금해진다.

기분이 좋지는 않다. 나는 아빠를 본다. 하지만 그는 집을 바라보는 엄마를 다정하게 바라보며 기다릴 뿐이다. 그러다 웨스트빌리지 쪽으로 시선을 옮긴다.

나는 잠긴 철문을 두 손으로 잡고 안으로 들어가보려고 한다.

"아이 스크림, 유 스크림" 아빠가 말한다. "위 올 스크림……"*

"어쩌다 여길 떠났어?" 내가 묻는다.

엄마는 내 손을 만진다. 연철 대문 기둥을 꽉 잡고 있는 손이다. "작고 어두운 아파트였어." 그녀가 부드러운 목소리로 말한다. "안뜰을 향해 있었고. 특별하진 않았어."

하지만 그녀는 틀렸다. 이 아파트에는 해도 들고 고양이도 있고 길게 늘어진 식물도 있다. 엄마가 춤출 수 있는 무대 세트 같은 분홍색 벽도 있다. 데이지 화병도 있다. 2인용 테이블도 있다.

"장담해." 그녀가 말한다. "집안은 바깥이랑 전혀 달라."

1970년, 나는 열네 살이고 우리는 라치몬트라는 뉴욕 교외 지역에 산다. 우리는 가까스로 집을 장만한다. 엄마는

---

* "I scream, You scream, We all scream for Ice Cream." 1927년에 발표되어 인기를 끈 노래 제목. 아이스크림을 재치 있게 말하는 표현으로 쓰이기도 한다.

여전히 아빠의 셔츠를 다린다. 다림질을 하기 전까지 마르지 않도록 셔츠를 냉장고 채소 칸에 넣어둔다. 그녀는 오래전 플로시의 기술을 내게 가르쳐줬다―소매, 소매, 칼라, 어깨선, 팔, 팔. 우리는 침대 커버를 매트리스 아래로 깔끔하게 접어놓고, 옷의 밑단과 구멍난 양말을 수선하고, 욕조의 물때를 닦는다. 나는 흰옷을 깨끗하게 표백하고 건조기에서 아빠 속옷을 꺼내 개는 일을 맡는다. 속이 거북해지지만 피할 수 없다.

유화물감으로 그린 엄마의 초상화가 내 방과 부모님 방 사이에 걸려 있다. 그녀를 완벽하게 담아낸 그림이다―어딘가 먼 곳을 응시하는 푸른 눈, 너무 희미해서 실제로는 존재하지 않을 것만 같은 슬픔, 손가락으로 따라가보고 싶은 우아한 얼굴선. 이 초상화를 갖고 싶다. 언젠가 몰래라도 가져갈 계획이다.

나는 엄마의 너저분한 서재의 손님용 침대에서 뭉그적거리고 있다. 엄마는 서재에서 아빠가 진료한 환자들에게 보낼 청구서를 타이핑하곤 했다. 엄마가 한때 알고 지낸 화가 이야기를 꺼낸 것도 타이핑 작업을 할 때였다. 그 화가의 이름은 빌 리버스였다.

빌은 남자 이름이다. 그녀는 지금껏 아빠 얘기밖에 하지 않았다. 전에 잠깐 결혼생활을 했던 남자에 대해서는 딱 두 번 얘기했다. 그에 관해 말한 거라곤 엄마가 아끼던 불도그

치피를 뜨거운 자동차 안에 내버려둬서 죽게 했다는 게 전부였다.

나는 일어나 앉는다.

"그의 이름은 헤이우드였지만 모두 그를 빌이라고 불렀지." 그녀는 아빠의 손글씨를 슬쩍 보고는 빨간색 셀렉트릭 타자기를 타다닥 두들긴다. "네가 태어나기 훨씬 전 얘기란다." 그녀는 말한다. 그러고는 의자를 홱 돌려 나를 바라본다.

"우린 그냥 친구 사이였어." 그녀가 얘기한다. "빌이 얼마나 대단한 화가였는지는 몰랐지. 하지만 그와 함께 있으면 기분이 좋다는 건 알았어. 그가 친하게 지내던 예술가들과 함께 어울리는 것도 좋았고. 그중에는 유명한 사람도 있었어. 화가들이나 작가들이 애용하는 이스트빌리지의 어느 술집에 날 데려가기도 했지. 그리고 딜런…… 그들은 나를 재미있는 사람이라고 생각했어. 그 시절 난 위트가 넘쳤거든."

"와." 내가 말한다. 주변에 비누 거품이 일렁이는 기분이라 입을 떼기 어렵다.

엄마는 한숨을 내쉰다. "날카로운 위트였지. 우린 술을 마시면서 얘기를 나눴어. 화가들도 있고 가끔 작가들도 있었어. 난 항상 풍자적인 농담으로 사람들을 웃겼지."

나는 이야기에 푹 빠져 고개를 끄덕이고 끄덕이고 끄덕

인다, 온몸이 요동칠 때까지.

"그들은 나를 좋아했어." 그녀가 말한다. "나도 그들과 함께 거기에 있는 게 좋았고."

이 사람은 아빠와 결혼하고 나를 키워준 여자가 아니다.

"빌과 나는 서로를 애칭으로 불렀어." 그녀가 말한다. "난 그를 '시골 청년'이라고 불렀어. 그는 노스캐롤라이나주의 아주 작은 시골 마을 출신이었거든."

그녀는 자기도 모르게 바지 위로 다리를 문지르고 또 문지른다. 손바닥으로 쉬지 않고 허벅지를 위아래로 쓸어내린다. 위아래, 위아래.

당황스럽다. 나는 내 손을 쳐다본다.

"빌은 엄마를 뭐라고 불렀어?" 내가 묻는다.

"당연히, '도시 아가씨'였지."

애칭은 엄마에게 중요한 문제다. 엄마는 아빠에게 애칭을 하나 지어줬다. 아빠도 엄마에게 하나 지어줬다. 그녀가 내게 붙여준 우스꽝스러운 애칭은 정말 많다. 내게는 경주마 이름처럼 들리는 '위닝 웨이스Winning Ways', 그리고―입에 담기에 좀 민망한―'야옹이'* 등등. 그녀는 빌 리버스라는 사람과 사귀었을까?

또다른 질문을 하려는데 엄마가 다시 책상 쪽으로 몸을

---

* pussy. '여성의 성기'를 이르는 속어이기도 하다.

휙 돌린다. 그리고 셀렉트릭에서 타이핑 소리가 폭발적으로 터져나온다.

나는 프랑스어와 수학을 간간이 커닝해가면서 10학년을 마친다. 워터게이트사건이 일어난 여름, 1972년 7월 초 나는 한창 들떠 있었다. 친구 J에게서 TV 수리점에서 트랜지스터를 분류하는 아르바이트를 넘겨받았기 때문이다. 열다섯 살인 J는 서른여섯 살 유부남인 수리점 사장과 불륜관계였다. 그래서 경계심이 발동했지만 일을 하는 데 그런 관계가 필수 조건은 아닌 게 분명해 보였다.

어느 날 아르바이트가 끝나고 집에 온 나는 엄마가 식탁에서 꼼짝도 하지 않은 채 가족의 수표책과 힘겹게 씨름하는 모습을 언뜻 본다. 그녀는 허리를 활처럼 곧게 펴고 이삼일 동안 그 자세로 앉아 있을 것이다.

"딜런, 밖에서 저녁밥 좀 사 오렴." 그녀가 말한다.

이미 늦었다. 나는 이미 위층으로 쏜살같이 올라와버린 뒤였다.

우리 가족은 이제 금전적으로 좀더 여유로워진 듯하다. 그렇게 생각하는 첫번째 이유는, 엄마가 셔츠를 다른 곳에 맡긴다. 두번째 이유는 작년 여름에 아빠가 알파 로메오 컨버터블을 샀다. 아빠는 내가 그 차를 모는 걸 허락해주지 않았다. 그러다 차를 도둑맞았다. 내게는 인과응보처럼 느껴졌다. 또 집에 매주 정원사가 온다. 이건 엄청난 일이다. 이 년 전 이곳으로 이사왔을 때 잔디를 깎고 정리한 게 누구였는지 생각하면 말이다.

"나 이제 나갈 거야!" 내가 아래층을 향해 소리친다. 나는 이제 십대니까. 하지만 진실은 이렇다. 엄마가 사슬에 묶인 채―스스로를 꽁꽁 묶은 채―의자에서 꼼짝하지 않는 모습을 보니 화가 난다.

괴물이다, 이 수표책은. 아빠가 이걸 만들었다―표가 그려진 종이를 묶은 바인더로, 펼침면의 폭이 90센티미터쯤 된다. 표의 첫번째 열에는 엄마의 작고 예쁜 글씨로 범주가 적혀 있고, 각 범주의 행들은 수표로 채워진다.

나라면 그걸 하느니 차라리 죽겠다.

엄마가 내 방 문가에 모습을 드러낸다. 방의 벽은 장밋빛이다. 그녀가 나와 함께 팔을 걷어붙이고 페인트칠을 했다. 나는 더이상 부모님의 규칙을 따르지 않기 때문에 방안에는 담배 연기가 자욱하다. 그들은 나를 때리지도 않고 쫓아내지도 않을 것이다. 그리고 내게 말 좀 들으라며 소리칠 수도 없다.

"나가서 저녁 좀 사 오라니까." 그녀가 심각하게 말한다. "제발 이러지 말고."

이 무렵 나는 매일매일 엄마가 섬뜩할 정도로 똑똑하다는 걸 깨닫는다. 그녀는 대학을 중퇴했는데 이유는 말해주지 않았다. 하지만 그녀는 투르게네프, 셰익스피어, 톨스토이, 프리칫, 엘리엇, 파운드, 레싱, 체호프, 셀린에 대해 얘기한다―그리고 문학비평도 읽는다. 내면의 뭔가가 그녀를 책으로 이끈다. 그녀가 말하길 그녀의 엄마도 그랬다―에스더 할머니는 러시아에서 초등학교 3학년 때 학교를 그만두고 공장에 가서 매섭게 추운 날씨에 다른 아이들과 맨손으로 담뱃잎을 말았다.

나는 절대 그런 책들을 읽을 수 없을 것이다. 박사학위를 원하지도 않는다. 그리고 똑똑한 부모님을 실망시키는 운명을 맞을 것이다. 그러니 나는 내가 잘하는 걸 한다. 남자애들과 어울려 다니기. 특히 머리를 기르고 차를 끌고 다니며 약을 하는 이십대 남자애들과.

"나 늦었어." 내가 말한다. "그리고 그 수표책은 정말 멍청한 짓이야." 우리는 이름조차 붙일 수 없는 허상의 것을 두고 말다툼을 하며 멀어진다.

엄마는 시계의 숫자를 읽는 것, 왼쪽과 오른쪽을 구분하는 것, 그랜드유니언 슈퍼마켓에서 잔돈 계산하는 것도 힘들어한다. 그래도 수표책 정리는 엄마의 일이다. 그녀는 연필 끝에 달린 지우개로 계산기를 두드려가며 1페니 단위까지 정리하느라 자리를 뜨지 못한다.

그녀는 가정주부다.

다음날 아침 아빠는 나를 그의 진료실로 데려간다. 아름다운 방이다—빨간색 벽, 향나무 천장, 정신과 의사와 환자를 위해 준비된 가죽을 씌운 푹신한 임스 체어가 있다.

"에리카랑 잘 좀 지내." 아빠가 다정하게 말한다. "엄마가 요즘 많이 힘들어."

그날 시간이 조금 지나 부모님이 나간 뒤, 나는 엄마의 서랍장을 뒤진다. 나는 무엇이 궁금한지 모르기에 무엇을 찾고 있는지도 모른다. 하지만 결국 답을 찾아내고야 만다. 금색 뚜껑이 달린 작은 종이 상자. 스카프 아래 숨겨진 상자에는 세코날*이 가득 들어 있다—스무 알쯤 되어 보이는, 피처럼 새빨간 캡슐들.

그러니까 나만 아빠의 신경안정제를 훔친 게 아니다.

엄마가 자살용으로 숨겨놓은 알약들을 아빠에게 가져다주고 몇 시간 뒤, 그녀가 내 방으로 조심스레 들어온다. "정말 미안해." 그녀가 침울하게 말한다. "하필 네가 그걸 발견해서." 그녀가 말한다. "그 약을 모으고 싶은 충동이 인 이유는 나도 몰라. 하지만 그걸 먹을 생각이 없었다는 것만은 네가 알아줬으면 좋겠구나."

엄마는 일장연설을 늘어놓았다. 그녀는 그 연설을 끝까지 마쳤다.

엄마는 방문 문고리에 한 손을 올려두고 있다. 나는 그녀

---

* 신경안정제 상표명.

에게 어떻게 다가가야 할지, 아니 다가가고 싶은지조차 잘
모르겠다.

"괜찮아." 내가 말한다.

1947년, 엄마는 스무 살이다. 그녀는 마이애미대학교
를 중퇴하고 뉴욕으로 떠났다. 그리고 엄마의 아버지인 울
리히가 소유한 웨스트 114번가 건물에서 방세를 내지 않
고 편하게 몇 달을 지낸다. 한때 그는 마이애미의 호텔들과
보르시서킷*의 리조트들을 운영하기도 했지만 지금은 휠
체어 신세다. 두번째 아내에게 의지해 먹고 목욕하고 볼일
을 본다. 그 두번째 아내는 엄마를 싫어한다. 그리고 울리
히는 다른 식으로도 나약하다. 그는 딸이 아기였을 때도 나
서서 보호해준 적이 없다. 에리카는 어릴 적 천식을 앓았
는데, 밤이면 그녀의 엄마는 그녀를 침대에 눕혀놓고 머리
빗을 치켜든 채 날카로운 목소리로 말했다. "그만해. 그거.
기침." 에리카는 기침을 참는 법을 터득해야 했다.

에스더의 폭력성은 그를 강타한 뇌졸중만큼이나 어쩔
수 없는 일이었다. 하지만 그는 에리카에게 말했다. 내가
다 보상해주마, 우리 딸. 내가 세상을 떠나도 넌 아무 문제
없을 거야.

---

* 뉴욕주 캐츠킬산맥에 있는 유대인을 위한 휴양지.

그러니 몇 달 뒤 그가 세상을 떠나고 자신이 재산 상속에서 배제되어 홈리스가 된 걸 알게 된 엄마는 충격을 받을 수밖에. "우리 딸, 에리카 엘너는 본인이 기억하고 또 잘 알고 있는 일로 나를 불쾌하게 했기에," 변호사는 안경 너머로 그녀를 쳐다보며 말한다. "딸에게 4천 달러를 남긴다." 나머지 부동산—그녀가 살던 건물을 포함해 많은 부동산—은 새어머니에게 돌아간다.

그것은 새 유언장이다.

"새어머니가 아버지한테 억지로 서명을 시킨 거예요." 엄마는 손가락 사이로 말한다. "소송할 수 있나요?"

"유언장에 이미 당신 이름이 나와 있으니 소송은 불가능합니다." 변호사가 말한다. "그게 4천 달러의 목적이에요. 이해되시죠? 아버지가 당신에게 재산을 상속하지 않았다고 할 순 없으니까요."

1976년 추수감사절. 에리카는 서재에서 서류를 분류하고 있다. 어떻게 해도 정리할 수 없게 엉망진창이 되어버린 서류들 때문에 당황스럽기만 하다. 그때 딸이 초상화를 기숙사로 가져가도 되느냐고 묻는다.

"제발 그래주렴." 에리카가 말한다. "이제 그거 보는 것도 지겨워." 그녀를 짜증나게 하는 건 그림 속에 드러나는 후회의 기색이다. 그녀는 계속 나아갔지만 그림 속 여자는 아니었다.

그녀가 덧붙인다. "젊었을 때 아트스튜던츠리그*에서 모델로 일했어."

"정말?" 그녀의 딸이 말한다. 꼬치꼬치 묻지는 않지만 에리카에게 더 얘기해달라고 부추기는 것 같다. "보관해둔 작품이 있어?"

"없어. 하지만 한번은 길을 가다가 어느 창문으로 내 초상화가 걸려 있는 걸 봤어."

그녀는 말하면서 마닐라 파일폴더에서 갈색 봉투 한 묶음을 꺼내 술 포장 상자에 쑤셔넣는다. 마치 무의미한 집안일이라는 듯. 남편이 심리 치료를 해주고 받았지만—현금으로 상환 처리를 하지 않은 건 고사하고—뜯지도 않은 노인의료보험 상환수표 다발을 숨기는 게 아니라는 듯.

원래 계획은 각각의 수표를 은행에 입금하고, 집에서 그 금액을 장부에 적어넣고, 모든 정산을 마치는 것이다. 현금카드, 신용카드, 항목별로. 하지만 정산을 할 수 없으니 다람쥐처럼 수표들을 쟁여둔다.

딸은 엄마의 말에 들뜬다. 음, 당연히, 두 사람 모두 그 건물을 안다. 프렌치르네상스양식으로 지어졌고, 아주 높

---

* 뉴욕의 미술학교. 정식학위를 수여하진 않지만 잭슨 폴록, 조지아 오키프 등 유명한 예술가를 다수 배출했다.

고 눈에 잘 띄는 진열창이 있는 건물이다.

"거기에 들어가서 그림을 사려고 해봤어?"

"아니." 에리카가 말한다. "주방에서 나 좀 도와주렴."

"나중에 그 화가를 찾아보진 않았어?"

"별로 궁금하지 않았던 것 같아."

"엄마의 초상화였는데도?"

에리카는 상자의 덮개를 끼워넣는다. 상자에는 **기증용 옷**이라고 타이핑한 라벨이 붙어 있다. "와서 완두콩 자르는 것 좀 도와줘." 그녀가 말한다.

지금까지 상자에 모은 수표를 모두 합치면 분명 1천 달러, 2천 달러 정도 될 거다. 곧 그녀는 새로운 상자에 수표를 모으기 시작할 테고. 그런 건 어떻게 처리하지?

빌 리버스 이야기는 그녀의 피부 아래를 헤엄쳐다니는 기생충이다.

빌 리버스는 1946년 뉴욕으로 떠나 삼 년 동안 아트스튜던츠리그에서 공부한다.

엄마는 1947년 거기서 모델로 일하기 시작한다.

그녀는 스물한 살, 아버지를 여의고 집에서 쫓겨났다. 웨스트 114번지에 살던 그녀는 거기서 최대한 먼 곳으로 떠나 미네타 스트리트에서 미네타 레인으로 접어드는 모퉁이의 연립주택으로 거처를 옮긴다.

작고 어두운 아파트지만 건물은 프로스팅한 케이크 같다. 전화로 전화번호부 광고 지면을 판매하는 그녀는 밝지만 진중한 목소리 덕에 직원 중에서 실적이 가장 좋다.

소액이라도 벌기 위해 그녀는 아트스튜던츠리그에서 모델로 일한다.

작업실에는 유화물감 희석제 냄새가 기분좋게 풍긴다. 하지만 학생들 대부분이 남자인 것을 본 그녀는 핸드백을 들고 뻣뻣이 굳은 채 서 있다. 그러자 강사는 그녀를 보고 특강을 하러 온 예술가에게 하듯 "워크숍에 와주셔서 고맙습니다"라고 말한다.

그는 접힌 흰색 천 한 장을 주며 그녀를 가림막으로 안내한다.

엄마는 조용히 옷을 벗는다. 예술을 위해 누드모델이 되는 것은 전혀 성적이지 않다. 그녀는 알고 있다. 이건 일이라는 것을. 그녀는 알고 있다. 그녀는 자신의 몸을 내려다본다. 옷을 입은 몸은 섹시하고 볼륨 있어 보이지만 벌거벗은 몸은 그리 사랑스럽지 않을 것이다. 가슴은 봉긋 솟아올랐지만 젖꼭지가 함몰되어 있다—끝이 살짝 쪼그라들었다. 나중에 아기를 낳으면 젖병으로 수유해야 할 거라고 의사가 말해준다.

엄마는 천으로 몸을 감싸고 어깨를 활짝 편 자세로 걸어

나간다.

그녀는 능숙하게 포즈를 잡고 유지한다. 휴식시간이 끝나고 나서도 능숙하게 똑같은 포즈를 다시 잡는다. 그녀는 능숙하게 곁눈질을 해서, 젊은 학생들이 선과 빛과 그림자를 샅샅이 살펴보며 그녀의 몸을 연구하는 방식이 의대생 못지않다는 것을 알아챈다.

아마도 그녀는 학생 가운데 한 명이 천을 두른 그녀의 몸을 속눈썹 사이로 의식하고 있음을 알아챈 듯하다. 그리고 그 학생이 유난히 잘생겼다고 생각하면서, 천의 매무새를 천천히 정리한 뒤 멈춰 서서는 그가 그린 초상화를 바라본다.

다 완성될 때까지는 안 돼. 그는 그렇게 말하면서 그녀의 시야를 가린다. 난 헤이우드 리버스. 빌이라고 불러. 그가 손을 내민다. 널 그리게 돼서 기뻐, 에리카.

엄마는 눈을 감는다. 맞혀볼게. 그녀는 말한다. 영화를 비평가처럼 보는 그녀는 억양을 구분하는 데 기이한 재능이 있다. 그녀는 영화를 보면서 자신의 뉴욕 억양을 없애기도 했다. 캐롤라이나 출신이구나. 그녀가 말한다. 처음으로 그가 웃음을 터뜨린 순간이다.

1992년 4월, 부모님 집 옆의 뜰에는 목련이 샐러드 접시처럼 활짝 피어 있다. 나의 어린 아들은 거실에서 우리 아빠가 지어내는 이야기를 못 들은 척하며 기차를 가지고 놀고 있다.

위층에서 엄마는 결말에 이른 듯한 빌 리버스 이야기를 나와 남편에게 해준다. 우리는 어수선한 그녀의 서재에 있다. 그곳은 아늑하다. 벽난로 주변에 모여 앉은 기분이 들게 하는 엄마만의 방식이다.

그녀는 빌이 그림 한 점을 주었다고 말한다.

"빌 리버스 그림을 갖고 계셨다고요?" 나의 남편은 거의 질투하는 듯한 표정이다. 그는 아프리카계 미국인 예술에 관심이 있다—아주 많은 관심이. 우리는 이제 막 초보 수준으로 그걸 수집하기 시작했다. 그는 헤이우드 빌 리버스가 누군지 정확히 알고 있다. "지금 어디 있는데요?"

"연락이 끊긴 뒤에," 엄마가 말한다. "그걸 팔려고 했어."

우리는 놀란다. 남편은 우리 가족이 그런 것을 손에서 놓치다니 믿을 수 없어서고, 나는 서로 애칭이 있을 정도로 가까운 사이였던 친구의 그림을 왜 돌아서서 팔려고 했는지 의아해서다.

그녀가 말을 잇는다. "해리 에이브럼스*가 흑인 예술가들이 그린 작품을 대거 수집한다는 기사를 읽은 적이 있었어. 그래서 그에게 전화를 했지. 내가 가진 걸 말했더니 가

———
* 미국의 출판인.

져오라고 하더구나."

그녀는 해리 에이브럼스의 사무실에 걸린 작품들을 그린 화가를 대부분 알아보았다. 이제 뉴욕 메트로폴리탄박물관의 저작권관리부서에서 일하는 그녀는 점심시간이면 갤러리 이곳저곳 돌아다닌다.

해리 에이브럼스는 그림을 보고, 그녀를 보고, 또다시 그림을 보더니 터무니없는 가격을 부른다.

"시간 내주셔서 감사했습니다." 엄마는 그렇게 말하고 그림을 집으로 가져온다.

남편과 나는 서로 눈을 마주친다. 그녀는 그 작품의 가치를 알고 있었던 것이다.

"그럼 그 그림 어딨어?" 내가 말한다.

"이사하면서 망가졌어." 엄마는 애매하게 말한다. 엄마도 모르는 사이 그림을 망가뜨린 건 이사 그 자체라는 듯.

"얼마나 망가졌는데?" 내가 묻는다.

"기억이 안 나." 그 이야기가 정말 연기처럼 사라지기라도 하는 것처럼 그녀의 손이 허공을 휘젓는다.

"얼마나 망가졌나요?" 남편이 묻는다.

엄마는 어깨를 으쓱한다. "아마 많이."

남편과 나는 또다시 시선을 교환한다. "그림은 복구할 수 있어." 나는 이 말만 하고 나머지 말은 속으로 삼킨다— 엄마는 화가들과 어울렸고 박물관에서도 일했잖아. 그 정도는 알고 있으면서. "그림은 어떻게 했어?"

엄마의 손은 다시 허공을 떠다닌다. 자욱한 연기 속으로. "버렸어."

빌 리버스 이야기는 내 피부 아래를 헤엄쳐다니는 기생충이다.

빌 리버스는 에리카가 두른 천이 번데기처럼 벗겨지던 그즈음부터 파리에 대해 생각했다. 그가 존경하는 화가들의 반 정도는 이미 파리에 있거나 갈 예정이다. 뷰퍼드 딜레이니, 에드 클라크, 여자의 몸으로 용감하게도 혼자 파리에 가 있던 로이스 메일루 존스.

그들은 스탠리스에 자주 간다. 에리카는 아주 잘 어울린다. 사람들의 말에 세심하게 귀기울이고 의견을 덧붙일 때는 명민함이 번뜩인다. 외국에서 온 흑인 예술가 몇몇이 파리에 새로운 갤러리를 만든다는 소문이 돈다. 현대회화를 그리고 싶은 빌은 그 갤러리에 합류하고 싶다.

그는 에리카 그림을 미네타 레인으로 가져온다. 마음에 들어? 그가 말한다. 그는 진심으로 궁금하다.

그는 그녀가 그림의 복잡한 패턴뿐 아니라 빛의 조각, 색의 덩어리를 유심히 살피는 모습을 바라본다. 이것은 그가 교회나 아주머니들을 소재로 구상화를 그리던 시절 막바지의 작품이다. 그가 수업시간에 그린 초상화들도 마찬가지다. 그는 그걸 안다.

정말 맘에 들어. 그녀가 마침내 말한다. 그리고 이 그림을 갖는 건 내게 정말 의미 있을 거야.

그리고 그때, 아니면 그 이후 언젠가, 두 가지 상황 중 하나가 벌어진다.

그가 그녀에게 묻고—그녀가 거절한다.

아니면 그가 그녀에게 아예 묻지 않는다.

1983년 5월 나는 소식을 전하러 집에 전화를 건다.

약혼자와 나는 환한 발코니 문간에서 함께 수화기를 들고 있다.

뉴올리언스 프렌치쿼터에 사는 우리는 〈타임스-피카윤〉의 기자다—그는 취재기자, 나는 의학부 기자.

그는 흑인이다. 나는 백인.

그는 내가 기다렸다가 직접 만나서 얘기해야 한다고 확신한다. 나는 미루려는 그를 이해할 수 없다. 나는 스물일곱 살이다. 부모님을 사랑한다. 기다릴 수 없다.

나는 무지하다.

아빠가 전화를 받는다. 내 얘기를 듣고 그는 이렇게 말한다. "네가 전해줄 수 있는 최고의 소식이구나. 우리 딸. 내가 직접 사위를 골랐어도 그 사람을 택했을 거야." 그리고

142

아빠가 위층에 있는 엄마를 크게 부르는 소리가 들린다.

애기를 들은 엄마가 정말 놀랍게도 긴 침묵을 이어가는 바람에 나는 불안해진다. 이 여성은 앨리스 워커, 리처드 라이트, 토니 모리슨*의 작품들을 내게 양식으로 제공해준 사람이다―희곡「무지개가 떴을 때 / 자살을 생각한 흑인 소녀들을 위하여」의 첫 브로드웨이 공연에 나를 데려간 사람이다. 어쩌면 내가 생각했던 것과는 다른 뜻이었는지도 모르겠다.

마침내 그녀가 말한다. "아이들은 어떻게 하고?"

나는 스물일곱 살. 무지하다.

"아이들은 어떻게 하느냐고?" 화가 난 나는 거만하게 말한다. "우린 아이들 안 때려."

1949년, 빌 리버스는 파리로 간다. 거기서 그는 번뜩이는 두뇌와 환한 미소의 미국 여자를 만난다. 그녀의 이름은 베티 조 로버츠. 영문학 석사학위를 받은 뒤 풀브라이트 장학금으로 소르본대학교에 왔다. 그녀는 백인이다.

빌이 베티 조를 레되마고**로 데려가는 모습을 상상해보라. 그곳에서는 외국인 작가와 화가, 음악가, 흑인과 백인

---

* 미국의 흑인 소설가들.
** 파리의 유명한 카페. 사르트르, 헤밍웨이, 보부아르 등이 즐겨 찾았다.

이 어울려 값싸지만 훌륭한 프랑스 와인을 마신다. 베티 조는 사람들과 함께 웃으면서 잘 어울리고, 말할 때면 재미있고 똑똑하다.

에리카가 스탠리스에 있을 때와 같다. 하지만 그곳은 파리니까 더 좋다. 그리고 빌은 그곳에서 예술가로서의 삶이 밤에 피는 진귀한 꽃처럼 피어나고 있음을 느낀다.

외국에서 온 화가 한 명이 말한다. 에리카한테 소식 없었어? 그는 베티 조를 감싸안는다. 베티 조는 눈앞에 없는 것을 걱정하는 데 시간을 낭비하지 않는다.

연락이 끊겼어. 그가 말한다.

그가 청혼하자 베티 조는 이렇게 묻지 않는다, 아이들은 어떻게 하고? 하지만 프랑스에는 다른 인종 간의 결혼을 금지하는 법이 있기 때문에 두 사람은 1951년 배를 타고 영국으로 건너가서 결혼한다. 먼저 아들을 낳고 그다음에 딸을 낳는다. 잡지 〈젯〉은 완벽한 갈색 아기 인형이라고 보도한다. 베티 조는 아직 소르본대학교에 다니고 있을까? 빌은 이제 호박색, 파란색, 풀색 물감을 너무 두껍게 칠하고, 그중 일부는 물감이 마르지 않아 고향으로 가는 배에 실을 수 없다.

베티 조는 빌과 이혼하기 전 파리에서 보냈던 시절을 이렇게 회상했다. 이것은 어느 부고에 실리기도 했다. "가난, 아름다움, 행복."

아니면 그가 엄마에게 아예 묻지 않는다.

엄마에게는 얘기할 챕터가 하나 더 남아 있다. 우리 아들이 열 살이 되던 해에 그녀는 내게 그 남은 얘기를 들려준다. 그리고 나는 그녀와 단둘이 또다시 그 아늑하고 어수선한 서재에 있다.

웨스트빌리지에서 그들이 보낸 세월 이후로 수년이 흐른 어느 날, 그녀는 뉴욕 거리를 걷다가 그녀의 이름을 부르는 소리를 듣는다. 빌 리버스가 그녀 쪽으로 걸어오고 있다. 그녀를 알아본 그의 표정이 밝아진다.

"우리는 눈이 마주쳤어." 엄마가 말한다. "그는 내가 그를 알아봤다는 걸 바로 알아차렸지. 하지만 난 무시하고 지나갔어, 딜런. 고개를 돌리고 그를 처음 본 사람처럼 바로 옆을 스쳐지나갔지."

그녀가 무시하고 갔던 사람이 꼭 나인 것처럼, 아니 그녀 자신인 것처럼, 가슴이 아리다.

앞으로 이십 년 혹은 남은 인생 동안 나는 그 순간을 재생하고 편집해 엄마의 표정도 환하게 만들 것이다. 나는 영화 속의 엄마가 그를 받아들이고, 사람들이 지나다니는 인도에서 그와 열정적인 대화를 나누게 할 것이다. 그러다 자연스럽게 술을 마시러 가고—어디로 할까? 56번가?—오크 룸으로 하자. 이제 그녀 인생의 느린 반전이 아프고 슬프게 시작된다. 시카고강이 힘들게 방향을 틀어 다른 쪽으로 흐르듯 급진적이고 격동적으로.

이 영화에서 빌 리버스는 자유로운 남자다. 엄마는 자유롭지 않은 여자. 하지만 나는 상처받고 상심에 젖을 아빠는 생각하지 않는다. 어린 나에 대해서도 신경쓰지 않는다. 내가 원하는 것은 남남이 다시 춤을 추는 것뿐이다.

"왜 그냥 지나쳐버렸어?" 그날 서재에서 나는 거의 애원하듯 묻는다.

"나도 몰라." 그녀가 말한다. "그날 내 행동을 생각하면 정말 부끄러워."

알잖아, 나는 생각한다. 당연히 알면서.

"그를 찾아볼 수 있어." 내가 말한다. "인터넷에서 찾아보면 돼."

그녀는 손을 입으로 가져간다.

"그러면 너무 마음이 아플 거야." 그녀가 말한다. "제발 그러지 마."

나는 그녀에게 약속한다. 내버려두기로.

나는 항상 내버려둔다.

빌 리버스는 2002년 사망한다. 나는 오랫동안 찾아보지 않았다.

에리카가 세상을 떠나기 일 년 전, 그녀가 여든네 살, 내가 쉰일곱 살이었을 때 그녀에게 개인적인 질문을 하나 한다. 그리고 그건 잘못된 질문이다.

"엄마가 빌 리버스 얘기 자주 했잖아." 내가 말한다. 휠체어에 앉은 엄마는 밝은 얼굴로 나를 쳐다본다. "그 사람이 엄마한테 그림도 주고. 두 사람은 그렇게 멋있는…… 우정을 나눴잖아. 항상 궁금했어."

엄마는 기다린다. 머리카락은 은색이라기보다 회색에 가까워졌고 몸은 살짝 불었지만 여전히 아름답다. 그녀의 스웨터 안쪽에는 급식 튜브가, 스카프 안쪽에는 기관절개 튜브가 숨겨져 있다.

깊은 숨. "엄마, 빌 리버스와 가까운 사이였어?"

나는 간호사에게 우리 둘만 있을 수 있도록 자리를 비켜달라고 부탁했다. 엄마는 간호사 없이는 더이상 살 수 없다. 아빠는 침실에서 깜박 졸고 있고, 그 옆에 그의 휠체어가 있다.

엄마는 허리를 세우더니 푸른 눈동자로 나를 쏘아본다.

"불쾌한걸." 엄마가 말한다. "네가 내게 이런 질문을 하다니."

2014년 5월, 아빠가 세상을 떠난다. 엄마는 그로부터 칠 주 후 세상을 떠난다. 눈을 감기 직전 그녀는 황홀경에 빠져 다음과 같은 말을 하고 나는 정신없이 받아적는다.

"네 친구들에게 내 말을 전해주렴. 난 내게 다가온 기적을 받아들여. 내게 다가온 기적을 받아들이고, 고통 또한 감사한 마음으로 받아들이지. 난 세상에서 가장 운좋은 사람이야." 그러고는 잠깐 멈췄다가 말한다. "세상에서 가장 끔찍한 것 중 하나가 냉소적인 태도라고 생각해."

엄마의 빌 리버스 이야기가 끝난다.

하지만 내 머릿속에서는 빌 리버스에 대한 영화가 끊임없이 상영된다. 두 가지 엔딩으로.

이런 상상을 해본다.

1949년. 행상인들이 길에서 생선과 생옥수수를 팔고, 정장 한 벌을 사면 바지 두 개가 딸려오던 시절.

빌 리버스가 엄마에게 파리에 가겠다고 말한다.

그녀는 이 말을 기다리고 있었다. 그녀는 아무 말도 하지 않는다.

그가 말한다. 나랑 같이 가자, 에리카. 거긴 파리야. 마법 같은 곳. 난 그림을 그리고 넌 소르본대학교에서 공부를 하고—네가 원하는 무엇이든.

그녀는 아무 말도 하지 않는다. 그녀의 푸른 눈은 이제 태양이 된다, 하늘이 아니라.

파리에 가자, 그가 말한다. 나랑 결혼해.

엄마는 천천히 말한다. 파리에서 우리 결혼이 합법이긴 해?

빌은 머리를 갸우뚱하며 그녀를 유심히 쳐다본다. 영국에서는 합법이야, 그가 말한다. 배가 있어.

길고 옅은 침묵이 흐른 뒤 그녀는 그를 껴안고 싶은 모든 육체적 욕구를 죽인 채 말한다, 아이들은 어떻게 하고?

그는 걸어나가고 그녀는 무덤가에 서 있는 기분이다.

아니면 그가 그녀에게 아예 묻지 않는다.

그가 엄마에게 파리에 가겠다고 말한다.

그녀는 이 말을 예상했다. 그녀는 아무 말도 하지 않는다.

네가 미칠 듯이 그리울 거야, 에리카, 빌이 말한다. 편지 쓰겠다고 약속해줘.

엄마는 고개를 끄덕인다. 미칠 듯이라는 말로는 그녀가 지난 이 년 동안 느껴온 감정을 표현할 수 없다. 그녀는 입을 열지 않는다.

그가 말한다. 다음 토요일에 부두에서 날 배웅해줘.

엄마는 천천히 말한다. 미안하지만 그렇게 못할 것 같아.

그는 곤혹스러운 표정으로 그녀를 바라본다. 그리고 이해한다. 그는 고개를 끄덕이고 그녀의 이마에 키스한다.

그는 걸어나가고 그녀는 무덤가에 서 있는 기분이다.

머릿속에서 빌 리버스 영화가 상영되면 그림 한 점이 등장한다.

스물한 살이나 스물두 살의 엄마는 모델, 뮤즈다. 그 초상화는 앉아 있는 누드화다.

헤이우드 빌 리버스가 초상화를 그린 화가다. 이 그림은 강렬해서―그의 집안 여자들이 만든 퀼트에서 영감을 얻은 패턴으로 그려져―아트스튜던츠리그 창문에 전시된다. 웨스트 57번가를 지나가는 행인들이 볼 수 있도록. 물론 엄마는 그걸 누가 그렸는지 궁금해하지 않는다. 그녀는 알고 있다.

빌과 엄마는 예술가들과 지식인들이 모이는 술집에 간다. 두 사람은 서로 애칭을 부를 정도로 가까워지고 빌 리버스는 그녀에게 그 초상화를 선물한다.

그가 탄 배가 떠난 지 이삼 년 지나 두 사람을 아는 친구 한 명이 빌이 파리에서 결혼했다는 얘기를 전해준다. 그냥 결혼을 한 게 아니라 백인 여자와 했다고. 엄마가 용기라고 부르며 동경하던 것을 갖춘 여자와. 그 여자는 소르본대학교에서 공부하고 아기를 둘 정도 낳고, 뉴욕에서 엄마가 번뜩이는 재치로 농담하며 어울리던 바로 그 외국인 예술가들과 친구가 된다.

엄마는 미네타 레인에 있는 집으로 가서 초상화 속 여자

앞에 선다. 그녀는 그녀에게 말한다, 베티 조 리버스가 네 인
생을 살고 있어.

에리카!

그날 거리에서 빌 리버스의 목소리는 엄마의 심장을 말
뚝처럼 뚫고 지나간다.

에리카, 그가 말한다. (그녀는 그가 말한다고 생각한다.)
말해봐, 네 명민한 두뇌로 무엇을 했어?

완벽한 선택을 했어? 완벽한 남자와 결혼했어?

너도 소르본에서 공부를 했을까, 에리카? 레되마고에서
작가들과 함께 웃기도 했을까?

그 반짝이는 재치를 가둬놓고 지낸 거니? 혹시 책을 쓰
진 않았어?

파리를 거닐었어? 네 딸이 완벽한 갈색 아기 인형 같았
어도 넌 괜찮았을까?

누굴 사랑했니, 에리카?

어떤 사람이 되었니?

2001년, 나는 엄마의 부탁을 받아 현금으로 상환되지 않
은 노인의료보험 상환수표가 담겨 있지만 라벨에는 다른
이름이 쓰인 상자 세 개를 산타모니카에 있는 우리집 차고
에 숨긴다. 그녀는 상자의 가치가 어림잡아 1만 달러는 될

거라고 한다. 그 상자들은 2007년 이사 후 사라져버렸다. 지금 부모님은 근처 브렌트우드에 살고, 나는 엄마에게 상자들을 가져갔느냐고 묻는다.

그녀는 허공에 연기가 자욱하다는 듯 손사래를 친다.

2010년 4월 7일, 남편은 헤이우드 빌 리버스의 그림 한 점이 해리 N. 에이브럼스 부인의 자산 중 일부로 경매에 나온 걸 발견한다. 시골 교회의 높은 연단에 선 합창단을 세밀하게 묘사한 이 작품은 그의 초기 구상화 중 하나다. 그것은 5625달러에 낙찰됐다.

나는 어릴 적에 살던 아파트에서 일하는 수위를 구슬려 지하실을 둘러본다. 이제 2012년인데도 한때 자물쇠로 채워놓았던 그 창고에 사람이 살고 있다니 놀랍다─살짝 열린 문틈으로 TV 소리가 들리고 바깥에는 신발이 가지런히 놓여 있다.

세탁실에서 끼익 소리를 내던 건조대는 석고보드 뒤로 사라졌다. 마치 내 꿈이었던 것처럼. 그 주황색, 파란색 불꽃도 한 번도 타지 않은 양 사라졌다.

2014년 엄마가 돌아가시고 나서 미네타 레인 16번지로 성지순례를 떠나본다. 아직도 거기서 살아보고 싶은 마음이 절실하다. 내 나이가 지금 쉰여덟일지라도, 엄마가 없는 나는 영원히 여덟 살일 뿐이다.

미네타 레인의 그 집은 더이상 분홍색이 아니다. 누군가 건물을 회색으로 칠하고 랜턴을 떼어버렸다.

열다섯

버니스 L. 맥패든

내가 처음으로 가출한 이유는 당신의 남편이자 내 아버지에게 맞았기 때문입니다. 그는 술에 취했고 나는 열다섯 살이었죠. 손길이 어찌나 거센지 나는 비틀거리며 옷장 안으로 밀려났습니다. 한 손으로는 쓰라린 뺨을 감싸고 다른 한 손으로는 비처럼 쏟아져내리는 옷가지와 옷걸이봉을 막고 있던 기억이 나네요.

충격이 가신 뒤 옷장에서 기어나와 가방을 싸서 집을 나왔습니다.

집밖으로 나와보니 기나긴 하루일을 마치고 집 앞 모퉁이를 막 돌아나오던 당신이 보였지요. 정차중인 택시로 가방을 끌고 가는 나를 보고 당신은 깜짝 놀랐습니다. 당신은 무슨 안 좋은 일이 있느냐고 물었어요. 내 눈에 맺힌 눈물과 뺨의 붉은 자국이 선명하게 보였을 텐데도요.

"그 사람 싫어." 택시기사가 가방을 트렁크에 실을 때 내가 소리쳤어요.

그리고 택시 뒷좌석에 올라타고는 문을 쾅 닫았습니다. 길가에 서서 초초하게 손을 맞잡고 선 당신을 남겨두고 떠났죠.

나는 그날 저녁 아파트에서 무슨 일이 있었는지 모릅니다. 두 분은 분명 말다툼을 했을 거예요. 그는 예의 없이 부모한테 말대답이나 한다고 나를 비난했을 테고요. 꼴에 사립학교를 다니면서 부모에게 버릇없이 말하는 백인 특권층 여자애들을 친구로 둬서 자기보다 잘난 것처럼 구는데, 흑인 딸에게 그런 유의 모욕을 받는 건 참지 않을 거라고 했겠지요.

나는 친한 친구의 집에서 삼 일을 머물렀습니다. 당신에게 전화해서 내가 어디에 있는지, 안전한지 알리지도 않았어요.

내 계획은 몇 주 동안 거기서 지내다가 여름이 끝날 즈음 기숙학교로 돌아가는 거였어요. 그 계획을 어떻게 실현시킬지에 대해서는—무일푼으로—아무 생각이 없었죠.

밤하늘이 한 겹씩 벗겨지다 넷째 날 아침이 되었고 아파트 현관 초인종이 삐익 울렸습니다. 그리고 한번 더 삐이이이익, 성난 소리가 길고 세차게 울렸습니다.

친구의 어머니가 현관 구멍 사이로 내다보기 전에 나는 아버지가 문밖에 서 있다는 걸 알았습니다.

나는 집에 도착할 때까지 그의 자동차 뒷좌석에서 계속 고함을 쳐댔죠.

몇 년 동안 나는 계속 도망쳤어요. 그는 여전히 술에 절어 있었고, 당신이 집을 떠났다가 돌아오고 떠났다가 돌아오기를 반복하는 것도 여전했지요. 그냥 집을 나가버리면 안 되느냐고, 그냥 할머니 할아버지 집으로 들어가서 살면 안 되느냐고 물어볼 때면, 당신은 언제나 상처받은 듯했지요. 그저 안경을 고쳐 쓰면서 나의 날카로운 시선을 이리저리 피하며 슬픈 눈으로 웅얼거렸어요.

네가 할머니에 대해서 모르는 것들이 있어. 언젠가, 언젠가는 말해줄게.

당신이 그를 떠나기를 기다리고 할머니에 대해 내가 모르는 사실을 말해주기를 기다리다 지쳐 포기하고 나니, 나는 열아홉 살이 되었습니다. 내게는 정규직 일자리, 오래 만난 남자친구와 내가 요금을 내는 나만의 유선전화기도 있었지요. 그렇습니다, 나는 그의 지붕 아래 살긴 했지만 더이상 나이 때문에 의존하며 잠자코 지내는 어린애가 아니었습니다. 나는 나 자신을 고집스러운 성인 여자로 여겼어요. 이제 그가 윽박지르면 나도 되받아쳤습니다.

내가 스물두 살 때 그는 직장에서 해고당했습니다. 내가 태어난 해부터 안정적으로 일해온 곳이었죠. 석 달 뒤 나는 진짜 내 딸을 낳았지요. 그녀를 이 세상에 데려온 것은 나였지만, 그녀를 키운 건 우리였어요―우리 두 사람, 나와 엄마―그녀는 내 딸이었지만 우리의 아이였습니다.

2001년, 아이와 나는 진짜 내 집으로 이사했습니다. 나는 당신을 그의 곁에 두고 가도 안전할 거라 생각했어요. 권력 구조가 바뀌었으니까요. 이제 당신은 돈을 벌어오는 사람, 가장이 되어 있었습니다. 모든 결정은 당신으로부터 시작되어 당신에게서 끝났어요. 그는 무단 점유권을 지닌 손님 정도로 전락했지요.

나는 순종적이고 공손한 아이였고, 순종적이고 공손한 십대였습니다. 우리 아이는 달랐어요. 나라면 감히 할 수 없는 방식으로 거침없이 말하고 뻔뻔했지요. 나보다는 당신을 더 닮았어요.

그녀가 고등학교에 호감이 가는 남자애가 있다고 선언했을 때, 나는 열다섯 살 때 당신이 내게 말해준 것들을 그녀에게 말해줬어요. 열여섯에는 연애해도 되지만 그전엔 안 돼.

멀리 떨어져 있는 여자 기숙학교를 다니지 않았다면, 나도 고분고분 말을 안 들었을지 모릅니다. 하지만 그 아이가 다니던 학교는 멀지도 않았어요. 브루클린에 있는 학교에 다니면서 남자애랑 시간을 보내느라 수업을 빼먹고 행선지에 대해서는 거짓말을 일삼았습니다.

이 사실을 알게 된 나는 당연히 화가 났습니다. 관계를 했느냐고 묻자 그녀는 완강하게 부인하면서 계속 반항하더군요.

나는 집에서 쫓아버리겠다고 협박했어요. 전화로 친구나 가족과 통화하면서 큰 소리로 그녀를 질책했지요. 부끄러워서라도 내 말에 따르길 바라면서요.

걔가 사는 인생을 봐, 내가 걔를 위해서 마련한 집을 봐.

걔를 데리고 세계 곳곳 여행도 다녔어. 근데 이게 그 보답이야? 이기적이야. 어쩜 그렇게 이기적인지. 걔가 지금 누리는 걸 내가 어릴 때 누렸으면—난 부모를 걱정시키는 일은 전혀 하지 않았을 거야. 진짜 난 그런 거 하나 못 누려도, 부모가 정한 규칙을 따르면서 살았잖아.

그 남자애는 걔한테 신경도 안 써. 걔는 자기가 하는 게 사랑이라고 생각하나본데. 섹스가 사랑은 아니잖아. 그냥 사랑처럼 느껴지는 것뿐이지.

정말 은혜를 모르는 애야.

상황은 더 악화될 뿐이었습니다.

어찌할 바를 몰랐던 나는 다시는 하지 않겠다고 다짐한 일을 저지르고야 말았어요. 그녀의 일기장을 읽었습니다. 그리고 그 페이지들 속에서 (내 예상대로) 그녀가 관계를 맺고 있다는 걸 알게 됐어요. 나에 대한 십대 딸의 경멸이 증오로 치달았다는 것도 알게 되었죠.

방과후 집으로 온 아이와 마주한 채 나는 아이의 얼굴에 대고 일기장을 흔들어댔습니다. 수없이 많은 까만 새가 날갯짓하듯 페이지들이 크고 불길하게 펄럭이던 게 기억납니다. 보통은 태연하게 꿈쩍도 하지 않던 아이의 벽이 눈물로 무너지자 내가 맞았다는 확신이 들더군요.

우리는 각자 방으로 들어갔습니다. 속이 부글거렸죠. 다음날 아침 눈을 떠보니 딸아이는 떠나고 없었습니다.

그녀는 편지 한 장을 남겼어요. 사생활 침해와 사랑과 헌신의 부재에 대해 나를 책망하는 편지였죠.

아이 아빠한테 전화를 걸어 딸이 집을 나갔다는 사실을 차분하게 전했습니다. 그의 반응은 몹시 지친 한숨이었습니다.

나는 그 남자애의 성과 이름 그리고 전화번호를 알고 있었어요. ReversePhoneLookup.com에서 그애의 주소를 알아냈지요.

나는 당신에게 전화를 걸어 무슨 일이 일어나고 있는지 말했어요. 그러자 당신은 내가 기억하기로 아버지에게 맞을 때마다 그랬던 것처럼, 딸이 집을 나간 것에 대해서만 화를 냈지요.

당신이 택시를 타고 우리집으로 오는 동안, 뉴욕시의 베테랑 경찰인 아이 아빠는 그 남자애가 사는 셋방 건물 문을 쾅쾅 두드리고 있었습니다.

나중에 성인이 되어 그때에 대해 자유로이 말할 수 있게 된 딸이 얘기하더군요. 아빠가 몹시 화가 나서 문을 너무 세게 쾅쾅 두드리는 바람에 그대로 부서지는 줄 알았다고요. 자신과 그 남자애는 공포에 질려 아무 말도 못하고 굳어 있었다고요.

당신이 도착하고 나의 자매와 올케가 뒤따라왔습니다. 이미 쪼개진 가족에 또다른 균열이 생길까 걱정하며 거실에 모여 있었지요.

시련은 몇 시간째 이어졌어요. 아이 아빠가 자리를 뜨자 그 남자애는 우리 딸을 어느 안전한 집에서 또다른 안전한 집으로 몰래 옮겼지만, 결국은 이런 일에 지쳐버린 어느 엄마가 집으로 돌아가 잘 풀어보라고 딸을 설득해줬지요.

이 혼란 속에서 당신은 대체로, 유난히도 잠잠했습니다. 그러다 딸아이가 집으로 돌아온다는 말이 나오자, 내 쪽을 돌아보던 당신의 얼굴에서 나는 근심이 공포로 바뀌는 걸 보았습니다.

절대 그 아이를 감옥에 보내지 않겠다고 약속해, 약속해줘.

응? 나는 힘없이 말했어요. 무슨 말 하는 거야? 내가 왜 걔를 감옥에 보내?

네 외할머니가 무슨 일을 저질렀는지 넌 몰라…… 언젠가, 언젠가는, 너한테 말해주마.

그날이 마침내 온 것입니다.

당신의 어머니가 열여섯 살이 되기 불과 몇 달 전인 1943년에 당신이 태어났다는 사실을 나는 알고 있었습니다. 당신이 태어나고 얼마 지나지 않아 그녀는 시카고로 떠났지요. 남부 지역의 인종차별과 가난으로부터 탈출한 것이었어요. 자신이 경작하는 농지와 마찬가지로 거기 사는 여자들에게도 권한이 있다고 믿던 그 집 남자들로부터 탈출한 것이기도 했습니다.

당신의 어머니는 스물다섯 살, 당신은 아홉 살이었던 해에 그녀는 마침내 당신을 불러들였습니다. 당신은 이미 가슴이 자라나는 다 큰 소녀가 되었으니까요.

당신은 그때 그녀를 알아가기 시작했습니다. 그리고 처음부터 당신은 그녀가 병적으로 거짓말과 도둑질을 한다는 걸 알게 됐습니다.

도벽과 거짓말은 그녀가 어릴 때부터 시작됐지요. 그녀의 자매는 셀마가 어릴 적부터 어른이 될 때까지 줄곧 저질러온 좀도둑질에 대한, 그녀에 대한 많은 이야기를 알고 있었어요. 그녀는 가족들의 아끼는 사진이나 고용주의 장신구를 훔치곤 했죠.

내가 중학생이었을 때 그녀는 주요 금융기관 본부가 있는 건물 관리팀 감독으로 일했어요. 그녀는 내게 반지 하나를 주었지요. 내가 여태껏 끼고 있는 반지 말이에요. 그건 어느 투자 담당자 사무실의 열린 금고에서 그녀가 슬쩍해

온 것이었답니다.

당신이 연상의 남자를 만난다는 사실을 그녀가 알게 된
때에 대해서 내게 말해줬죠. 그는 당신에게 캐시미어 스웨
터 두 벌을 주었어요. 당신은 그걸 트렁크 바닥에 감췄고
요. 어느 날 학교에서 돌아와보니 그녀가 그 스웨터―두
벌 다―를 껴입고는 스토브 앞에 서 있었어요. 당신은 너무
놀랐지만 아무 말 하지 않았고 그녀도 말이 없었죠. 그녀는
음식을 접시에 담아 식탁으로 가져왔습니다. 저녁식사 자
리에서 당신은 많은 얘기를 했지만 그 스웨터 얘기만은 하
지 않았지요. 그러고 나서 당신은 설거지를 하고 방에 들어
가 울었습니다. 그 스웨터 두 장은 다시 보지 못했습니다.

당신과 내 아버지가 결혼 준비를 하고 있을 때 아버지가
당신에게 전화했습니다. 왜 자신을 사랑한다고 거짓말했는
지, 뱃속의 아기는 다른 남자의 씨앗인데 왜 자기 아기라고
했느냐고요. 그리고 왜 직접 얼굴을 보고 진실을 얘기하지
않고 겁쟁이처럼 편지로 알리냐며 따졌습니다.

당신도 편지를 받았습니다.

그가 다른 여자를 사랑하고 있다고 밝히는 편지였어요.
그 여자는 임신을 했으며, 그가 결혼하려는 상대는 당신이
아니라 그 여자라는 내용이었어요.

그때껏 두 사람은 서로에게 편지를 보낸 적이 없었어요.

두 편지의 필체를 비교해보니 일치했지요. 소인에 똑같은 날짜와 똑같은 우편번호 11420이 찍혀 있었어요. 당신과 당신의 어머니가 살던 집의 우편번호였습니다. 그녀는 그런 편지들을 보내놓고 이날까지도 그 사실을 부인하고 있죠.

당신이 이런 이야기들을 처음 해줬을 때, 나는 너무 어려서 이해하기 어려웠어요. 하지만 나이를 먹어가며 진실이 보였죠.

시카고에서 외할머니는 당신을 혼자 둔 채 동트기 전에 집을 나섰습니다. 부유한 교외 지역의 어느 가정집 가정부로 일하고 있었거든요. 당신은 스스로 일어나 옷을 입고 밥을 먹고 학교에 가야 했지요. 집에 돌아와서는 스스로 숙제를 마치고 저녁을 차려 먹었고요. 그때 당신은 아홉 살이었습니다.

결국 당신과 외할머니는 디트로이트로 이사갔고 마침내 브루클린에 정착했습니다.

그 무렵 당신은 십대였어요.

두 분은 전쟁을 치렀습니다. 엄마와 딸 사이의 전쟁요. 하지만 당신의 어머니는 언제 놓아줘야 하는지 모르는 사람이었어요. 당신은 그녀가 당신을 때린 적이 없다고 말했지만 차라리 때리기를 바랐지요—말에 시달리기보다 한 대 맞는 편이 나았으니까요. 때로는 잔소리가 며칠 내내 이어진 적도 있었다고 했지요. 욕조가 충분히 깨끗하지 않다, 카펫 청소가 제대로 안 되었다, 라며 아주 사소한 규칙을 어겨도 끝없이 혼을 냈다고요. 당신에게는 그녀가 당신을 비참하게 만드는 걸 즐기는 것처럼 보였습니다.

1958년 여름, 당신을 도망치게 한 것은 그런 시달림 때문이었습니다. 당신은 열다섯 살이었지요.

당시 동네 사람들 중에는 고등학교를 마친 사람이 거의 없었다고 했지요. 대학은 백인들이 다니는 곳이었다고요. 아이가 중학교만 졸업해도 축하할 거리였다고요. 당신의 어머니는 4학년까지만 다녔다고 했죠.

당신의 계획은 그랬습니다. 고등학교를 중퇴하고 일자리를 구하고 방 하나를 빌려서 두 번 다시 그 시달림을 겪지 않는 것이었죠. 당신의 인생이 송두리째 뒤바뀐 그날, 당신은 친구들과 술집에 있었습니다―당시 열여덟 살처럼 보이는 십대 아이들은 술집에서 술을 마실 수 있었어요. 당신은 열다섯 살이었지만 또래에 비해 성숙해 보였죠. 정장을 입은 두 남자가 당신에게 다가왔어요. 금색 배지를 꺼내 보이고 자신들을 뉴욕시 형사라고 밝히며 당신의 이름을 물었지요. 이름을 말하자 그들은 당신을 절도범으로 체포한다고 했어요. 당신의 팔목에 수갑을 채우고 미란다원칙을 고지해주고는 경찰 마크가 없는 경찰차 뒷좌석으로 당신을 끌고 갔습니다.

입에서 말이 새어나올수록 당신의 갈색 눈은 까맣게 변합니다. 그리고 나는 당신이 1958년 그 경찰차의 어두운 뒷좌석으로 돌아가 있다는 것을 알게 됩니다. 공포에 떨던 열다섯 살 소녀로요.

인간의 마음은 경이롭습니다. 그만큼 사악하기도 하고요. 그것은 기억에서 우리를 구해줄지, 기억으로 우리를 후려칠지 선택할 수 있으니까요. 당신은 몸서리치고 있었습니다.

당신의 어머니는 법정에서 당신이 돈과 장신구를 훔쳤다고 고발했어요. 그녀는 법정에서 거짓말을 했습니다.

당신은 일 년 형을 선고받고 뉴욕 베드퍼드힐스에 있는 여자 구치소인 웨스트필드팜에 수감됐습니다.

당신의 어머니는 주말마다 당신을 찾아왔습니다. 당신이 여름 캠프에 와 있기라도 한 것처럼요. 두 분은 그녀가 무슨 짓을 저지른 건지, 왜 그런 건지 한 번도 얘기하지 않았습니다. 그날도 그날 이후로도 그 이야기는 하지 않았습니다. 캐시미어 스웨터 사건이 되풀이되고 있었죠.

우리 가족이 비밀 속을 헤엄치고 있다는 걸 당신은 알았습니다. 내놓고 얘기하기에는 너무 고통스럽고 창피해서 아무도 말하지 않는 끔찍한 비밀 속을요. 적어도 두 명의 조카딸을 강간하고 임신시킨 삼촌, 누이를 성추행한 오빠, 자기 아이를 욕조에서 익사시키려다 실패한 친척 여자에 대해 그들은 침묵했습니다.

감옥에 있는 당신을 보러 간 외할머니는 당신에게 담배, 사탕, 생리대, 잡지를 가져다줬지만 일절 설명은 해주지 않았습니다. 당신도 설명을 요구하지 않았지요. 가족의 규칙을 알았으니까요.

1959년 5월 게이 탤리스*는 그 교도소를 찾아가 웨스트필드 수감자들이 정기적으로 하는 운동에 대해 〈뉴욕 타임스〉 기사를 썼습니다.

맨발에 반바지 차림의 여자아이 스물다섯 명이 바닥에 가부좌를 틀고 있었다. 아프리카 북에서 울리는 정글 비트에 맞춰 그들은 천천히 손가락을 튕기고 고개와 상체를 이리저리 흔들어댄다.

시간이 흘러 나는 당신이 그 맨발의 여자아이들 중 한 명이었는지 궁금해집니다.

그 행위를 하는 수감자들은 거의 한 시간가량 레스 백스터** 버전의 〈야만인의 의식〉을 포함해 여러 곡에 맞춰 공중으로 뛰

---

* 미국의 출판인이자 저널리스트.
** 미국의 작곡가.

어오르고, 바닥을 기고, 엉덩이를 흔들면서 춤을 췄다.

형을 마치고 당신은 집으로 돌아갔습니다. 당신의 어머니는 그녀의 인생에 새 남자를 들였지요—결혼까지 생각했고요. 당신은 두 번 다시 학교로 돌아가지 않았습니다. 당신은 내 아버지를 만나 임신을 하고 그와 결혼했고, 그러고 나서 내가 태어났지요. 당신은 그 비밀을 가슴에 송곳처럼 꽂은 채 살아갔습니다. 그러다 우리 아이가 집을 나가자, 그 송곳이 미끄러지듯 풀려나왔고 그제야 당신은 사십오 년간 품어온 비밀을 털어놓았습니다.

절대 그 아이를 감옥에 보내지 않겠다고 약속해. 약속해줄 거지?

당신의 애원하는 목소리를 마지막으로 들은 건 내가 열일곱 살이고, 아버지가 당신의 머리에 총을 겨누고 있을 때였습니다. 당시 그 목소리를 듣고 내 가슴은 무너졌지요. 그때를 생각하니 또 가슴이 무너집니다. 하지만 당신이 눈물을 좋아하지 않기에 나는 꾹 삼켰습니다. 우리 아이가 다시 돌아오고 당신이 집으로 돌아가고 나서야 나는 우리 모두를 위해 눈물을 터뜨립니다.

이야기하지 않은 건 없다

줄리애나 배곳

열 살 무렵 나는 엄마의 고해성사를 들어주는 사람이었다. 나보다 나이 많은 형제들은 십대이거나 이미 세상에 나가 있었다. 남아 있는 사람이라고는 나뿐이었고, 그녀는 적적하고 조금 외롭기도 했다—아니면 처음으로 자기 인생과 어린 시절을 찬찬히 들여다볼 정신적인 여유가 생긴 것인지도 몰랐다. 나를 학교에 보내지 않고, 함께 은행 계좌를 관리하거나 카지노 게임을 하는가 하면, 지금껏 들어본 중 가장 어두운 이야기를 해주기도 했다.

내가 기억하기로 이런 대화는 방충망이 쳐진 포치에서 카드놀이를 할 때 이루어졌다. 물론 이건 앞뒤가 맞지 않는다. 우리는 델라웨어에 살고 있었고 학기중에는 늘 그렇듯 날씨가 너무 추웠다. 하지만 내 회상 속에선 언제나 늦봄이다. 엄마는 홈드레스 차림에 붉은 머리카락이 얼굴 주위에 풍성하게 퍼져 있다. 그녀는 비닐 탁자보에 대고 카드를 툭툭 쳤다. 우리의 예민한 달마시안 강아지 딜시는 강아지 문—아빠가 못질해서 달아준 플라스틱 덮개—으로 쉴새 없이 들락거린다.

비 오는 날이면 고속도로를 지나는 버스가 걱정되고, 화창한 날이면 갇혀 있기에 아주 멋진 날이라는 이유로 엄마는 나를 집에 있게 했다. 그녀는 자신의 생일에도 나를 집에 있게 했다. 그녀가 판단하기에 그날이 내게는 대통령의 생일보다도 훨씬 중요해서였다. 가끔은 아무 이유가 없을 때도 있었다. 학교 아이들의 수준이 나보다 떨어진다는 인상을 주기도 했다. "다른 애들이 따라잡을 기회를 줘야지." 그녀는 음모를 꾸미듯 나의 천재성이 비밀인 양 말했다.

이것은 사실이 아니었고 나도 알고 있었다. 나는 평범한 학생이었다. 수학은 못했고 글을 엄청나게 잘 읽는 것도 아니었다. 자주 결석해서 역사와 과학 시간에는 넋 놓고 있을 때가 많았다. 그렇지만 매우 유용한 것을 터득했다—진짜처럼 꾸미는 방법을 배운 것이다.

우리는 진지하게 카드놀이를 하면서도 수다를 많이 떨었다. 이미 세 아이를 키워낸 엄마에게 나는 친구에 가까웠다. 나는 어른처럼 이야기를 듣는 데 익숙했다. 어른들이 나를 어린애 취급하는 게 싫었다. 세상 사람들은 아이들을 과소평가하지만 엄마의 고해성사는 적어도 내가 다른 아이들보다 감당하는 능력이 훨씬 더 좋다는 증거라고, 진심으로 확신했다.

그리고 엄마의 이야기가 어두웠다고 말한 건 진심이다. 어느 친척 여자가 뜨개질바늘로 집에서 임신중절을 했다는 이야기가 있었다. 아기는 삼 일 살았다. 또다른 이야기에서는 할머니의 친척 여자 중 한 명이 스스로 침대 기둥에 목을 매달았다. 그리고 남일 같지 않은 이야기도 있었다—엄마의 아버지가 내 외할머니에게 폭력을 휘둘렀다는 것이었다. 엄마는 어렸을 때 하지정맥류가 남편에게 맞아서 생기는 멍인 줄 알았다고 했다.

그녀가 그런 이야기를 하면서 격해지거나 울먹인 기억은 없다. 크게 울분을 쏟아내거나 말을 몰아친 기억도 없다. 그녀는 사색적이었고 사려 깊었다. 가끔은 마치 기억이 걸러지지 않은 채 그녀에게서 생겨나기라도 하는 것처럼, 처음으로 그 일을 소리내 말하고 있다는 인상을 받기도 했다.

즐거운 이야기도 있었다. 피아노에 쏟은 엄마의 헌신, 이따금 가족을 도와주던 친절한 수녀에 대한 사랑, 아빠와의 연애 이야기가 그랬다.

이 이야기가 내 기억에 또렷이 남아 있다. 그녀의 아버지는 읽고 쓸 줄 몰랐다. 풍족하지 못한 집에서 자란 그는 어린 나이에 학교를 그만두고 당구장에서 내기 도박으로 돈을 벌었다. 하지만 어느 날 저녁, 잔디에 물을 주던 그가 그녀에게 배운 걸 말해달라고 했다.

"난 셰익스피어를 인용했지." 엄마는 그렇게 말하고 이 글귀를 낭송했다. "밤의 촛불은 다 타버리고, 명랑한 하루가 안개 깔린 산봉우리 위를 살며시 걷고 있네." 그녀는 잠시 멈췄다가 다시 입을 뗐다. "아버지는 그게 아름답다고 생각했어." 엄마는 그의 내면 속 깊은 마음, 갈망을 느낄 수 있었다. "나는 인생이 허락했다면 아버지가 할 수 있었을 모든 걸 상상해보곤 해." 그녀가 말했다.

엄마 쪽 가족들은 이야기가 우리를 구제해준다고 믿는 듯했다. 주의를 주는 이야기, 민간요법, 그리고 사랑과 상실에 대한 교훈을 담은 이야기들이.

이십대와 삼십대 초반의 나는 엄마한테 들은 이야기들을 의심하기 시작했다. 그 이야기들은 너무 신화 같았다. 사람이 어떻게 침대 기둥에 목을 매지?

또 어떤 이야기는 거의 성경 같았다. 노스캐롤라이나주의 앤지어에 살았던 우리 조상 중 어떤 사람들이 폭풍 치는 어느 밤 길을 나섰다—남자와 여자와 아기가 말에 올랐다. 남자와 여자는 폭풍 속에서 죽었지만 아기는 포도덩굴에 싸인 채 발견됐다. 그것도 살아서!

이 무렵 나는 아이를 키우는 성인 여자였다. 대학원에서는 미국 남부 고딕소설을 연구했다. 나는 이야기를 듣고 그게 구전설화인지 아닌지 알 수 있었다.

어느 날 엄마네 주방에서 아빠는 집안의 족보 일부를 따져보고 있었다. 그의 일처리는 꼼꼼했다—오직 사실만을 다뤘다. 엄마는 그게 따분하다고 여겼다. 그런 태도는 그녀가 자신의 가족 이야기에 양념을 더한 죄를 시인하는 것처럼 보였다.

그래서 나는 엄마에게 이의를 제기했다. 특히 그 목매달아 죽은 사람 이야기에 대해. "논리적으로 말이 안 돼." 내가 말했다. "그리고 너무 극적이야."

그녀는 물러서지 않았다. 우리는 그걸로 싸웠다. 결국 그녀는 조금 물러서는 듯했다. "좋아." 그녀가 말했다. "내 이야기 안 믿어도 돼."

나는 집에 왔고—당시에는 거기서 고작 1마일 정도 떨어진 곳에서 살았다—내가 이겼다고 느꼈다.

그날 저녁, 엄마는 가족 성경책에 보관해둔 신문 스크랩을 들고 우리집으로 걸어들어왔다. 내가 정말 잘 아는 미국 남부의 깊은 고딕 전통이 깔린 글로, 병약하고 눈먼 노모가 바로 옆방에서 딸이 목을 매고 숨을 헐떡이며 죽어가는 소리를 속수무책으로 들고만 있어야 했다는 내용이었다. "이 기사를 보니 어때? 이래도 내가 지어낸 거라고 생각해?"

나는 패배를 인정했다.

포도덩굴에서 발견된 아기 이야기가 수년 뒤 앤지어 지역에서 자체 발행한 역사 소책자에 실리자, 나는 항복했다. 이 무렵 나는 소설가가 되어 있었다. 그리고 물론 이런 이야기들을 들은 것이 나를 작가로 이끌거나, 아니면 적어도 내 감수성을 갈고닦는 데 한몫했을 거라는 생각이 들었다. 내가 마술적 리얼리즘이나 우화 작가에 끌리는 것과 부조리주의를 좋아하는 것은 전혀 놀랍지 않다. 한편으로는 엄마가 이런 이야기들을 그토록 어린 나에게 들려줬다는 게 완벽한 양육 방식이었는지는 알 수 없지만, 한참을 갈팡질팡하다 결국 뭔가를 뽑아내는 신인 작가를 양성하는 데는 딱 적합한 방식이었을 수도 있다고 생각했다. 삼십대 초반이 되고 소설을 두 권 출간한 뒤 나는 우리의 가족사 일부를 쓰기로 결심했다.

진짜 이야기가 또 있다. 우리 할머니는 대공황 시절 노스캐롤라이나주 롤리의 매춘소에서 자랐다. 그녀의 엄마는 그곳 주인이었다. 이 사실은 엄마가 성인이 된 뒤에도 비밀이었다. 그걸 모르는 사람은 엄마가 유일했다. 사실 그녀에게 그 사실을 전한 건 우리 아빠였다. 당시 두 사람은 아직 신혼이었고, 가족의 남자들끼리만 포치에 나와 느릿하고 지루한 대화를 이어가다 그 얘기를 듣게 된 것이었다. 그 사실에 엄마는 충격을 받긴 했지만 오랫동안 비밀에 부친

일들이 자주 그렇듯, 그 또한 완벽하게 이해했다.

분명히 말하자면, 나도 가족 이야기를 하는 것이─입 밖으로 내는 것이─가장 건강하게 사는 길이라고 믿게 되었다. 아빠는 입이 무거운 집안에서 컸다. 그의 아버지는 그가 다섯 살 때 돌아가셨는데─군대에서 지프차 사고가 있었다─이 일이 있기 약 일 년 반 전 자신의 어머니가 아버지를 떠났다는 사실을, 수십 년이 지나 사십대가 되어서야 알았다. 그의 어머니는 그들이 살던 브루클린 아파트에 메모 한 장을 휘갈겨둔 채 홀로 아이 셋을 데리고 웨스트버지니아로 떠났다.

내게 이것은 몹시 해로워 보였다. 그래서 말을 잘 안 하는 게 그의 집안 내력인 남자, 와스프 남자와 결혼했을 때 나는 어떤 비밀도 남기지 말고 모두 말하는 게 중요하다고 전도했다. 부모님의 이혼으로 힘든 어린 시절을 보낸 그는 이런 시도에 긍정적이었다.

이때쯤 할머니는 팔십대였고 건강이 좋지 않았다. 그녀의 유년 시절 이야기를 직접 들으려면, 아직 마음의 준비가 안 되었어도 지금 바로 써야 한다는 걸 깨달았다.

미니 테이프녹음기를 가지고 나는 외할머니의 분홍색 콘도에서 무릎에 푸들을 앉혀둔 그녀와 함께 자리잡았다. 그리고 인터뷰를 시작했다. 그녀는 멋진 유년 시절을 보냈다고, 내게 말했다. 그녀는 자신의 어머니와 아버지를 사랑했다. 매춘소에서 일하던 여자들에 대한 좋은 추억도 있었다. 아저씨들이 영화를 보고 오라며 그녀에게 5센트짜리 동전을 주기도 했다. 하지만 그녀의 어머니가 집을 나가 다른 남자와 살았을 때는 그녀와 그녀의 남형제들 중 한 명은 잠시 고아원에 맡겨지기도 했다. 그리고 열다섯 살이 되자 매춘소는 그녀에게 너무 위험한 장소라 더이상 거기서 살 수 없었다. 그래서 남형제의 절친한 친구였던 우리 할아버지와 결혼했다. 그가 그녀를 처음 때렸을 때 그녀는 버스를 타고 집으로 돌아왔다. 얘기를 듣다가 참을 수 없었던—지금도 여전히 그런—부분은 그녀의 어머니가 그녀를 그에게 돌려보냈다는 것이다.

할머니가 인터뷰를 힘들어하지 않는다는 건 금방 알아챘지만, 나는 그렇지 못했다. 나는 힘들었다. 감정에 복받친 나머지 분홍색 화장실로 들어가서 얼굴에 물을 끼얹으며 마음을 추슬러야 했다.

결국 나는 그녀에게 종종 정신이 말짱한 깊은 밤에 테이프녹음기에 대고 얘기하는 방법을 가르쳐드렸다. 그래서 나는 그 테이프를 듣다가 더이상 견디기 힘든 지점에서는 멈출 수 있었다.

그런데 할머니가 엄마에게 말하지 말라고 한 것들이 있었다. 많진 않았지만 꽤 인상 깊었다. 그렇게 해서 나는 그 둘 사이의 금고가 되어버렸다.

할머니의 건강이 악화되는 중에 할머니가 엄마에게 이렇게 말한 적이 있었다. "내가 너에게 말하지 않는 게 있단다." 뭔가 중요한 것, 세상을 떠나기 전에 엄마에게 말해야 하는 것임이 분명했다. 이때까지 얘기하지 않고 남겨진 건 거의 없었다. 엄마가 그때까지 내게 해준 이야기들은 그녀로부터 전해진 것들이었고, 너무 많아 일일이 다 기록할 수 없을 정도였다. 내 조사로 조용히 묻혀 있던 많은 이야기가 발굴되기도 했다. 나이 지긋한 다른 이야기꾼 친척들은 나이를 먹어가며 더 많은 이야기를 털어놓기도 했다.

엄마는 숨을 들이쉬며 이런 생각을 했다고 한다, 아이고, 또 무슨 이야기를 시작하시려나보네. 엄마는 자신이 느낀 불안을 이런 식으로 설명한다. "우리 엄마는 내게 정말 많은 이야기를 해줬어. 정말 솔직하셨지. 난 엄마가 숨기는 게 없다고 확신했어. 엄마가 내게 하지 않고 남겨둔 이야기는 상상이 가지 않았지. 그래서 엄마가 무슨 이야기를 할까 두려웠어."

그 짧은 순간 동안 할머니는 딸을 보며, 딸의 두렵고 아마 지친 듯한 그 복합적인 표정을 읽어냈다. 잠깐 놀라더니 그녀가 말했다. "흠, 네가 알 필요 없는 것들도 있을 테지."

엄마는 안심했다. 사실 그녀와 그녀의 엄마가 그 잠깐의 순간 말하지 않고도 소통할 수 있을 정도로 매우 가까운 사이라는 데 감사했다.

　엄마는 이따금 그 순간으로 돌아간다. 그녀가 엄마에게 뭔가를 거부했던 걸까? 엄마에게 마지막 친절을 베풀어달라고 요구한 걸까, 그것―그녀가 이야기하지 않은 것―은 진정한 선물이었을까?

　"난 가끔 그게 뭐였을지 궁금해. 그래도 후회하진 않아." 엄마는 말한다. 그녀는 외동이었다. 할머니는 고작 열일곱 살 때 그녀를 가졌다. 그들은 엄마와 딸이었지만 함께 커가기도 했다. 그들은 두 사람이 할 수 있는 가장 깊은 사랑을 나눴다.

　아빠의 어머니에 대해 생각해본다―남편에게 그런 쪽지를 남기고 아이들을 산골 집으로 데려간 분이다. 아이들의 아버지는 죽었다. 그녀는 아이들에게 왜 결혼생활이 끝났다고 말했을까? 아이들에게 왜 그가 술에 돈을 탕진하고 근근이 살아갈 돈조차 남기지 않았다고 말했을까? 그도 자기만의 방식으로는 멋진 사람이었다. 아이들이 왜 그 몇 안 되는 기억―시간에 딱 맞춰 찧던 엉덩방아, 춤추던 모습, 편하게 짓던 미소―만을 간직하게 내버려두지 않았을까? 왜 그 기억들을 오염시켰을까? 아이들이 자신의 아버지를 정확히 그들이 원하고 그들에게 필요한 모습 그대로 기억하게 해주는 것에는 아름다움과 힘이 있다.

　나는 내 조상들처럼 이야기가 우리를 구할 수 있다고 믿는다. 이야기는 우리의 위대한 자산이다. 한 사람이 다른 사람과 기꺼이 뭔가를 공유하려고 하는 것은 친밀감을 시험하는 행위이며 천상의 선물이다. 엄마의 고백을 엄마가 자신의 어깨에서 내 어깨에 내려놓은 짐이라고 보는 사람도 있다. 나는 아니다. 나는 인간애를 나눈 순간들이었다고 본다. 그녀는 정중함의 베일, 일상의 베일을 벗고 그 순간만은 진실되고 연약한 모습이었다. 그녀는 자신이 누구인지, 우리 전에 다녀간 사람들은 누구였는지 솔직하게 보여줬다. 아무리 어두울지라도 그 이야기들은 희망적이었다. 이야기를 하는 자는 결국 살아남은 자다. 난 이야기를 전하기 위해 살았다는 말이 그냥 나온 게 아니다. 엄마는 과거의 목소리, 스스로 이야기할 수 없던 이들의 목소리를 전해주고 있었다. 이야기를 한다는 건 망각과 상실과 더 나아가 피할 수 없는 죽음에 맞선 싸움이다. 죽은 누군가에 대한 이야기가 나올 때마다 그 사람은 부활한다. 과거에 대한 이야기가 나올 때마다 우리의 삶은 곱절이 된다.

보라, 어릴 적 나는 하루가 오고 또 하루가 가는 동안 내가 경험하는 것들이 완전한 진실이 아니라는 걸 알았다. 모든 아이가 그렇게 느낀다. 뭔가가 나를 보호하고 있었다. 엄마는 내게 그 보호막 뒤를 살짝 엿보게 해줬다. 우리 문화가 고수하는 아이들의 장밋빛 세계가 현실이 아님을 누군가 인정했다는 게 위안이 되었다. 그녀는 내게 보여주었

다. 인생은 복잡하고 풍요롭다는 것을—그렇다, 암울하지
만, 동시에 눈부시게 아름답다는 것을.

엄마는 지금도 내게 이야기를 들려준다. 나를 놀라게 하
는 새로운 이야기를. 요새는 아버지와의 긴 결혼생활에 관
한 이야기가 많아졌다. 그것은 사랑에 대한 이야기다. 가끔
은 조금 진한 사랑 이야기. 부모님은 팔십대 초반의 나이가
되었다. 두 분 다 아직 정정하다. 어린 시절을 돌이켜보면
엄마가 들려준 모든 이야기가 감사하다. 단지 내가 작가여
서가 아니라 그녀의 이야기를 듣는 동안 전해진 친밀함 때
문이다.

그리고 인정하건대, 나는 장성한 나의 아이들에게도 어
느 정도 가족 이야기를 한다. 현재 스물세 살인 큰딸 피비
스콧은 여성의 몸을 실물 크기 조각상으로 만드는 조각가
다. 특히 자신들의 이야기를 피부와 뼛속에 간직한 노인 여
성의 몸을 조각한다. 가족들에 관한 이야기는 나의 경우와
비슷하지만 매우 다른 방식으로 그녀의 작업에 에너지를
공급해주는 듯하다.

여전히 염려스러운 게 있다. 할머니가 침상에서 임종을
맞는 순간까지 마음속에 뭔가를 감추고 있었다면, 우리 엄
마도 그런 힘이 있을지 모른다.

때로는 이런 생각이 든다—그녀가 내게 모든 것을 말한
게 아니라면? 최악의 이야기가 아직 남아 있다면? 하나 더

남아 있다면?

그 순간 그녀가 내게 죽기 전에 해야 할 말이 있다고 속삭인다면, 나는 거부하지 않을 것이다. 내게는 거부할 만한 힘이 없을 것이다. 나는 알아야겠다.

나는 몸을 숙여—어쩌면 그러지 말아야 할지 몰라도—말할 것이다. "그게 뭐예요? 말해줘요."

엄마에 대한 하나의 이야기

린 스티거 스트롱

엄마에 대한 이야기가 하나 있다. 나는 그 이야기를 엄마에 대한 다른 이야기들을 빠르게 해독하기 위해 쓴다. 내가 엄마를 얼마나 나쁘게 생각하는지 보여줄 뿐 아니라 엄마가 얼마나 좋은 사람인지 보여주기 위해 그 이야기를 수년간 써먹었다. 내가 이야기를 가지고 거래를 하는지도 모르겠지만, 우리 대부분이 그럴 것이다. 우리가 이야기를 고르고 잘 다듬어서 전하는 이유는 스스로에 관해서나 이야기속 사람에 관한 뭔가를 증명해 보이기 위해서니까.

이것은 엄마가 대학교 1학년인 나를 기숙사 방에서 끌고 나온 어느 주말에 관한 이야기다. 열여덟 살의 나는 '우울한 사람'이었고, 엄마가 함께 있는 동안 대부분의 시간을 침대나 도서관 의자에서 거의 잠든 상태로 보냈다. 그동안 엄마는 내 기숙사 방을 청소하고 내 옷을 세탁했으며, 샤워로 땀을 씻어낸 뒤에는 나를 데리고 나가서 저녁을 사줬다. 나는 '지저분하고 우울한 사람'이었다. 몇 달간 내 방에서 풍기는 냄새가 너무 고약해 복도에서도 맡을 수 있을 정도였고 사람들은 대체 무슨 냄새냐고 물었다. 그들은 내가 화장실을 쓰거나 샤워를 하러 방에서 나오는 하루 중 얼마되지 않는 순간들에도 대체로 나를 피했고, 나를 보며 아마내 얘기를 했을 것이다.

내 룸메이트는 방을 나간 지 이미 오래였다. 분명 나한테질려버리기도 했겠지만 방에서 대마초를 팔다가 걸렸기 때문이기도 했다. 고독은 방 상태를 더욱 심각하게 만들었다. 설탕 가루가 굳은 채 묻어 있는 트레이닝팬츠와 땀에 전 러닝복이 주로 쌓인 빨랫감, 당시 내가 주로 먹던 베티크로커생크림 통, 폭식하던 정크푸드 포장지, 기숙사를 떠나기를거부하며 지낸 몇 주 동안 친구가 공수해주던 부리토 포장지가 더미로 쌓여 있었다.

우리 부모님은 꽤 잘산다. 내가 가끔 이 이야기를 하는이유는 엄마의 멋진 집과 자가용, 그리고 그녀의 귀와 손목과 손가락의 그 모든 다이아몬드보다 그녀가 훨씬 더 특별한 사람이라는 걸 보여주기 위해서였다. 내가 이 이야기를 하는 이유는 엄마가 아무것도 없이 시작했으며, 나를 사랑하고, 열심히 일하는 사람이라는 것을 보여주기 위해서였다. 내가 이 이야기를 하는 이유는 내가 특권층 집안에서 버릇없이 자란 쓸모없는 아이라는 것을 고스란히 보여주기 위해서였다. 내가 어떻게 기숙사 방에 앉아만 있었는지. 엄마는 어떻게 그 엄청난 빨랫감을 신고 나가, 내가 거의 말 걸기도 두려워하던 2학년 남자애들과 친구가 되었는지 말해주기 위해서였다. 동전 교환기 하나가 고장나서 그들은 엄마에게 25센트짜리 동전을 주었고, 엄마는 고맙다는 뜻으로 자판기에서 사탕을 사줬다. 그다음해 가을, 엄마는 어반아웃피터스*에서 내가 좋아하는 의자 하나를 사서 지하철을 타고 기숙사까지 가져온 적도 있었다.

내가 이 이야기를 하는 이유는 나의 엄마가 되는 것이 분명 몹시 힘든 일이라는 걸 보여주기 위해서였다.

수년 동안 나는 그녀의 강인함을 보여주려고 이 이야기를 했다. 아이들이 생기고 난 뒤에는 그 이야기를 비틀었다. 그 이야기는 비틀렸다. 아마 아이들이 생기면서 내 모든 것이 비틀렸기 때문일 것이다. 나 자신이 엄마가 되고 첫 몇 년이라는 상당한 시간 동안 나는 엄마에게 화가 나 있었다.

엄마는 내게 말을 걸지 않았어요. 내가 누군가에게 말했다.

---

* 의류와 인테리어 제품 등을 취급하는 체인 소매점.

나는 내 아이를 안고, 그녀가 자기 아이를 기를 때는 하지 않은 모유 수유를 하면서, 바로 그 대학교 1학년 기숙사 이 야기를 하고 있었다. 엄마는 내 기숙사 침대에 올라와서 말을 걸지 않았어요, 나는 말했다. 뭐가 문제냐고 묻지 않았어요.

그녀는 뭐가 문제인지 알고 있었다. 그때까지 수년 동 안 간간이 치료를 받았으니까. 내가 고등학생 시절 저지른 그 모든 짓거리 때문이었다. 알코올중독과 몇 번의 교통사 고, 잦은 결석으로 인한 퇴학. 별의별 약을 처방받았다. 나 는 투약을 거부했다. 그녀는 내게 소리지르고 울고불고 불 같이 화를 냈다—쓸모없고 가치 없고 쓰레기 같은 년, 도 대체 뭐가 문제냐며—내 방에 앉아 그녀보다 훨씬 큰 나를 붙들려 애쓰면서—제발, 제발, 제발, 제발, 제발을 반복하 며—내게 그만하라고 부탁했다.

내게 걸음마하는 아기가 있고 또 내가 임신중이던 시절 엄마와 나는 대화를 중단했다. 우리는 싸웠다. 하루는 엄마 가 전화로 내 인생의 끔찍한 선택들에 대해 호통을 쳤다. 우리 부부가 사는 브루클린 아파트의 상태와 위치, 우리가 구매를 고민하던, 헤아릴 수 없을 만큼 망가진 플로리다의 집 때문이었다. 둘째를 임신한 나는 대학원 강의실 밖에 서 있었다. 당시 우리의 언쟁은 뭔가 달라져 있었다.

이제 그녀는 나뿐만 아니라 내 남편과 내가 우리 아이를 위해 내린 선택들, 내 인생과 우리가 아이들을 위해 꾸려가려던 인생을 헐뜯었다. 우리는 서로에게 소리를 질렀다. 둘 사이에 맞고 틀린 건 없었다. 우리에게 걸린 문제는 우리가 그때까지, 혹은 당시 자녀들을 사랑했는가에 대한 문제였다. 아이들을 바른 방식으로 사랑했는지에 대한 문제였다. 몇 달간 이 싸움이 오갔고 나는 그녀에게 휴식이 필요하다고 말했다. 잠시라도 싸우고 싶지 않았지만 우리는 항상 싸우고 말았다.

그 무렵 내 이야기는 다시 바뀌었다. 당시 나는 이렇게 말했다. 보스턴에서 내가 '우울한 사람'으로 거의 제대로 된 생활을 하지 못하고 내내 사춘기 아이처럼 지냈을 때 내가 엄마였다면, 억지로라도 딸에게 엄마가 무슨 잘못을 했는지 물었을 것이다. 나라면 딸에게 말을 걸었을 거라고, 나는 말했다. 나라면 엄마 노릇을 더 잘했을 거라고, 나는 당시 그렇게 생각했고 다른 사람들에게 떵떵거리며 말했다. 마치 그게 그때 엄마의 감정을 상상하는 것만큼이나 너무도 명확하고 분명하다는 듯.

나는 이야기를 상당히 잘한다. 변호사, 그것도 소송 전문 변호사인 엄마처럼. 또한 나는 엄마처럼 화도 잘 낸다. 내게 잘못을 저질렀다고 느껴지는 사람이나 뭔가를 향해 화를 잘 낸다. 내가 느끼는 분노나 슬픔의 이면에는 그것으로부터 오는 일종의 전율이 존재한다. 이야기를 할 때면 나는 강하고 매력적인 사람이 된 것 같다. 나는 똑바로 서서 크게 몸짓한다.

열여섯 살에 내 차가 견인된 적이 있었는데, 엄마는 함께 차를 찾으러 가는 길 내내 내가 끔찍하고 가치 없는 사람이라며 소리를 질러댔다.

엄마는 윽박지르던 중에—당시 그녀는 자주 그랬는데, 나는 몇 달간 그걸 내 욕설 화법에 참고해 써먹었다—엄마 아빠가 힘들게 번 돈을 내 대학 학비로 낭비하지 않겠다고 말했다. (이것은 진심이 아니었다. 그녀도 알았다. 대학에 다니지 않는 자식이라니 그들 스스로가 절대 용납하지 않았을 것이다. 그저 얘기를 하다가 튀어나온 말이었다.) 그녀는 무기력하고 지친다고 말했다. 대체 어떻게 그럴 수 있으며 이유가 뭐냐고 물었다. 나는 살이 쪘고 학교나 육상 팀 연습시간에 나타나지 않았다. 언제나 술을 마시다 걸렸다.

그녀는 빨간색 차의 지붕을 열어놓고 운전하면서 내게 소리를 질렀다. 우리가 도착한 견인 차량 보관소에는 차가 층층이 쌓여 있었다. 보관소 남자가 엄마에게 600달러를 내야 한다고 말했다. 그녀는 나를 쳐다봤다. 나는 파자마 바지에 스웨트셔츠 차림이었다. 불과 몇 분 전까지 울었던 터라 눈이 부어 있었다. 얼굴은 살이 쪄서 부어 있었다. 맞는 옷이 없어서 그나마 이 옷이 가능하면 제일 자주 입는 옷이었다. 날이 아무리 더워도, 피부가 온통 땀방울로 따끔

거려도, 땀구멍이 차서 아주 메스꺼운 냄새를 풍겨도 입던 옷이었다.

엄마는 남자에게 맹공을 퍼부었다. 내가 아는 한 그는 보관소 직원일 뿐이었다. 당신을 고소하겠어요, 그녀가 말했다. 그녀는 그에게 그가 저지르는 이런 일의 부당성을 설명했다. 열여섯 살짜리의 차를 견인하다니요, 그녀가 말했다, 자신이 무슨 일을 했는지 알지도 못하고, 알아야 할 필요도 없는 아이의 차를 말이에요. 우리한테서 600달러를 착취하겠다는 거죠, 그녀가 말했다. 그녀는 나를 향해 손짓하며 말했다, 착취하려고요, 이 아이를요. 엄마는 그 마지막 단어에 방점을 찍었다. 나는 몸을 웅크렸다. 일부는 두려움 때문이었지만 이게 내 역할임을 알아서였다. 그녀는 신문사에 알리겠다고 위협했다. 밖에 무더기로 쌓아둔 모든 차량에 대해 견인 차량 보관소를 상대로 민사소송을 걸겠다고 했다. 그녀는 법령을 읊었다. 그것은 돈 때문에 사람들의 소유물을 볼모로 삼는 강도 행위입니다, 라고 그녀는 말했다.

우리가 들어갔을 때 윗도리 아래로 배를 슬쩍 드러낸 채 반쯤 졸고 있던 까끌까끌한 수염의 덩치 큰 남자는 엄마가 말을 끝나기를 기다렸다가 입을 열었다. 당장 차를 가지고 그냥 제발 가달라고 했다. 그녀가 내게 열쇠를 건네줄 때 나는 그녀의 표정이 변하는 것을 보았다. 필요한 것을 얻는

데 필요한 한 우리가 같은 팀이라는 것을 기억하면서.

　이 글은 내가 엄마에게 이야기할 수 없는 것, 내가 그녀에게 이야기하지 않은 것에 대한 에세이다. 이 글을 써달라고 부탁받은 직후 나는 그녀가 나를 화나게 만든 것들을 모조리 보여주겠다는 짜릿함에 흥분했다. 하지만 그건 새롭지도 바르지도 않게 느껴졌을 뿐 아니라, 엄마를 떠올리면 내가 느끼는 것을 온전히 담고 있다고 느껴지지도 않았다. 나는 내가 생각하는 것 대부분을 그녀에게 말했다. 나는 그녀에게 상처를 주었다. 그녀는 내게 상처를 주었다. 그 어떤 것도 비밀처럼 느껴지지 않는다.
　어느 날 나는 젠더연구 강의중이었다―옳은 것을 말하고 싶어 안달난 십대 여학생 아홉 명이 책상을 둥그렇게 놓고 앉은 채로―학생들과 나는 엄마를 주제로 얘기하고 있었다. 우리는 어머니들이 우리의 본보기가 되는 것이 현실적으로 불가능한 상황에 대해 얘기하던 중이었다. 엄마들이 필요로 하고 원하는 공간이 얼마나 적은지에 대해 얘기하던 중이었다. 학생들은 알아채지 못했지만 나는 눈물이 나기 시작했다. 눈물이 차올라서 수업이 끝나고 화장실 칸에 들어가 멈출 때까지 앉아 있었다. 최근 들어 엄마에게 말을 건넨 적이 없었다. 우리는 자주 대화하지 않는다. 마지막으로 대화했을 때 내가 느낀 그 감정을 짚어낼 수 없었다. 화장실에서 울고 난 후 몇 시간 동안 그녀에게 전화를 걸어 사랑한다고 말해야겠다고 생각했다. 하지만 전화를 거는 게 맞는지 확신이 들지 않았다. 내가 전화를 걸면 그녀가 말할 것이고, 그러면 그녀를 사랑하기 너무 힘들어질까봐 두려웠다.

내가 엄마에게 이야기할 수 없는 것은 그때 전화로 말하려던 모든 것, 핸드폰을 꺼내 들고 스크롤하면서 그녀의 이름을 찾다가, 그걸 쳐다보다가, 다시 핸드폰을 치워버린 그모든 순간에 말하려던 모든 것이다. 아마 우리 모두에게는 커다랗게 갈라진 틈이 있을 것이다. 우리가 믿는 '엄마', 마땅히 이래야 하고 우리에게 전부를 주어야 하는 '엄마'와 실제 우리 엄마가 일치하지 않아 생긴 틈이. 내가 그녀에게 이야기할 수 없는 것들은 내가 그것에 대해 계속 슬퍼하지도 화나지도 않는 길을 찾을 때 그녀에게 이야기하게 될 모든 것이다.

작은딸은 거의 두 살이 다 될 때까지 모유를 먹었다. 생각보다 오래였다. 나는 그것, 그애에게 준다는 사실에서 오는 편안함이 정말 좋았다. 아이가 울면 젖을 물렸다. 그러면 쉬이 진정되며 모든 게 다시 괜찮아졌다. 모유 수유를 그만뒀을 때 불현듯 두려워졌다. 아이에게 줄 수 있는 확실하고 깔끔한 방법, 아이가 진정되리라 보장할 수 있는 확실한 방법이 일시에 사라진 것이다. 아이가 뭔가를 필요로 하고 원하고 힘들어하면, 나는 말로 어르고 포옹하고 달래고 물어보고 안아주면서 최선을 다해 추측할 뿐이다. 내게는 단지 인간이 사랑하는 그 불완전하고 추상적인 방식만이 있을 뿐이다.

한번은 어느 심리치료사가 나는 나와 맞지 않는 가족에 태어난 것뿐이라고 말해준 적이 있었다. 그 '뿐이라'는 말은 그녀의 말이지 내 말이 아니다. 부모님에 관한 질문에 나는 가끔 가치관이 서로 다르다고 답하지만, 그건 내가 의미한 것보다 더 주관적이고 더 단정적으로 들린다. 우리는 아주 다르며 완전히 별개인 사람들이다. 우리는 평생 의도치 않게 혹은 의도적으로 서로에게 상처를 주었으며, 형편없고도 열렬히 사랑했다. 나이를 먹어가며, 엄마로서의 시간이 길어질수록, 열네 살 때처럼 생생하고 열렬하게 느껴진다. 각각의 삶이 모두 다르다는 것이.

최근 나는 화장실 청소를 하는 동안 아이들에게 TV를 보여줬다. 이런 경우는 드물다. 엄마는 내가 어릴 때 TV를 많이 보여줬다. 그녀는 주중에 매일 일하면서도 내가 내 아이들에게 지금껏 주지 못한 것을 우리에게 주었다. 나는 아이들을 위해 집을 깨끗이 치우지 못할 때가 많지만, 그녀는 우리를 위해 주말에 자주 청소를 했다. 그때를 돌이켜보면 나는 이와 관련된 수천 가지 것에 대해 수천 가지 이유로 분개했다. 어른이 되면 내가 그 일을 해야 했기 때문인 것도 있지만, 사랑을 주고받는 또다른 방식이 있을지 모른다고 생각했기 때문이기도 했다.

그렇지만 이 주 전 나는 똑같은 짓을 했다. 피곤했다. 아이들은 뭔가를 필요로 하지 않을 때보다 필요로 할 때가 더 많다. 그들은 몇 시간이고 TV 앞에 앉아 있을 수 있는 나이가 되었다. 나는 화장실 청소를 했다. 내가 TV를 끄고 종일 시간을 함께 보냈다면, 아이들을 사랑해주고 재미있게 놀아주기 위해 온갖 복잡한 일을 해야 했을 것이다. 하지만 그러고 싶지 않았다. 화장실은 청소를 자주 하지 않아서 몹시 더러웠다. 타일 사이의 곰팡이를 제거하고 욕조 바닥의 비눗자국을 문질러 닦으며 내 손은 표백제로 범벅이 되고 무릎이 아팠다. 마치 내가 아이들에게 익숙하면서도 실질적인 방식으로 뭔가를 주고 있는 것처럼 느껴졌다. 아이들에게 필요한 것, 내가 되고 싶던 엄마의 모습처럼 느껴졌다. 나의 엄마처럼 느껴지기도 했다.

수많은 지난날처럼, 이날도 엄마에게 하마터면 전화를 걸 뻔했다. 거울 속에 비친 지나치게 가느다란 두 팔과 주근깨투성이 어깨, 펑퍼짐한 코, 짧은 머리카락, 이마에 맺힌 땀, 그녀와 정말 많이 닮아 보였다. 나는 정말 그녀처럼 느껴졌고 어떻게 그런 기분이 들었는지 그녀에게 말해주고 싶었다. 하지만 전에도 그런 전화를 걸었다가 실망한 적이 너무 많았다. 그녀는 우리의 닮은 점들을 하나씩 풀어헤쳐 뜯어보고 싶어하지 않았다. 내가 항상 우리가 왜 점점 멀어졌는지 얘기하고 싶다며 대화를 시작해서이기도 했지만 말이다. 그녀는 자신의 감정에 대해 말하는 걸 별로 좋아하지 않는다. 내가 우리 사이에 그리고 우리 이면에 존재하는 것과 존재하지 않는 것을 생각해보라고 하면 그녀는 불안해한다. 그녀는 대체로 공격받는다고 느낀다.

내가 엄마에게 이야기할 수 없던 것은, 그녀는 내게 상처를 주었고 나는 화가 났지만 그건 이제 더이상 중요하지 않다는 것이다. 우리는 모두 서로에게 상처를 준다. 그녀는 내게 상처를 줄 수밖에 없었다. 나를 화나게 만들 수밖에 없었다. 내가 그녀에게 말하고 싶은 것은 나는, 마침내, 이제 괜찮다는 것이다.

이런 것들이 내게 /
미국으로 느껴지는 반면에

키에스 레이먼

나는 잭슨주립대학교 주간 여름 캠프에 다니는 아홉 살 아이입니다. 스물한 살의 레나타는 캠프 지도원이고, 당신의 학생 중 한 명입니다. 그녀는 캠프에서 내가 아는 유일한 사람입니다. 캠프 첫날, 모든 학생이 신체검사를 받습니다. 캠프의 의사는 내 검진서의 몸무게 칸 옆에 필기체로 띄엄띄엄 이 단어를 적습니다. 'obis.'* 나는 나보다 나이가 좀더 많은 쌍둥이에게 그들의 검진서에도 'obis'라고 적혀 있는지 묻습니다.

"그건 비만이라는 뜻이야, 깜둥이야." 그들 중 한 명이 말합니다. "네가 나이에 비해 너무 뚱뚱하다는 뜻이지."

---

* '비만(obesity)'의 준말.

나는 집에 가서 '비만'을 찾아봅니다. 베이비시터가 옵니다. 그녀가 다녀가면 나는 덜 비만한 기분이 듭니다.

캠프 둘째 날 나는 나더러 비만이라고 말한 그 쌍둥이에게 레나타가, 모두가 델마 에번스*보다 더 예쁘다고 말하는 그 캠프 지도원이 벗은 모습을 봤다고 말합니다. "넌 그녀가 지금 예쁘다고 생각해?" 내가 이렇게 말한 기억이 납니다. "윗도리를 안 걸친 게 훨씬 나아."

레나타가 나처럼 '비만이고 쪼그만 깜둥이'가 보는 데서 벗고 있을 리 없다고 쌍둥이 하나가 말하자, 나는 레나타의 가슴 가운데에 있는 반점에 대해 말합니다. 쌍둥이는 입술을 비죽 내밀지만 결국 더 나이 많은 남자애 몇몇에게 그 얘기를 전하고, 그애들은 더 나이 많은 남자애들에게 전하고, 그애들은 더 나이 많은 애들에게 전합니다. 한 주가 끝나기도 전에 캠프 사람 대다수가 레나타의 등뒤에서 '걸레'라고 수군거립니다.

그리고 그녀의 면전에서 말합니다.

레나타와 나는 캠프에서 대화하지 않습니다. 레나타는 나를 외면하려 애씁니다. 나는 외면당하려 애씁니다. 하지만 그주에도 이틀 밤, 지난 몇 달 동안 일주일에 이틀 밤씩 그랬던 것처럼, 레나타가 우리집에 옵니다. 정확히 말하면

---

* 1970년대 후반 CBS에서 방영한 시트콤 〈굿타임즈〉의 등장인물.

레나타는 나의 베이비시터입니다. 그녀는 당신을 무척 좋아합니다. 레나타가 오면 우리는 레슬링을 봅니다. 책을 읽습니다. 아타리*를 합니다. 탱**을 마십니다. 레나타는 내몸에 거친 짓을 합니다. 그 거친 짓은 내가 선택받았고 사랑받는 기분이 들게 합니다. 레나타도 이 거친 짓으로 자신이 선택받았고 사랑받는 기분이 드는 것처럼 행동합니다. 그러던 어느 날 나는 레나타가 그녀의 진짜 남자친구와 더거친 짓을 하는 걸 보고 듣습니다. 레나타가 그에게 그만하라고 말하는 걸 듣습니다. 그가 그녀에게 하는 것들은 레나타가 선택받거나 사랑받는 기분이 드는 소리로 들리지 않습니다. 나는 그가 레나타에게 무슨 짓을 하는지는 관심 없습니다. 나는 레나타가 더이상 나를 선택하고 싶어지지 않을지에만 관심이 있습니다.

삼십 년이 흘러 레나타와 만난 장소에서 257킬로미터 떨어진 곳에서, 나는 레나타가 처음으로 자신의 오른쪽 가슴을 내 입에 넣기 직전 내가 마신 탱의 맛과 온도와 질감을 기억합니다. 내 코를 막고 누르던 그 느낌을 기억합니다. 그녀의 왼쪽 손바닥이 내 성기에 한 짓을 기억합니다. 그녀가 내 살갗을 쓰다듬을 때 느슨하던 내 몸에 힘을 준

---

* 미국의 비디오게임 개발사 혹은 그곳에서 출시한 비디오게임.
** 분말 주스 상품명.

것을 기억합니다. 무서워서가 아니라 레나타가 내 까맣고 뚱뚱하고 부드러운 몸을 원래보다 더 단단하다고 여기길 바라서였습니다.

내가 소문을 퍼뜨린 건 레나타가 내 몸에 한 짓 때문이 아닙니다. 내가 소문을 퍼뜨린 건 그녀가 나보다 연상인 흑인 여자애였기 때문이고, 흑인 여자애가 몇 살이건 간에 그녀에 대한 소문을 퍼뜨린다는 건, 흑인 소년이 몇 살이건 간에 그녀를 사랑한다고 말하는 방법이라는 것을 알았기 때문입니다.

삼십 년이 흐르고 내 몸과 마음이 최대치로 너덜너덜한 날이 되면, 나는 나 자신이 캐버노나 트럼프나 코즈비*가 아니라는 사실에 자축하고 싶어집니다. 나의 해로운 행동과 전멸된 인간관계의 원천을 전적으로 어린 시절의 성폭력 경험들 속에서만 찾고 싶습니다. 아니 경제적인 궁핍 속에서만, 아니 백인들의 인종차별 속에서만, 아니 구타당한 경험 속에서만, 아니 흑인 아이들은 자신들을 공포에 떨게 하던 것들에 감사해야 했던 미시시피주에서만 찾고 싶습니다. 이 나라에서, 내가 사는 주에서, 내가 사는 도시에서, 미국의 모든 공간에서 겪은 나의 경험은 너무나 악취를 풍

---

* 미국의 법조인 브렛 캐버노, 정치인이자 전 대통령 도널드 트럼프, 연예인 빌 코즈비 모두 성추문에 휩싸였다.

기고 더럽혀지고 폭력이라는 동심원에 지나치게 의존적이어서—영향을 받아서—나는 내가 이 나라의 누군가에게 해를 끼친 것이 단지 내가 겪은 단 하나의 해로운 경험 때문이라고 말할 수 없습니다. 또한 이 나라의 누군가가 내게 해를 끼친 것은 단 하나의 해로운 어린 시절의 경험 때문이라고도 말할 수 없습니다.

이 나라에 사는 누구도 그렇게 운좋은 사람은 없습니다.

올해 나는 미국에서의 인과관계를 생각해보면서 '반면에'라는 단어의 중요성에 대해 많이 생각했습니다. '반면에'는 우리가 자주 쓰는 말입니다. 흑인 페미니스트들과 흑인 정치학자들은 수십 년 동안 우리가 '반면에'를 받아들이도록 가르치려 애썼습니다. 레나타는 내가 그녀를 해할 수 없는 방식으로 나를 해치고, 반면에 나는 레나타가 나를 해할 수 없는 방식으로 그녀를 해치고 있었습니다. 한편 우리 지역에서는 성폭력이 일어나고, 반면에 가정폭력이 일어나고, 반면에 경제적 불평등이 일어나고 있었으며, 반면에 퇴거와 집단 투옥이 일어나고, 반면에 실패한 주州 정부는 교사들을 학대하고, 반면에 실패한 교사들은 학생들을 학대하고, 반면에 학대받은 학생들은 자신들과 어린 형제들을 학대하고 있었습니다.

작년에, 열두 살부터 당신을 위해 쓰기 시작한 작품 한 편을 끝마쳤습니다. 가족과 국가의 수많은 비밀을 감당해

내지 못한 우리 몸에 나타나는 형태와 결과를 예술적으로 살펴보고 싶었습니다. 당신은 내가 그 책에 '무거운'이라는 제목을 붙이는 데 동의했습니다.

『무거운』의 초고를 아홉번째로 다듬고 어떤 권고를 들으며 나는 이해하게 되었습니다. 나를 은밀히 사랑해준 누군가에게 도리어 해를 가하고, 저열한 남성 페미니스트의 관점과 기업 이윤을 위해 출판물에 내가 그 사람에게 저지른 해를 속죄한다고 공개적으로 밝히는 건 미친 짓보다 더하다는 것을요. 저도 어릴 때 피해를 입고 학대를 당했지만, 돈벌이에 악용된 누군가가 저를 학대한 사실을 공개적으로 고백하는 일은 없었습니다.

이런 생각은 내일이면 바뀔지도 모르겠습니다. 하지만 오늘, 나의 세상에서 가장 중요한 질문은 이것입니다. 나는 정말 무엇에 대해 거짓말을 하고 싶은가? 단순히 저 질문에만 대답하는 게 아니라, 그 질문과 우리의 거짓말이 만들어내는 상호적이고 구조적인 결과들도 기꺼이 고려하려 하는가? 나는 진정 왜 거짓말을 하고 싶어하는가? 우리는 서로에게 왜 그토록 많이, 왜 그리 오랫동안 거짓말을 해왔는가? 그리고 그런 거짓말을 해달라는 부탁을 받으면 나는 어떤 반응을 보일 것인가? 나는 여전히 나를 사랑했던 사람들에게 내가 가한 피해와 학대에 대해 필사적으로 거짓말하고 싶습니다. 내가 연애를 시작하지 않는 건, 거절당하고 선택받지 못할까봐 겁먹은 뚱뚱한 흑인 남자여서가 아니라 괜찮은 남자여서라고 여전히 필사적으로 믿고 싶습니다. 나는 여전히 뛰어난 문학작품이 되기 위한 필수 요건은, 우리 미국 남성들이 입힌 상처들에 감성적으로 이름을 붙이고, 그 상처의 원인을 하나의 트라우마에서 찾으며, 우리가 불러일으킨 고통은 무시한 채 그 트라우마를 대하는 '우리의 솔직함'에 대해 찬사를 받는 것, 심지어 주로 여성들에게 찬사를 받는 것이라고 믿고 싶습니다. 여전히 나는 좋은 것만 선별해놓은 고백들을 닥치는 대로 묶어둔 모음집이나 카탈로그가 예술을 지속시킨다고 필사적으로 믿고 싶습니다. 나는 그렇지 않다는 걸 압니다.

하지만, 나는 아직도 거짓말하고 싶습니다.

나는 열두 살 때부터 할머니 집 포치에서 당신에게 쓰기 시작한 회고록의 수정 작업을 끝냈습니다. 무엇이 되기의 여정을 연대기별로 묶어내고 싶었기 때문이 아니라, 내가 무엇이 되었는가에 대해 더이상 거짓말할 수 없었기 때문이었습니다. 나는 비겁하고 쓸쓸하고 건강하지 못하며 폭력적인 정서와 중독적인 성향을 가진 성공한 흑인 작가가 되었습니다. 그 책을 쓰면서 이 땅의 누구에게도 솔직하지 못했다는 걸 깨달았습니다. 구조적인 학대가 우리 삶의 많은 부분을 결정짓지만, 내가 이 나라에서 가장 해를 많이 끼친 이들은 바로 내가 사랑한다고 생각한 사람들이라는 것을 깨달았습니다. 이 나라에는 사람들과 제도와 정책으로부터 표적이 되고 피해를 입고 조종당하면서도 정직하고 열렬하고 아낌없이 사랑하면서 살아가는 사람들이 있다는 것을 깨달았습니다.

학생들에게 해를 끼치지 않고 윤리적으로 교육하면서도 그들 삶의 방식과 전후 맥락을 이해하기 위해 할 수 있는 모든 것을 하는 교사들이 있습니다. 본인의 자리를 걸고서라도 기관의 실리보다 약자의 건강을 우선시하는 이사회 및 위원회 구성원들이 있습니다. 의료보험, 버스 승차권, 식료품을 위한 돈도 넉넉지 않으면서 평생 자신의 결정이 자신의 아이들뿐 아니라 이 땅의 모든 취약 아동에게 미칠 영향을 염려하는 부모들이 있습니다.

그러나 사실 미국에 이런 사람들은 거의 없습니다.

혹은 어쩌면 우리는 자신이 이런 유의 미국인이라고 너무 자주 믿어버리는 쪽을 선택하는지도 모르겠습니다. 나는 내가 그렇다는 것을 압니다. 그리고 만일 이렇게 선택하는 것이 정말 미국인들이 느끼는 공포의 근간을 이루는 것이라면, 그럼 이런 선택을 인지하는 것이야말로 이 나라에서의 해방과 비슷한 어떤 것의 뿌리에 있다고 믿습니다. 이 글을 쓰고 나서야 나는 깨닫습니다. 이 나라의 문제는 우리가 동의하지 않는 사람과 정당과 정치사상과 '잘 어울리지' 못해서 생기는 게 아니라는 것을요. 문제는 우리가 사랑하

는 사람과 장소와 정치를 끔찍이도 제대로 사랑하지 못해
서 생겨난 것입니다. 나는 우리가 더 잘 사랑하길 바라는
마음을 담아, 어머니를 위해 『무거운』을 썼습니다.

『무거운』을 읽고 당신은 내게 이런 글을 써줬습니다.

난 추억해, 우리의 웃음소리, 우리의 언쟁, 너의 안전에 대
한 나의 끝없는 불안감, 5학년 내내 좋은 성적을 유지하던 너.
시골 어딘가에서 네가 하던 모든 농구 게임, 네 여자친구들,
뉴올리언스와 멤피스 여행, 약자의 위치, 그래, 네가 내게 등
을 돌리거나 하늘에서 날아온 총알에 널 너무 일찍 잃을까 하
던 두려움이. 좀더 용기를 갖고 덜 엄한 사랑을 하고 더 강한
확신을 가지고 스스로를 이끌었어야 했을 때 난 두려움 속에
서 살았던 것 같아. 난 어느 정도 잘못된 선택을 했지.

삼십 년도 더 전에 레나타가 남자친구와 함께 거의 알몸
으로 우리집에서 나갔을 때, 나의 마음은 부서졌습니다. 나
를 선택한 두번째 성인 여자의 사랑을 잃어버린 듯했습니
다. 지금은 내가 레나타를 사랑하지 않았음을 압니다. 레나
타가 내게 느끼게 해준 것을 사랑한 거지요. 내가 당신을
사랑했는지는 잘 모르겠습니다. 내가 아는 건 당신으로 인
해 내가 가끔 느끼던 것을 사랑했다는 것입니다. 레나타는
내게 해를 끼치는 선택을 했지만 그래도 적어도 나와 접촉

하고 싶어했습니다. 완전히 미국적인 이유들로 인해, 그 거
친 접촉은 내게 사랑처럼 느껴졌습니다. 그녀는 우리 동네
의 흑인 소년 아무나와 거칠게 접촉할 수도 있었으니까요.
완전히 미국적인 이유들로 인해, 나는 레나타가 자신의 남
자친구나 부모님이나 선생님들에게서 받은 학대뿐만 아니
라 세상의 모든 남자아이와 나로 인해 경험한 학대를 생각
하지 않았습니다. 내가 그 모든 것을 생각해보고 당신과 공
유한 지금, 서로가 서로를 더 철저히 사랑하기 위해서 우
리는 어떻게 그 모든 것, 그 모든 '반면에'를, 그 어떤 '반면
에'들을 용납해야 할까요? 그게 바로 지금 내게 중요한 단
하나의 질문입니다. 당신에게 중요한 질문은 무엇인지 내
게 얘기해줄 수 있나요? 우리의 여생을 그런 질문들을 함
께 얘기하며 보낼 수 있을까요? 미국에서 우리가 더 잘 사
랑할 수 있을까요?

모국어

카먼 마리아 마차도

아내 밸과 나는 결혼하기 몇 달 전, 무교 커플 전문 상담사를 만나기로 했다. 인생을 함께할 준비를 위해서 상담을 받아보기로 한 것이었다. 우리는 제대로 시작하고 싶었다—놓치고 있는 점을 살펴보고 생활을 성공적으로 이어갈 방법들을 챙겨서. 상담사는—미셸이라는 영민하고 너무나도 웃긴 여성으로—내 생각에 정확히 우리에게 필요한 사람이었다. 그녀는 사려 깊었고 우리 각자의 방어기제를 정교하게 분석해낼 줄 알았다—밸은 감정형이었고 나는 회피형이었다. (그녀는 나이든 아이 두 명이 그녀로부터 무엇을 필요로 하는지 파악하면서 동시에 우리가 힘들게 해낸 작업을 끝없이 칭찬했고, 우리가 프로그램을 완전히 다 마치자 인증서를 주었다.) 우리가 자녀 문제를 상의

하기에 이르자—그 주제로 한 세션이 통째로 할애됐다. 예비부부 상담의 샤크 위크* 버전으로 보면 된다—나는 부모가 되는 것에 스스로가 양가적인 감정을 보인다는 것을 깨닫고 깜짝 놀랐다.

물론 벨과 나는 아이에 관해 얘기한 적이 있다. 우리 관계가 진지하다는 것이 명확해지자마자 둘 다 부모가 되고 싶다는 점에는 동의했다. 당장 시기나 방법을 정할 필요는 없었지만 말이다. 우리가 조카 둘을 둔 이모들이 되자 인생에서 아이를 갖는 경험을 미리 맛보기도 했다. 지치고 엉망이어도 재미있고 신비로운 경험, 우리가 분명 원하는 것이었다.

그랬기에 상담실에서 예비신부에게 "내가 아이를 원하는지 잘 모르겠어"라고 말했을 때 스스로 놀랐고 울음이 터질 듯 콧속이 찡해졌다. 내 입에서 나온 말이 믿기지 않아 속으로 되뇌었다. '내가 아이를 원하는지 잘 모르겠어.' 눈물이 흐를 것 같았는데 그러진 않았다. 그저 그 깨달음과 함께 가만히 앉아 있었다. 전혀 새롭지 않지만 새롭게 느껴지는 깨달음과 함께.

---

* 디스커버리 채널에서 일 년에 한 번, 상어 관련 프로그램을 집중적으로 방영하는 주.

내 인생에서, 모성에 대한 나의 감정은 양가적인 감정과 간절함 사이를 내달린다. 나는 아기를, 그들의 포동포동한 다리와 흥미로운 표정, 그리고 권투선수처럼 쥔 주먹을 사랑한다. 걸음마를 하는 아기는 꽤나 골칫거리다. 그들의 이성 부재과 본능적인 충동, 반사회적 태도가 그렇다. 나는 학교와 자신이 읽고 있는 책에 대해 말할 수 있는 조금 더 자란 아이들을 사랑한다. 그리고 십대 아이들은 완전히 미지의―무시무시한―영역에 머물러 있다. 건강염려증 환자로서 나는 임신과 그에 관련된 의료적인 위험이 몹시 무섭다. 쾌락주의자로서 나는 위스키 칵테일, 스시, 연성치즈를 포기하고 싶지 않다. 또 작가로서 나는 육아에 집필 시간을 희생해야 하는 것이 두렵다.

　더 어린 나이의 나는 스스로가 아이를 원하는지 잘 몰랐다. 그러다 풋풋한 스물세 살 처음 사랑에 빠졌을 때 일종의 호르몬 변화가 획 일었고 불확실한 마음은 간절한 바람이 되었다. 아무하고도 데이트하지 않아도, 설사 임신하고 싶지 않아도 나는 묘한 집념으로 아이를 갖는 것에 대해 생각했다. 임신한 꿈을 꾸고 또 꾸었다. 꿈은 항상 같았다. 침대에 누워 불룩해진 배를 쓰다듬으며 곧 모든 게 바뀌리라는 것을 아는 꿈이었다.

　어렸을 적 엄마에 대한 나의 사랑은 복잡하지 않았다. 나는 많이 아팠다. 바깥일을 하지 않았던 그녀는 나를 의사에게 데리고 다니느라 수많은 시간을 보냈다. 집에 있을 때면 다리미질이나 에어로빅을 하는 그녀와 일일 드라마를 보곤 했다. 그녀는 〈올 마이 칠드런〉을 정말 좋아했다. 생각해보면 그녀는 그런 나를 사랑했던 것 같다. 어느 모로 보나 어린아이의 어려움에 처한 나를. 어린아이들에게 그녀는 좋은 엄마였다.

엄마는 아홉 자녀 중 하나로 컸다. 농장에서 자란 아홉 명의 아이는 자기 것을 가져본 적이 없었다. 그녀는 학교생활을 힘들어했다. 그러나 거침없고 뭐든 할 수 있다는 태도 덕에 열여덟 살 때 고향 위스콘신에서 멀리 떨어진 플로리다로 갈 수 있었다. 그녀는 아주 재미있고 매력 넘치고 친절한 사람일 수 있었다. 하지만 그녀의 집안 특유의 까다로운 성격은 언제나 두드러졌다. 그늘은 고집스럽고 독선적이었다. 애석하게도 그 성격을 내가 물려받았다.

나이를 먹을수록 우리의 관계는 극적으로 복잡해져갔다. 십대 자녀를 둔 모든 엄마가 자식을 이해하는 건 아니겠지만—내게는—우리 엄마가 나를 가장 이해하지 못하는 것처럼 보였다. 나는 나이가 들수록 더 복잡해졌고, 내 문제는 해가 지날수록 더 복잡해져갔다. 나는 엄마가 필요하지 않았다. 구체적으로 말해 복잡한 그물망만큼 필요하진 않았다. 그 그물망이란 정신건강을 위한 도움과 화학 과외 선생님, 일자리, 뚱뚱한 십대 청소년에게 망신을 주지 않고 여자를 혐오하지 않는 세상, 동성애에 관한 조언자와 나의 대학 지원을 도와줄 사람, 내가 졸업하는 해에 시작되어선 안 될 경기침체 같은 것들이었다. 형제들도 역시 자라면서 더 성숙하고 까다로운 사람이 되어갔고, 우리는 그녀의 궤도에서 빠져나갔다.

엄마는 대학으로 돌아가 전문학사 학위를 받겠다고 결정했고, 그렇게 했다. 그후로는 자신의 열정을 찾기 위해 이 일에서 저 일로 획획 옮겨다녔다. 부동산중개업, 특수교육, 가구 복원, 소매업. 그 어느 것에도 진득하게 붙어 있지 않았다. 그녀가 점점 더 인생에 좌절감을 느끼는 동안 나는 학교에서 승승장구했고 대학에 갔으며 석사학위를 받았다. 우리 사이에 거대한 틈이 생겨 서로 닿을 수 없게 되었다. 만날 때마다 그녀는 내가 일군 성과들은 제쳐두고 내가 실패하고 있음을 어떤 식으로든 알려주려 했다. "잘 선택하는 법을 좀 배워." 어떤 선택인지 구체적으로 밝히지도 않으면서 그녀는 말했다. 덧붙이자면 그 말은 내게 이렇게밖에 들리지 않았다. 내가 선택을 잘했으면 좋았을걸. 그리고 그 부분에 대해 내가 그녀를 도울 방법은 없었다.

대학원을 졸업하고 두 달 뒤, 나는 펜실베이니아주 동남부로 이사했다. 밸과 나는—당시 서로의 여자친구였다—

둘 다 각자의 부모님 집에서 일자리를 찾고 있었다. 그런데 밸의 부모님은 그녀가 돌아온 것을 훨씬 더 기뻐했다. 우리 부모님은 내가 집에 있는 것을 두고 속삭이며 여러 차례 다퉜다. 아빠는 자식을 사랑하는 부모라면 언제든 자식을 환영해야 한다고 주장했다. 엄마는 내게 이렇게 말했다. 이곳은 너의 집이 아니고 아빠가 우기니까 머물게 해주는 것뿐이라고. 이곳이 내 집이 아니라는 걸 안다고, 내가 그녀에게 말했다. 밸과 내가 필라델피아에서 일할 곳과 머물 곳을 찾자마자 떠날 거라고.

나는 불편한 손님방에서 잤다. 나의 남자 형제가 쓰던 방이었다. 가구가 너무 많아서 짐 가방 하나를 두거나 발 디딜 틈도 없었다. 엄마는 내가 방을 '엉망으로' 만들까봐 거기서 먹지도 마시지도 못하게 했다. 그녀는 주기적으로 방문을 열고 방안을 '점검'했는데, 무엇을 확인하려 했는지는 나도 모르겠다. 내가 그녀의 손님방에서 피의 제물을 바치거나 양봉을 시작하는 건 아닌지 확인하려고? 홑이불이 뒤집혀 있거나 잠옷이 침대에 널브러져 있으면 피가 얼어붙을 듯한 고함소리가 온 집안에 울려퍼졌다. 소극적 공격성이라는 중서부 지역의 스테레오타입이 엄마에게는 너무나 맞지 않았다. 그녀는 사사건건 말을 얹고 트집을 잡아야 했다. 사실상 내가 그녀에게 물려받은 기질이기도 하다. 나의 최대 단점이자 장점 중 하나이기도 하고.

나는 낮에는 필라델피아에 일자리가 있는지 찾아보고 프리랜서로 글을 썼다. 집은 소음으로 붐볐기 때문에(최대 볼륨으로 틀어놓은 뉴스, 아빠에게 소리치는 엄마), 집 뒤쪽 포치에 앉아 새 소리와 멀리서 축구공을 뻥뻥 차는 소리를 들으며 일했다. 엄마는 주기적으로 밖으로 나와 나를 쳐다보고는 "거기 그냥 퍼질러앉아 뭐하는 거니"라고 말했다. "일자릴 찾아야지."

"일하는 중이야." 나는 그렇게 말하고 노트북을 가리켰다.

"그 비싼 대학원에는 뭐하러 간 거야." 그녀가 물었다. "직장도 못 구하면서?"

그건 정말 묘한 질문이었다. 왜냐하면 그 질문이 내 불안의 핵심을 찌른 것은 물론이고—대학원을 마치고 뭘 하려고 했지?—나와 내 삶에 대해 그녀가 알지도 이해하지도 못한다는 걸 보여줬기 때문이었다. 나는 그녀에게 설명하려 애썼다—나는 지금 "퍼질러앉아" 시간당 35달러를 벌고 있으며, 필라델피아로 이사갈 건데 뭐하러 여기서 일자리를 찾겠어? 하지만 그녀는 나를 믿지도 이해하지도 못한 것 같았다. 마치 세상에는 일이 한 가지뿐이고 내가 고향에서 옷을 개거나 바닥을 쓸어야 진짜 일을 하는 것이라는 양. 그녀는 지역신문 구인란에 올라온 아무 일자리에 동그라미를 쳐놓고—내가 스쿨버스 운전기사가 되고 싶었던가? 텔레마케터? 데이터 입력원은 어떻고?—신문을 내 옆에다 갖다놓았다. 나는 연극적인 몸짓으로 그 신문지를 쓰레기통에 던져버리는 데 아주 능숙해져갔다.

"일을 못 구하면 학자금 대출은 어떻게 갚을래?" 그녀가 물었다.

"한 번도 연체된 적 없어." 내가 말했다. "그리고 난 직업이 있다고."

"넌 학자금 대출 절대 못 갚을 거야. 그러면 너도 알다시피 네 아빠랑 내가 그 빚을 떠안게 되겠지. 알고 있었지?"

그렇게 우리는 돌고 돌았다. 독자들은 분명 이게 부모의 잘못된 불안과 사랑의 한 형태라고 생각할 것이다. 그리고 그들이 맞을 수도 있다. 하지만 나는 미칠 것 같았다. 신뢰, 애정, 경청이라곤 없고, 사소한 일까지 관리하려 드는 무지함만 있었다. 내 삶에서 일군 모든 것이, 내 삶에서 일궈나가는 중인 모든 것이 어떤 변화도 일으키지 못하는 평행우주에 존재하는 것 같았다. 나는 다시 어린아이가 되었다. 쓸모없는 아이. 내 것은 아무것도 없었다―내 시간도, 내 스케줄도, 내 선택도 없었다. (그렇게 잠을 많이 자니까 일을 못 구하지 / 시도 때도 없이 여자친구를 보러 가니까 일을 못 구하는 거야 / 학자금 대출을 갚으려면 일이 필요한 건 알지? / 학자금 대출을 갚을 일자리도 못 구하면서 학교는 뭐하러 갔니……)

"여기서 지낼 수 있을 거라는 생각은 버려." 어느 날 오후 그녀가 내게 말했다. "이 집에 그냥 들어와서 살 수 있다는 생각은 하지 마."

"단 일 초라도 그렇게 생각했다면," 내가 말했다. "내가 필라델피아에서 여자친구랑 같이 사는 대신, 킨케이드*식의 이 정신 나간 끔찍한 악몽 같은 집에서, 눈에 불을 켜고 지켜보는 엄마랑 같이 지내고 싶어한다고 생각했다면 엄마는 정말 제정신이 아니야."

그녀는 이를 굳게 악물고 아무 말도 하지 않았다. 나는 그녀가 내게서 뭘 원하는지 알 수 없었다. 인간으로 할 수 있는 최대한 그녀에게서 멀어져야겠다는 생각만 들었다. 그래서 그렇게 했다.

내가 부모님 집에서 보낸 시기의 막바지 무렵 벨이 나를 찾아왔다. 그녀는 구직활동에 진척을 보이고 있었고 우리는 서로가 그리웠다. 엄마를 상대하고 싶지 않았던 우리는 내 방에 앉아 탄산수를 마시고 팝콘을 먹으면서 노트북으로 영화를 보고 있었다. 아래층에서 엄마는 그녀가 정한 음식물 반입 금지법을 깬―아마도 팝콘냄새 혹은 부모의 육감으로―무분별함의 낌새를 채고 소리를 지르기 시작했다. 분노에 찬 고음의 목소리가 계단을 타고 울려퍼졌다.

---

* 미국의 소설가 저메이카 킨케이드.

내가 어릴 때 언제나 그랬던 것처럼 그녀가 아빠에게 말하는 소리가 들렸다―창피함을 주려고, 엿들으라고 하는 거친 대화였다. 고마워할 줄 모른다고, 그녀는 말했다. 쓸모도 없고 막돼먹었다고. 여긴 내가 속한 곳이 아니었다. 그리고 그녀는 내가 떠나길 바랐다.

허리를 삐끗할 때처럼 내 안에서 뭔가가 팍 튀었다. 나는 깨달았다. 나는 지금 꿈쩍도 하지 않는 비논리적인 대상과 맞닥뜨렸고, 내가 이성적이고 사려 깊다고 해서 상황이 나아지지 않을 테니 차라리 정신을 놓는 게 낫다는 것을. 나는 팝콘을 가지고 아래층으로 가서 엄마 앞에 섰다.

"엄마는 악몽 그 자체야." 내가 그녀에게 말했다. "무식하고 신랄하고. 엄마랑 이 집은 살아 있는 악몽이라고. 불쌍한 사람. 엄마는 그렇다고 쳐, 하지만 나도 엄마랑 같이 불쌍하게 살고 싶진 않아."

"넌 이기적이야." 그녀가 말했다. "이기적이고 건방져. 모든 게 네 것 같지?"

"어!" 나는 그렇게 말하고서 아주 차분하게 팝콘을 바닥에 쏟아부었다.

엄마는 일어나서 방을 떠났다. 그녀가 사라진 후 나는 카펫에 보풀처럼 핀 팝콘을 양손으로 주워 쓰레기통에 버렸다. 그러고 나서 위층으로 올라가 잠자리에 들었다. 다음 날 아침, 밸과 나는 필라델피아로 차를 몰아 친구의 아파트

212

로 갔다. 몇 주 뒤 필라델피아에서 집도 구하고 자리를 잡았다. 밸은 정규직 직장을 얻었고 나는 시간강사와 가게 점원, 프리랜서 파트타임 일자리들을 그러모았다. 우리는 잘 헤쳐나갔고 그후로도 잘해왔다.

하지만 나는 그 순간을 만끽했다. 엄마는 늘 내가 엉망진창을 만들어낸다고 했는데, 마침내 그런 엉망진창을 만들어낸 것이다. 나는 그녀의 기대를 정말 깔끔하게 충족했고 다시는 그 짓을 하지 않아도 된다는 생각에 나름대로 만족스러웠다.

엄마와 나는 더이상 대화하지 않는다. 팝콘으로 불거진 그 순간부터 시작된 건 아니었지만 그때가 뭔가의 시작이긴 했다—내게는 내 인생을 살아가는 방식에 대한 선택지가 있으며 그중 하나의 선택지에는 엄마가 포함되어 있지 않음을 깨달은 것이다. 이제 오 년이 되었다. 그녀는 내 결혼식에 오지 않았다—엄마는 이메일로 결혼식에 참석할 생각이지만 그전에 '우리 관계부터 고쳐야' 한다고 말했는데, 나는 굳이 답장하지 않았다. 내가 떠올린 단어는 '소원해지다estranged'다. 그리고 그 단어에는 정말 이상한strange 게 있다. 나는 그녀가 멀게 느껴진다. 나를 키워준 여자라기보다는 마치 대학교 첫 학기 기초생물학 시간에서 알게 된 사람 같다.

그녀가 지금 나를 어떻게 생각하는지는 모르겠다. 나라는 존재의 모든 것이 그녀가 나에 대해 틀렸음을 밝히는 증거다. 그럼에도 내가 평생 알고 지낸 그 여자는 사과하지도, 잘못을 시인하지도 않는다. 나는 그녀가 나를 사랑한다고 믿으며, 마찬가지로 우리는 서로의 삶에 얽히지 않는 게 최선이라고 믿는다. 내 정체성은 그녀가 아닌 것들로 빚어졌으니까. 내게 그녀는 삶을 잘 꾸려나가지 않은 것의 본보기니까. 나의 성과들에 대한 그녀의 자부심—그리고 나에 대한 그녀의 사랑—은 그녀의 분노와 대치되어 치열한 전쟁을 치르고 있으리라. 하지만 나는 엄마의 그런 내적 전쟁을 살펴보고 싶지도 않고 그럴 필요도 없다.

그래서 나는 부모가 되는 것에 관한 수많은 걱정마다 멈춰 서게 된다. 그 걱정이란 실질적인 것—양육비—에서부터 자기중심적인 것—아내와 나의 경력 그리고 우리가 서로 즐기는 생활들—까지, 그리고 이런 엉뚱한 것까지도 이른다. 아직은 어린애인 나의 자녀가 성인이 되어 어느 날 『엄마와 내가 이야기하지 않는 것들 II』라는 책에서 나에 대한 에세이를 쓰고, 그러면 나 자신의 잘못과 약점을 전지적 시점에서 또렷하게 봐야만 할지도 모른다는 생각 말이다.

엄마는 이기적인 존재로 살고 싶었던 것 같다. 그녀 자신이 사십대, 오십대, 육십대에 정체성을 찾기 위해 고군분

투할 거라고는 상상하지 못했을 것이다. 나는 그녀를 비난하지 않는다. 나도 이기적으로 살고 싶다. 책을 쓰고 여행을 떠나고 늦게까지 자고 싶다. 나는 괴상하면서 복잡한 음식을 만들어보고 싶고, 다른 일의 방해 없이 온전한 시간을 아내와 보내고 싶다. 우리의 차이점은—그녀는 선택했고, 나는 아직 선택하지 않았다는 사실은 차치하고—아내와 내가 아이를 갖는 행위는 그 자체로 의도와 목적을 담고 있다는 데 있다. 부모가 되기 위해 우리는 돈을 모으고 정자를 선택한 뒤 복잡하고 비싼 외과적인 절차를 거쳐야 한다. 보통의 부부처럼 부모가 되는 상황에 우연히 빠질 수 없다. 그리고 그건 그것대로 더 좋다고 생각한다. 아차 안 돼, 하며 관리도 통제도 안 되는 분노가 평생 히드라처럼 따라올 걸 생각하면 말이다. 하지만 물론 이것은 한번 해보고 뭔가를 배워서 다른 선택을 할 수 있는 종류의 문제가 아니다. 일단 부모가 되면 다신 돌이킬 수 없으니까.

엄마와 내가 이야기하지 않는 것들은 이렇다. 그녀의 인생이 그리도 불행한 건 내 잘못이 아니라는 것. 그녀는 나를 알아갈—나를 성인으로서 예술가로서 그리고 인간으로서 진심으로 알아갈—기회가 있었지만 날려버렸다는 것. 소원해진 우리 사이에 대해 나는 단 한 순간도 후회하지 않았다는 것—사실 후회의 감정이 나타나기를 계속 기다렸지만 그러지 않아서 놀랐다. 그녀가 자신의 삶에 그리도 불만스러운 건 유감이라는 것—나는 내 인생 최악의 원수에게도 그걸 바라진 않는다. 어린 시절 엄마와 나눈 것들은 그립지만 나는 더이상 어린애가 아니고 다시 그렇게 되지 못할 거라는 것. 그리고 부모가 되는 걸 고민하는 내내 방해가 된 것은 사실상 돈이나 열정, 건강염려증이나 이기심이 아니었다는 것이다. 도리어 방해가 된 건 내가 어린 시절 배웠어야 할 것을 제대로 배우지 못했다는 두려움, 내가 바란 것보다 엄마를 더 닮았다는 두려움이다.

듣고 있나요?

안드레 애치먼

나는 어머니가 듣지 못한다는 건 항상 알았지만 그녀가 항상 듣지 못할 거라는 사실이 언제 와닿았는지는 기억나지 않는다. 그 얘길 듣고도 믿지 않았다. 섹스에 대해 알게 되었을 때와 다르지 않았다. 누군가 나를 앉혀놓고 삶의 진실*을 말해줬을 테고, 실제로 충격을 받지도 않고 아마도 이미 알고 있었겠지만, 나는 전혀 믿을 수 없었다. 어떤 것을 아는 것과 그걸 알기를 거부하는 것 사이에는 우리 중 가장 깨우친 사람이라고 해도 지극히 즐거이 머무는 어두컴컴한 틈이 자리하고 있다. 만일 엄마에 대해 공식적으로 말해준 사람이 있었다면, 그건 할머니였을 것이다. 며느리

---

*The facts of life. '성교육'이라는 뜻이 있다.

를 못마땅해한 분이자, 아들 집 거실에 있던 며느리의 농인 친구들을 볼썽사납게 꽥꽥대는 새들만큼이나 혐오스럽게 여긴 분이었다. 그게 할머니가 아니었다면, 사람들이 길거리에서 어머니를 놀리며 대하던 방식이었을 것이다.

어떤 남자들은 어머니가 지나가면 휘파람을 불었다. 그녀는 아름답고 요염했으며 상대가 시선을 내릴 때까지 얼굴을 빤히 쳐다보는 습관이 있었다. 하지만 그녀가 쇼핑중에 농인들이 내는 단조로운 후두음으로 말하면 사람들은 웃음을 터뜨렸다. 이집트 알렉산드리아 사람들이 자신과 다른 이에게 보이는 반응이었다. 우리는 이집트 유대인들과 함께 쫓겨나기 전까지 그곳에 살았다. 그 웃음은 목청껏 웃는 건 아니었지만 잔인하다 싶을 만큼의 빈정거림과 경멸을 담은 비웃음이었다. 그녀는 그들의 웃음소리를 들을 수 없었지만 얼굴에서 그걸 읽었다. 이런 방식을 통해 그녀는 자신이 다른 사람들처럼 말한다고 생각하는데 왜 사람들은 항상 실실 웃는지 마침내 이해했을 것이다. 자신은 다른 아이들과 다르다는 사실, 사람들이 그녀를 외면하는 이유, 친절하게 굴던 이들이 그녀와 놀아도 된다는 허락이 떨어지면 태도가 바뀌는 이유를 깨닫기까지 얼마나 오랜 시간이 걸렸는지는 아무도 알 수 없을 것이다.

영국의 식민 통치가 끝난 후 1924년, 어머니는 알렉산드리아의 프랑스어를 쓰는 유대인 중산층 가정에서 태어났다.

자전거 무역상으로 성공한 그녀의 아버지는 그녀의 청각장애 치료법을 찾기 위해서라면 비용을 아끼지 않았다. 그녀의 어머니는 그녀를 데리고 유럽에서 가장 유명하다는 청각 전문의들을 만나러 다녔지만, 상담을 받고 난 후에는 매번 더욱 낙담한 채로 돌아왔다. 의사들은 치료법이 없다고 말했다. 생후 몇 개월 된 아기는 뇌수막염으로 청력을 잃었고, 청력은 다시 돌아오지 않았다. 귀는 건강했지만 뇌수막염 때문에 청력을 관장하는 뇌 부분이 손상된 것이었다.

그 시절에는 청각장애 자긍심* 비슷한 것도 전혀 없었다. 청각장애는 낙인이었다. 극빈층은 귀먹은 아이들을 방치하기 일쑤였고, 그들에게 천한 노동 종신형을 선고했다. 아이들은 문맹으로 남았고 그들의 언어는 원시적인 몸짓이었다. 내 어머니의 부모님이 지닌 그 고상한 관점으로는 청각장애를 고칠 수 없다면 그걸 숨기는 법을 배워야 했다. 장애가 부끄럽지 않다면 숨기는 걸 배워야 했다. 수화가 아닌 독순법을 익히고, 손을 쓰지 않고 목소리로 말하는 법을 배워야 했다. 식사는 손으로 하지 않으면서 왜 말은 손으로 하려 드는가?

처음에 어머니는 유대계 프랑스인 사립학교에 등록했지만 몇 주 지나지 않아 부모와 교사들은 농아가 그 학교에

---

* 농인들이 자긍심을 가질 수 있도록 지원하는 문화운동.

다닐 수 없다는 걸 깨달았다. 그래서 그녀는 파리에 있는 특수학교로 보내졌다. 수녀들이 가르치는 곳이었고, 알고 보니 농아를 위한 학교라기보다 예비신부新婦 학교에 가까웠다. 그녀는 책 한 권을 머리 위에 올려놓고 걷거나, 허리와 팔꿈치 사이에 책을 끼우고 식탁에 앉는 연습을 통해 바른 자세를 배웠다. 바느질, 뜨개질, 자수를 익혔다. 하지만 쾌활하고 활달한 아이였던 그녀는 아버지의 상점에서 자전거를 하나씩 수집하는 말괄량이로 자랐다. 그녀는 인형 놀이를 좋아하지 않았다. 프랑스식 사교법 혹은 프랑스식 우아함과 몸가짐을 익히기에는 인내심이 부족했다.

이 년 뒤 그녀는 알렉산드리아로 돌아왔고, 그곳에서 선의에 찬 신식 그리스 여성에게로 보내졌다. 자신의 저택에서 프랑스식 사립 농인 학교를 운영하는 여성이었다. 학교는 다정하고 너그러운 분위기에 사명감이 풍겼다. 그러나 수업은 엄마가 한 번도 들어보지 못한 음을 흉내내는 법을 배우는 길고 고단한 시간이었다. 그 외의 시간은 독순술 수업이었다. 주로 정면 독순술을 배웠는데 어머니의 경우는 빨리 깨친 덕에 측면 독순술도 배웠다. 그녀는 읽기와 쓰기를 익히고, 수화에 대한 기초 지식을 습득하고, 역사를 공부하고, 문학도 조금 배웠다. 그리고 졸업식에서는 우연히 알렉산드리아를 지나가게 된 장관에게서 프랑스 동메달을 받았다.

그럼에도 그녀가 들리는 척하기를 익히느라 자신의 첫 십팔 년을 보낸 사실은 여전히 변하지 않는다. 세상에서 그보다 더 부자연스러워 보이는 것도 없을 듯했다. 그건 장님에게 지팡이를 쥐지 않고 이 기둥에서 저 말뚝까지 걸음 수를 세어보라고 가르치는 것과 다르지 않았다. 그녀는 핵심 구절에 있는 말장난을 들어야지만 웃을 수 있는 농담에 웃는 법도 배웠다. 러시아어로 말하는 누군가에게는 정확히 적절한 간격으로 고개를 끄덕여서 상대가 자신의 말을 전부 이해한다고 확신할 정도였다.

그리스인 여자 교장은 학생들의 우상이었지만, 그녀의 교수법은 복잡한 개념을 처리하고 통합하는 능력에 한해서는 참담한 결과를 가져왔다. 어느 한계점을 넘으면 엄마는 상황을 이해할 수 없었다. 대통령 후보자가 내놓은 공약들을 요약해주면 정치 이야기를 할 순 있어도, 후보자의 의제에서 모순점들을 철저히 따져 사고하는 건 누군가 설명해줘도 불가능했다. 그녀는 추상적인 어휘를 습득하고 사용하는 데 필요한 개념적인 틀이나 상징적인 지각 능력을 갖추지 못했다. 모네의 그림을 좋아할 수 있어도 보들레르 시의 아름다움에 대해 논할 순 없었다.

내가 그녀에게 "신은 자신이 들 수 없을 만큼 무거운 돌을 만들 수 있을까?" 혹은 "크레타인이 모든 크레타인은 거짓말쟁이라고 말한다면 그는 거짓말을 하는 걸까?"와 같은 질문을 던지면 그녀는 이해하지 못했다. 그녀는 언어를 써서 생각했을까? 나는 묻곤 했다. 그녀는 알지 못했다. 언어가 아니라면 그녀는 생각들을 어떻게 체계화하는 걸까? 그것 또한 그녀는 알지 못했다. 아는 사람이 있을까? 그녀에게 자신이 농인이라는 사실을 언제 깨달았는지, 들을 수 없는 인생이란 어떤 것인지, 바흐나 베토벤의 음악을 듣지 못해도 괜찮은지 묻는다면, 그녀는 그것에 대해 정말로 생각해본 적이 없다고 말하곤 했다. 차라리 장님에게 색깔을 묘사해보라고 하는 편이 나았을 것이다. 재치도 그녀를 빗겨나갔다. 그렇지만 그녀는 코미디, 농담, 슬랩스틱을 사랑했다. 흉내내기에 재능이 있었고 무언극 배우 하포 마르크스를 좋아했다. 그는 말이 아니라 제스처로 농담을 하는 배우였다.

그녀에게는 충직한 농인 친구들이 있었다. 하지만 요즘처럼『옥스퍼드 영어사전』에 있는 모든 단어를 손가락으로 표현할 수 있는 농인들과 달리, 그들은 알파벳이 없는 언어를 사용했다. 오백 단어를 좀처럼 넘지 않는 어휘를 손짓과 표정으로 구사하는 간단한 언어였다. 그녀의 친구들은 바느질, 조리법, 점성술에 대해 얘기할 수 있었다. 상대에게 사랑한다고 말할 수 있었고, 아이들과 노인들을 쓰다듬으며 아낌없이 친절을 베풀 수 있었다. 손은 말보다 더 친밀하니까. 하지만 친밀함과 복잡한 개념은 완전히 다른 문제였다.

학교를 떠난 뒤 어머니는 알렉산드리아에서 간호사로
자원봉사를 했다. 피를 뽑고 주사를 놓는 일을 하다가 마지
막에는 병원에서 2차세계대전중에 부상당한 영국 군인들
을 간호했다. 그녀는 그들 중 몇몇과 데이트를 했는데, 그
녀의 아버지가 그녀의 열여덟번째 생일에 선물한 오토바이
에 그들을 태우고 드라이브를 시켜주기도 했다. 그녀는 파
티에 가는 걸 좋아했고 빠른 춤에 놀라운 재능이 있었다.
지르박을 추거나 이른아침 해변에서 수영하고 싶은 이들에
게는 매력적인 파트너였다.

아버지가 어머니를 만났을 때 그녀는 스무 살도 채 되지
않았다. 그는 그녀의 미모와 따스함, 온순함과 노골적인 대
담함의 이색적인 조합에 놀랐다. 그것은 그녀가 농인인 처
지를 보완하는 방법이었다. 사람들은 때때로 그녀가 농인
이라는 걸 잊기도 했다. 그녀는 그의 친구들과 가족들의 마
음을 사로잡았다. 하지만 그의 부모님은 예외였다. 시아버
지가 될 사람은 그녀더러 '불구자'라고 했고 시어머니가 될
사람은 '꽃뱀'이라고 했다. 하지만 아버지는 그 말을 듣지
않았고 두 분은 삼 년 뒤 결혼했다. 결혼식 사진 속에서 그
녀는 활짝 웃고 있다. 그녀의 그리스인 선생님은 그녀가 이
룬 승리에 환호했다. 그녀가 농인 게토를 벗어나 결혼했기
때문이었다.

이제 나는 그녀가 더 좋은 교육을 받았다면 다른 사람이 될 수 있었다는 것을 안다. 유대인으로서 이집트에서—그리고 이집트 밖으로 나가 이탈리아, 그다음은 미국에서도—그렇게 많은 장애에 맞서온 지성과 투쟁적인 인내심으로 훌륭한 전문직 여성이 되었을 것이다. 내과 의사나 정신과 의사가 되었을지도 모른다. 충분히 깨어 있지 않은 시대를 산 그녀는 가정주부로 남고 말았다. 유복했지만 그녀는 단지 여성일 뿐 아니라 농인 여성이었다. 두 가지 치명타를 갖춘 셈이었다.

그녀는 프랑스어를 말하고 이해했으며 그리스어와 기초 아랍어를 배웠다. 그리고 우리가 이탈리아에 정착하고 나서는 매일 시장에 가서 이탈리아어를 하나씩 익혔다. 뭔가 이해되지 않으면 그녀는 이해하는 척하다 결국은 이해했다. 그녀는 거의 항상 이해했다. 1968년 미국으로 이민 가기 몇 주 전, 어머니는 나폴리에 있는 영사관에서 미국식 영어를 처음 접했다. 그녀는 오른손을 들고 국기에 대한 맹세를 따라 말하라는 요청을 받았다. 그녀는 조용히 알아듣기 힘들게 횡설수설했는데, 미국 영사관 직원은 선서로 오해하고 흔쾌히 통과시켰다. 그 장면이 너무 어색해서 남동생과 나는 초조해하면서도 킥킥거렸다. 건물을 걸어나오면서 어머니도 우리와 함께 웃었지만 아버지에게는 그 이유를 설명해줘야 했다.

그녀의 청각장애는 그들 사이에 넘을 수 없는 벽처럼 항상 서 있었고, 결혼 기간이 길어질수록 그 벽은 점점 더 오르기 힘들어졌다. 회상해보면 벽은 항상 거기 서 있었다. 아버지는 클래식을 사랑했지만, 그녀는 콘서트에 가본 적이 없었다. 그는 러시아 장편소설과 문체가 율동적이고 멋진 프랑스 현대 작가의 작품을 읽었다. 그녀는 패션잡지를 선호했다. 그는 퇴근 후 집에서 독서하는 걸 좋아했지만, 그녀는 나가서 춤을 추고 저녁식사에 친구들을 초대하는 걸 좋아했다. 그녀는 미국 영화를 점점 좋아하게 되었는데, 이집트에서는 미국 영화에 프랑스어 자막이 달려나왔기 때문이었다. 그는 프랑스 영화를 더 좋아했다. 프랑스 영화에는 자막이 없어서 그녀는 흥미를 느낄 수 없었다. 화면상으로 배우들의 입술 모양을 읽어내기란 거의 불가능했기 때문이다. 그의 친구들은 그레코 이집트의 세라피스*, 알렉산드리아 주변의 고고학적 발굴, 쿠르치오 말라파르테의 소설처럼 상상하기에도 가장 희귀한 것들에 대해 얘기했지만, 그녀는 가십거리를 좋아했다.

그들은 결혼하고 얼마 지나지 않아 서로가 얼마나 철저히 맞지 않는지 깨달았다. 두 분은 마지막날까지 서로 사랑했지만, 매일 오해하고 모욕했으며 다투었다. 그녀의 농인

---

* 고대 이집트의 신.

친구들이 집에 오면 그는 밖으로 나가기 일쑤였다. 1960년 대의 몇 년 동안은 아예 집을 떠나 있었고, 우리가 이집트를 떠나기 불과 몇 주 전에 돌아왔다. 농인사회를 벗어나 결혼한 그녀의 친구들 부부도 다난한 결혼생활을 겪었다. 농인 부부들만이 귀가 들리는 부부들만큼 행복하게 사는 것처럼 보였다.

실제로 어머니는 끝내 영어를 배우지 못했다. 남을 웃기려고 익살스럽게 흉내내며 말하는 게 아니라면, 영어의 입술 움직임은 충분히 명쾌하거나 분명하지 않았다. 그녀는 내가 공적인 자리에서 입술 움직임을 과장하는 걸 싫어했다. 자신의 청각장애를 공공연하게 드러내는 게 싫어서였다. 많은 사람이 어머니에게 연민을 느꼈다. 그리고 어떤 이들은 그 장벽을 넘어서려고 노력했다. 선의를 지닌 이들은 농인의 화법을 따라 하거나 거친 목소리를 흉내내고 얼굴을 일그러뜨리며 그녀와 소통하려고 애썼다. 다른 이들은 마치 데시벨을 높이면 자신들의 요점을 이해시킬 수 있다는 듯 큰 소리로 말했다. 그녀는 그들이 소리지르고 있다는 걸 구별할 수 있었다. 그다음으로 아무리 노력해도 어머니의 말을 전혀 이해하지 못하는 사람들이 있었다. 또한 이해하려는 노력조차 하지 않는 사람들이 있었다. 그들은 그녀의 얼굴을 쳐다보지 않거나, 같은 테이블에 앉은 그녀를 없는 사람으로 취급했다.

아니면 그냥 웃고 말아버리는 사람들이 있었다.

놀이터에서 우리 엄마는 왜 그렇게 이상한 목소리로 말하느냐고 친구들이 물으면 나는 이렇게 대답하곤 했다. "엄마는 원래 그렇게 말해." 누군가 지적하지 않는 한 그녀의 목소리는 내게 이상하게 들리지 않았다. 그것이 어머니의 목소리였다—아침마다 나를 깨우던 목소리, 해변에서 나를 부르던 목소리, 잠자리에 드는 시간에 나를 어르며 이야기를 들려주던 목소리.

가끔은 엄마가 사실 농인이 아니라고 나 스스로를 설득해보려고 했다. 그녀는 고약한 장난꾸러기라고. 이따금 아이들이 눈먼 척하거나 죽은 척을 하며 노는 것처럼, 그녀가 귀먹은 척하는 것보다 사람들을 팔짝팔짝 뛰게 만드는 더 좋은 수가 있을까? 이떤 이유 때문에 그녀는 장난을 멈추기를 잊어버린 것이다. 시험을 위해 나는 그녀가 보지 않을 때 뒤로 스르륵 다가가 귀에 대고 소리쳤다. 반응이 없다. 움찔하지도 않는다. 그녀의 통제력은 얼마나 놀라운가. 때론 그녀에게 달려가 누가 현관 벨을 울리고 있다고 말했다. 그녀는 문을 열고, 내가 얄은 장난을 친 걸 깨닫고는 웃어넘기곤 했다. 그녀 인생의 기쁨인 내가 다른 사람들처럼 그녀가 농인이라는 걸 상기시키는, 자신을 웃음거리로 만드는 이런 장난을 치다니 웃기지 않은가. 어느 날, 나는 그녀가 아버지와 외출을 하려고 옷을 차려입는 걸 보다가, 그녀가 귀걸이 한 쌍을 달고 있을 때 예쁘다고 말해줬다. 그래, 예쁘지. 하지만 그렇다고 바뀌는 건 없어. 그 말은 이런 뜻이었다. 그래도 나는 농인이야, 잊지 마.

아이로서는 쉽게 잘 웃고 코미디를 좋아하고 유대관계가 좋았던 엄마와, 아내이자 농인으로서 슬픔을 견뎌내는 엄마를 연결하기는 어려웠다. 그녀는 친구들과 함께 항상 울었다. 그분들은 다 울었다. 하지만 농인과 함께 살아온 우리는 그들에게 동정심을 잘 느끼지 못한다. 동정심은 얕은 물에 물수제비로 던져진 돌맹이처럼 순식간에 잔인함으로 건너뛰었다. 소리 없이 사는 삶이 어떤 것인지 이해하지 못한 채로 말이다. 나는 가만히 앉아 그녀의 고독을 느껴보려는 노력을 좀처럼 하지 않았다. 그녀가 내 말을 들어주지 않으면 화내는 편이 훨씬 쉬웠다. 그녀는 내 말을 결코 들을 수 없었으니까. 상대의 말을 이해한다는 건 사실 말 자체보다 이면에 숨겨진 진짜 의미를 파악해야 하는 일이므로 어느 정도 추측과 통찰이 동시에 필요했다.

어머니에게 전화를 거는 것보다 더 고된 일은 없었다. 그녀는 남동생이나 내게 전화를 걸어달라는 부탁을 자주 했고, 그 자리에 서서 우리가 그 번호로 다이얼을 돌려 그녀 대신 전하는 한마디 한마디를 지켜보았다. 그녀는 우리가 그렇게 어린 나이에 배관공이나 친구들, 재봉사를 불러줄 수 있다는 것을 고마워하고 자랑스러워했다. 그녀는 내가 그녀의 귀라고 했다. "얘는 그녀의 귀야." 그녀의 시어머니는 공표하듯 말하곤 했다. 그 말의 뜻은 이러했다. 며느리의 뒤치다꺼리를 해줄 수 있는 사람이 있다니, 주여 감사합니다. 이 아이가 없으면 저 불쌍한 여자가 어떻게 살아가겠습니까?

내가 전화를 걸지 않고 빠져나가는 방법에는 두 가지가 있었다. 하나는 숨기. 다른 하나는 거짓말하기였다. 나는 다이얼을 돌리고 잠시 기다렸다가 그녀에게 통화중이라고 말했다. 오 분 뒤에 걸어도 아직 통화중이라고. 그 전화가 급할 수 있다거나, 남편이 저녁식사 시간이 되어도 귀가하지 않으면 그녀가 외로움을 이길 수 있도록 친구든 친척이든 누군가와 얘기하는 게 간절했을 거라는 생각은 들지 않았다. 때로는 남자들이 전화를 했지만 남동생과 내가 중간에 낀 채로 하는 대화는 어색했다. 그 남자들은 다시 전화하지 않았다.

내가 대학원에 진학하고 중간자로 대기하는 일은 남동생에게 넘어갔다. 나는 동생에게 말하고 동생은 내 말을 전하고, 뒤편에서 동생에게 무슨 말을 할지 전하는 그녀의 목소리가 들리고, 동생은 그걸 다시 내게 전했다. 가끔 나는 동생에게 그녀를 바꿔달라고 해서 머릿속에 떠오르는 생각을 아무거나 말해보라고 했다. 그녀의 목소리가 그리워서였다. 그녀가 항상 내게 말하던 것들을 그녀의 목소리로 들고 싶어서였다. 발음이 조금 불분명하고, 어그러진 문법에, 말이라고도 할 수 없는 말들, 내가 말을 모르던 어린 시절로 거슬러올라가는 그 소리들을.

어릴 적 나는 어머니가 농인 친구와 통화할 수 있게 해주는 기계를 누군가 발명하는 상상을 했다. 그 기적은 삼십 년 전쯤에 일어났다. 내가 그녀에게 전신타자기를 마련해드린 때다. 그녀는 난생처음 나나 남동생을 끼지 않고 농인 친구들과 대화할 수 있었다. 그녀는 서투른 영어로 장문의 메시지를 타이핑하고 만날 약속을 잡았다. 그러다 칠 년전 나는 그녀가 곳곳에 흩어져 있는 친구들과 화상으로 통화할 수 있는 장치를 TV에 설치해드렸다. 친구들 대부분은 나이가 너무 많아 왕래를 할 수 없었으니 이것은 하늘이 주신 선물이었다.

어떤 새로운 경험에도 열려 있던 어머니는 신기술을 만날 때마다 사랑에 빠졌다. (새로운 것에 다가가길 주저했던 아버지는 단파 라디오에만 매여 있었다.) 어머니가 팔십대 중반이던 몇 년 전, 나는 그녀가 오랫동안 보지 못한 해외 친구들과 스카이프나 페이스타임으로 몇 시간이고 통화할 수 있게 아이패드를 사드렸다. 소년 시절 상상한 기계보다 더 좋았다. 그녀는 내가 집에, 사무실에, 체육관에, 심지어 스타벅스에 있을 때조차 내게 전화할 수 있었다. 나는 그녀와 페이스타임을 하면서 그녀가 어디에 있는지 혹은 잘 있는지 걱정하지 않아도 되었다. 아버지가 돌아가시고 나서 그녀는 혼자 살겠다고 고집을 피웠는데, 나의 가장 큰 우려는 혹여나 그녀가 넘어져서 다치는 상황이었다. 또 페이스타임을 하는 건 내가 그녀를 그렇게 자주 찾아가지 않아도 된다는 뜻이기도 했다. 마찬가지로 그녀도 잘 이해하고 있었다. "우리가 아이패드로 얘기하고 있는 걸 보니 오늘밤엔 오지 않는다는 뜻이구나?"

어머니는 그 모든 장애에도 불구하고 내가 아는 가장 현명한 사람들에 속했다. 언어는 이식된 팔다리 같은 인공 보형물이었다. 그녀가 지니고 살도록 배웠지만 그것 없이 살 수 있었으므로 부차적인 것이었다. 그녀에게는 더 직접적으로 소통하는 방법이 있었다. 사람들과 상황에 대한 정확한 분별력과, 냄새 맡다 fragrare라는 라틴어 동사를 어원으로 한 직감 flair이 있었다. 그녀의 레이더는 항상 작동중이었다. 누구를 신뢰할지 무엇을 믿을지 어떻게 어조를 읽어낼지 분간하는 레이더였다. 그녀는 청각장애로 잃은 것을 후각으로 메꾸었다. 그녀는 내게 향신료를 가르쳐줬다. 식료품점에서 삼베 포대에 손바닥을 밀어넣고 향신료를 한 움큼 꺼내 내게 각각의 냄새를 맡아보라고 하면서 이름을 알려줬다. 그녀의 향수, 눅눅한 모직 냄새, 가스가 새는 냄새를 분간하는 법을 알려줬다. 냄새에 관한 글을 쓸 때 내가 향하는 곳은 마르셀 프루스트*가 아니라 나의 어머니다.

사람들은 자주 그녀에게 단번에 끌렸다. 그녀가 외출할 때마다 뿜어져나오던 느긋하고 명랑한 분위기 때문인지도 모른다. 하지만 어머니는 몹시 불행한 영혼이었다. 내 생각에 사람들이 그녀에게 끌린 이유는 누구와든 단번에 친구가 되는 그 거침없는 친화력 때문인 것 같다. 상대가 부자든 빈자든, 착한 이든 나쁜 이든, 정육점 주인, 집배원, 신분이 높은 사람, 혹은 그녀의 모국어가 자신과 같은 프랑스어라는 걸 모르고 그녀를 도와준 어퍼웨스트사이드 슈퍼마켓의 세네갈인 직원이든 상관없었다. 칸다하르**나 이슬라마바드***에 떨어져도 그녀는 아무 문제 없이 시장에서 원하는 소고기 부위를 찾아 가격을 흥정하다가 끝내 승리하고, 그와 동시에 처음 보는 사람과 친구가 되었을 것이다.

그녀는 사람들이 친근하게 굴고 싶게 만들기도 했다. 더 대단했던 긴, 친밀감의 존재를 잊었거나 아예 내면에 그게 있는지도 모르던 사람들이 스스로를 살펴 찾게 만들었다는 것이다. 이것이 그녀의 언어였다. 수감자들이 각자의 감방에서 그 자체로 독특한 문법과 알파벳으로 구성된 새로운 언어를 익혀 소통하는 것처럼, 그녀는 사람들에게 그 언

---

* 프랑스 소설가 마르셀 프루스트의 대표작 『잃어버린 시간을 찾아서』는 주인공이 마들렌의 냄새를 맡고 유년 기억을 떠올리며 시작된다.
** 아프가니스탄 남부의 도시.
*** 파키스탄의 수도.

어를 가르쳤다. 때로 내 친구들은 그녀를 만난 지 한 시간도 채 되지 않아 그녀가 들을 수 없다는 걸 잊고 그녀가 하는 모든 말을 이해하곤 했다. 그들이 프랑스어를 한마디도 모르고 농인이 말하는 프랑스어는 더더욱 모르는데도 말이다. 내가 중간에 끼어들어 친구들에게 통역을 해주려고 하면, 친구들은 "이해했어"라고 말하곤 했다. "난 다 이해해." 어머니는 말씀하시곤 했다. 우리끼리 내버려두렴, 그만 끼어들어도 돼, 우린 괜찮아, 라는 뜻이었다. 정작 이해하지 못하는 사람은 나였다.

몇 년 전 어느 날, 정말 매섭게 춥던 날이었다. 나는 조깅을 하다가 몸을 녹이고 숨도 고르고 어머니가 잘 지내는지 확인할 겸 그녀의 집에 들렀다. 그녀는 TV를 보고 있었다. 나는 그녀 옆에 앉아 그날 밤에는 친구들과 같이 나가기로 해서 함께 저녁식사를 할 수 없지만 다음날 들를 테니 언제나처럼 스카치위스키를 곁들여 저녁식사를 하자고 말했다. 어머니는 좋아했다. 나는 어머니에게 어떤 요리를 원했을까? 나는 윗부분이 살짝 바삭하게 구워진 지티*를 제안했다. 그녀도 좋은 생각이라고 했다. 나는 스키용 마스크를 벗고 말한다는 걸 깜빡했다. 그리고 그 대화는 모두 내 입술이 가려진 채 이루어졌다. 그녀는 눈썹이 움직이는 모양

* 파스타의 일종.

을 보고 내 말뜻을 이해한 것이다.

　어머니가 생을 마친 신대륙은 모두가 존중받고 평등한 권리를 가졌으며 존엄과 안전으로 번영했다. 그녀는 구대륙보다 신대륙을 더 좋아했지만, 그곳은 어머니의 고향이 아니었다. 지금 나는 셰익스피어라면 그녀의 '수용되지 않은' 언어를 뭐라고 묘사했을지 생각하며, 말보다는 표정으로 유대감을 형성하던, 또다른 시대에서 온 그 직접적이고 촉감적인 언어를 내가 얼마나 그리워하는지 깨닫는다. 나는 이 언어를 그동안 읽거나 공부한 책에서가 아니라 어머니에게서 배웠다. 말에 대한 믿음이나 재능, 혹은 큰 인내심이 없던 내 어머니에게서.

오빠, 잔돈 좀 빌려줄 수 있어?

사리 보통

"이 옷 맘에 드니?" 엄마는 여전히 가격표가 달린, 동물이 그려진 블라우스를 내민다. 내가 죽었다 깨어나도 절대입지 않을 옷이다. 그리고 엄마도 그걸 아는 것 같다. 하지만 엄마는 계속 그걸 가져가라고, 받으라고 간곡하게 권한다. "산 지 얼마 안 됐는데," 엄마가 말한다. "너한테 더 어울릴 것 같아."

"아냐, 괜찮아. 엄마." 나는 짜증과 불편함을 숨기면서 말한다. 대학을 나온 지 일 년 된 스물세 살이라기보다는 열세 살이 된 기분이다.

"네가 좋아할 만한 다른 티셔츠도 있어." 엄마는 옷장 쪽으로 돌아가며 말한다. 마이클 스타스의 프렌치컷 스타일의 남색 긴소매 티셔츠를 가지고 온다. 적어도 한 번은 내가 엄마한테 빌려 입은 적 있는 옷이고, 지금은 엄마의 피부과 의사가 처방한 가루약이 묻어 지저분하다. "이건 너한테 더 어울리네." 그건 맞는 말이다.

"그래도 엄마 옷이잖아." 내가 투덜거린다.

"난 다른 거 사면 돼." 엄마는 고집을 부린다. "블루밍데일즈백화점에 또 가면 돼. 아니면 너도 같이 갈래? 거기서 새 걸로 사줄게. 너한테 뭔가 주고 싶어."

엄마의 선물을 신뢰해도 될지 주저되는 마음을 털어놓으면 엄마가 상처받을까봐 두렵다. 거기에 다른 조건이 붙어 있을지 걱정스럽다. 게다가 그동안 엄마가 내게 믿으라고, 그렇게 되라고 가르친 모든 걸 배반하는 기분이다. 내 마음 깊숙한 곳에는 이런 말을 털어놓으면 엄마의 베풂이 멈출지 모른다는 두려움도 있다.

오 년 전, 대학교 1학년을 마치고 맞는 첫여름에 나는 도둑이 되었다.

일주일에 몇 번씩 한 살 차이의 성가신 의붓오빠 재러드의 방에 몰래 들어가 손때 묻은 5센트, 10센트, 25센트로 가득찬 큼지막한 유리 어항에서 75센트 아니면 1달러 정도를 훔쳤다.

나는 그게 도둑질이라고 생각하지 않았다. 내가 오랫동안 다져온 논쟁의 여지 없는 '착한 딸' 역할과 어울리지는 않았지만. 오빠의 돈을 빌리는 거라고 생각했다—단지 오빠에게 물어보지 않았을 뿐. 또하나 밝히자면 갚으려는 노력은 조금도 하지 않았다.

가끔은 그걸 빚이 아니라 전쟁 보상금쯤으로 생각했다. 겉으로는 정중했지만 들리지 않는 악의에 차 있던 전쟁, 즉 부모님의 이혼에서 패배자는 명백히 나였다. 엄마와 아빠는 각각 재혼을 했는데 내가 떠안은 쪽은 가장 돈이 없고 힘도 약하고 자녀를 위해 맞설 용기도 적은 쪽이었다.

내가 열두 살이었을 때 아버지는 과부와 재혼했다. 고인이 된 그녀의 전남편은 그녀와 두 딸에게 신탁 펀드로 많은 유산을 남겼다. 보스턴 상류층 출신인 그들의 셈족 할머니는 해마다 내게 하누카* 카드를 자랑스럽게 선물하며 그 안에 새로 발행된 지폐 한 장을 끼워서 주었다.

내가 열다섯 살이었을 때 엄마는 아내와 사별한 남자를 만났다. 처음부터 그는 자식이 있는 여자와 결혼할 생각이 없다고 말했다. 엄마는 갖가지 방식으로 아이가 없는 여자인 듯한 인상을 꽤 그럴듯하게 풍겨냈다. 그녀는 나와 여동생에게 뭔가를 사줄 때면 우리를 따로 불러 소곤거렸다. "침대 밑에 가봐. 너희에게 줄 물건을 거기 놔뒀어." 그래서 내 새아버지는 알지 못했다.

---

* 유대교 명절.

그렇게 겨우겨우 학교에 다니던 열여덟 살의 나는 스스로가 애처로워 위로의 차원으로 의붓오빠의 넘쳐나는 동전 수집품에서 아주 약간의 재정적 지원을 내게 상여키로 한 것이었다. 동전 몇 푼쯤 여기저기서 좀 사라진다고 그가 알아챌 가능성이 얼마나 되겠는가?

나는 M-32번 버스 요금을 내려고 동전을 조금씩 훔쳤다. 그 버스를 타고 매일 펜실베이니아역에서 북오브더먼스클럽까지 갔다. 1984년 가을 학기에 낼 등록금에 보태려고 여름방학 동안 그곳에서 아르바이트를 했다. 나는 롱아일랜드 오션사이드에서 출발하는 맨해튼행 오전 여섯시 사십칠분 기차와 일을 마치고 집으로 돌아오는 오후 다섯시 사십삼분 기차를 엄마의 남편 버나드, 그 불쌍한 인간과 함께 탔다. 외할머니는 그를 파비세너*라고 일컬었다. 매일 아침 나는 그의 썩은 숨결, 번뜩이는 두 눈과 마주했다. 그의 눈은 도수 높은 두꺼운 렌즈를 끼운 포르셰 에비에이터 선글라스 뒤에서 더욱 커 보였다. 그는 엄마에게 나에 대한 불평을 툭툭 내뱉곤 했는데, 나는 그 시간에 미소는 고사하고 제대로 정신을 집중하기도 어려웠다. 그렇지만 버나드도 나와 통근길을 동행하는 게 불만인 건 분명했다. 그의

---

* 이디시어로 '괴팍한 사람'.

침묵에는 긴장감이 감돌았다. 나는 단지 그에게 말을 걸고 싶지 않은 게 아니라 두려웠다. 그는 욱하는 성질이 있었다. 내 말이 괜히 그를 폭발시킬까봐 두려웠고, 그래서 기차를 타고 가는 동안 대개 자는 척을 했다.

이건 우리가 버나드에 대해 이야기할 때 쓰던 특정한 표현이다. "그는 욱하는 성질이 있어." 그가 스파게티가 가득 담긴 유리그릇을 던져 그의 아들이 뇌진탕을 일으켰을 때, 그가 던진 와인잔이 엄마의 옆얼굴에 부딪히고 바닥에서 산산조각났을 때 우리가 한 말이다. 그가 열세 살짜리 동생의 머리채를 잡은 채 계단으로 끌고 내려갔을 때, 그가 동생의 목을 양손으로 움켜쥐고 사납게 흔들어서 목에 자국이 남았을 때 우리가 한 말이다. 우리가 엄마 친구 집으로 피신갔을 때, 우리는 그렇게 말했다. 엄마가 돌아와 집을 나간 걸 용서해달라고 버나드에게 빌었을 때, 아마 엄마 친구였을 누군가가 익명으로 아동보호소에 신고하는 바람에 사회복지사가 우리집에 찾아오기 시작했을 때도.

그는 욱하는 성질이 있어.

어느 날 저녁, 침대에 앉아 고등학교 과제를 하던 내게 그가 내 도자기 돼지 저금통을 던졌을 때 우리는 그렇게 말했다. 그는 내 방에 쳐들어와 연필로 숫자를 써갈긴 노트를 펄럭거리며 왜 내 아버지에게 양육비를 더 달라고 전화하지 않느냐며 씩씩거렸다. 나는 적시에 몸을 숙였다. 돼지

저금통은 벽에 부딪혀 산산조각났다.

여름 내내 나는 들키지 않고 좀도둑질을 해냈다. 하면 할
수록 무덤덤해졌고 나쁜 짓이라는 걱정은 점점 줄었다. 갈
수록 편하게 느껴지더니 아예 일상적인 일이 되어버렸다.

그러나 8월 말 나는 깜짝 놀라고 말았다. 의붓오빠가 그
동안 어항에 담긴 잔돈을 꼼꼼히 세어보곤 했다는 게 드러
난 것이다. 우리가 2학년이 되어 뉴욕주 북부에 있는 각자
의 대학으로 가기 바로 전주 토요일 밤, 그는 시퍼렇게 화
가 나 말 그대로 입에 거품을 물고 저녁식사 자리로 내려왔
다. 그가 손가락으로 가리킨 건······ 내 여동생이었다.

"쟤가 가져갔어." 그가 소리쳤다. "난 알아!"

"아냐, 내가 안 그랬어!" 여동생이 빽 소리쳤다.

"그럼 누가 그랬는데, 어?"

나는 너무 놀란 채 아무 말도 못하고 그 자리에 앉아 있
었다. 내 여동생과 의붓오빠는 소리지르기 시합을 밤늦게
까지 이어나갔다. 여동생은 엄마한테 자기를 믿어달라고
애원하며 울었다.

자백을 고려하기 전에, 누가 그 돈을 가져갔다고 말해야
그럴듯할지 곰곰이 생각해봤다. 죄를 뒤집어씌워 상황을
정리할 만한 유령이 있을까? 이 집에 들를 만한 사람이 누
가 있지? 하지만 바로 그때 의붓오빠가 이건 분명 내 여동

생 아니면 집안 누군가의 소행이라고 주장했다. 지난 두 달 동안 꾸준히 돈이 줄고 있는 것을 추적해왔기 때문이라고 했다.

여동생이 잘못을 떠안게 내버려둔 그 열두 시간은 내 생애 가장 끔찍한 순간이었다. 깨끗이 털어놓아야 했지만 어떻게 해야 할지 막막했다. 내 사전에 자백은 없었다. 여동생은 잘못이 들통날 때마다 처음에는 조금 발버둥치며 소리지르다가 금세 시인하고 벌을 받아들였다. 내게는 낯설고 무서운 일이었다. 나는 천사 역할에 너무 익숙했다. 나의 완벽한 이미지가 더럽혀질 거라는 생각에 너무 두려웠다. 후광이 없다면 그게 나라고 할 수 있을까?

나는 바트미츠바* 선물로 받은 유색 편지지에 자백서를 쓰고 또 쓰느라 밤을 새웠다. 새벽 다섯시가 되어서야 자백서들을 봉투에 담고, 아침식사 공간인 포마이카 탁자의 평소 각자가 앉는 자리에다 봉투를 하나씩 놓았다. 의붓오빠의 봉투 안에는 수표를 넣었다.

그러고 나서 내 방에 숨어 아래층에서 들려오는 대화에 움찔거리고 있었다. 분명 편지를 보고 하는 대화였다. 여동생이 식식대는 소리가 들렸다. "거봐?!" 의붓오빠가 말했다. "뭐, 너도 좀 훔쳤겠지." 여동생이 오빠의 얼굴에 대고

---
* 유대교 성인식.

웃는 소리가 들렸다.

조금 있다가 엄마가 위층으로 왔다. "네가 그랬다고?" 그녀가 물었다. 그녀는 무슨 말을 해야 할지 난감해했다.

엄마를 완전히 변화시킨 건 그녀가 가장 최근에 한 결혼, 세번째 결혼이었다—엄마의 세번째 남편 스탠리는 가능한 모든 면에서 버나드와 달랐다. 스탠리는 따뜻하고 친절하고 태평한 사람이었다—자신을 '위대한 발디니'*라고 칭하는, 머리가 벗어진 아마추어 마술사였다. 스탠리는 사려 깊고 무한히 자비로웠다.

스탠리는 아주 부자는 아니었지만, (우리 아빠를 포함해) 엄마의 처음 두 남편보다 훨씬 형편이 나았다. 그에게는 남들한테 나눠줄 것이 더 많았다는 뜻이다. 내 인생의 많은 부분을 돈 있는 사람들—친척, 가족의 친구들, 신탁 펀드를 받는 새 친척들—과 스쳐왔는데, 그들 대부분은 자신을 위해서만 돈을 쓰려고 했다. 스탠리는 달랐다. 보배요, 멘시**였다. 우리를 만난 첫 주부터 그는 여동생과 나를 딸처럼 대하면서 멋진 레스토랑에 데려가고 생일과 하누카에는

---

* 미국의 천재 마술사 해리 후디니의 이름에 '머리가 벗어진(bald)'을 붙여 만든 별명.

** 이디시어로 '좋은 사람'.

선물 공세를 퍼부었으며, 나중에는 파산한 나를 도와주기도 했다.

이 새로운 결혼생활에서 엄마는 딴사람이었다. 내가 알던 그 여성, 1970년대 중반 초등학교 교사 월급으로 간신히 생계를 꾸려나가던, 뉴욕주교사연합 지역장을 맡고 닷지 다트를 몰고 다녀서 친구들 사이에서 농담처럼 '급진 좌파'로 불리던 그 여성은 이제 없었다.

이제 그녀는 매주 매니큐어와 페디큐어를 받으러 가고, 가끔이 아니라 매주 청소 도우미를 불렀다. 옷방에는 완전히 새로운 종류의 옷들이 걸려 있었다―그녀가 자주 스탠리와 팔짱을 끼고 참석하는 댄스파티와 칵테일파티를 위한 화려한 이브닝드레스도 있었다. 특별한 날에는 금 장신구를 선물받고 열대 휴양지로 휴가를 떠났다.

그녀의 변화 중 하나는 갑자기 딸들에게 베풀기 시작했다는 점이다. 버나드와의 결혼생활에서 엄마는 우리에게 베푸는 걸 힘들어했다. 버나드의 성질을 건드리기 무서웠던 게 큰 이유였다. 그곳에서 가장 잘 화를 내는 사람을 관리하기 위한, 일종의 전략적인 선택이었다.

일단 그림에서 버나드가 사라지고 스탠리가 들어오자 엄마는 다시 태어났다. 이제 엄마를 보러 가면 '물건 봉헌식'을 치러야 했다. 주말 방문의 끝 무렵이 되면 나는 온갖 종류의 옷, 신발, 자잘한 장신구들, 음식과 블루밍데일즈에서 그녀가 최근에 산 립스틱에 딸려온 클리니크 화장품 샘플들을 짊어지고 있었다.

그녀가 블루밍데일즈에 가서 쇼핑을 하자고 하면 나는 움츠러들었다. 부모님의 이혼으로 후유증에 시달리던 열세 살 때는 이런 걸 바라곤 했다. 다른 아이들이 부모님에게 디즈니에 데려가달라고 조르는 것처럼 나는 엄마에게 블루밍데일즈에 데려가달라고 조르곤 했다. 그곳에서의 쇼핑(아니 더 정확히 말하자면 아이쇼핑)은 우리가 스스로를 부모님 이혼의 궁핍한 산물이라고 느끼지 않도록 안전막이 되어주었다. 사실 우리는 전적으로 그렇게 느꼈다. 부모님이 헤어진 뒤 나는 외모에 몹시 신경썼고 골이 아플 정도로 사람들의 시선을 의식했다. 내가 아는 이혼 가정 아이들처럼 보이거나 느껴지지 않겠다고 결심했다—언제나 닳아빠진 신발에 작은 옷, 지저분하고 엉킨 머리카락. 왠지 블루밍데일즈 안에 있는 것만으로도 이런 나의 갈급함이 잠시나마 해소됐다.

당시 백화점 통로에서 나는 결핍과 비슷한 뭔가가 엄마의 반물질주의적 태도를 흘긋거리는 걸 알아차렸다. 우리에겐 의식이 있었다. 맨 먼저, 우리 셋은 온다인이라는 백화점 레스토랑에서 수프 두 접시와 샐러드 하나를 나눠 먹었다. 배를 채우고 나면 클리니크 화장품 코너로 갔다. 다음은 영 패션 코너에 들르고 그다음은 여성 패션 코너로 가서 엄마가 사지 않을 옷들 중에서 무엇이 가장 그녀에게 잘 어울리는지 조언해줬다.

우리는 절대 옷을 사지 않고 그냥 입어보기만 했다. 그런 나들이에서 우리가 마지막으로 향하는 곳은 지하 식료품 코너였다. 거기서 엄마는 팁트리 리틀 스칼렛 딸기잼 작은 병을 집는다. 수없이 많은 완벽한 작은 딸기들이 유리병 밖을 살짝 엿보고 있다. 그리고 엄마는 우리에게 미니 고디바 초콜릿 바를 하나씩 쥐어줬다.

이런 과시적 소비는 스물세 살의 나를 몹시 불편하게 만들었다. 이 부르주아 아주머니는 누구지, 프롤레타리아인 엄마에게 무슨 짓을 저지른 거지? 1976년 여름 내 아버지와 헤어진 그때의 어머니는 어디에 있는 걸까? 아버지가 없는 상황에서 이미 익숙해져 있던 것보다 훨씬 더 큰 경제적 어려움을 마주해야 했던 그녀는 어디에 있는 걸까?

블루밍데일즈에서의 아이쇼핑과 그 밖의 즐거웠던 꽤 많은 일은 버나드와 그의 아들 둘이 우리 삶에 들어온 1981년 초, 내가 열다섯 살이었을 때 막을 내렸다. 그뒤로 이어진 암울하고 침울했던 육 년은 분노, 억눌린 우리, 불시에 폭발해서 잊을 수 없는 폭력의 순간을 만들어내던 버나드로 오염되었다.

버나드가 또다시 폭발한 뒤로―그가 여동생에게 일체형 오디오를 집어던지고 그녀의 머리채를 잡고 계단으로 끌고 내려왔던 때―엄마는 이혼 서류를 작성했다. 그가 집에서 나가니 안심이었다. 나는 우리 앞에 얼마나 더 큰 안도감이 찾아올지 몰랐다. 불과 몇 달 뒤 엄마가 스탠리와 만나기 시작한 것이었다.

엄마와 스탠리가 결혼하고 얼마 되지 않아, 나는 항상 어느 정도 주저되긴 했지만 엄마가 주는 것들을 거부하지 않고 선뜻 받았다. 대개 살짝 거절하다 이내 순순히 받았다―그녀에게 득이 되고 나한테도 마찬가지였다. 나는 이제 깨달았다. 내가 한때 엄마에게 뭔가 받고 싶은 마음이 간절했던 것만큼 엄마도 내게 주고 싶은 마음이 간절했다는 것을.
그녀는 내게 단지 물건만 주는 것이 아니다. 그녀가 내게 주고 있는 것은 베풂이다. 그녀가 오랫동안 할 수 없어서 회한으로 남은 그것. 나는 받음으로써, 준다는 것의 만족감을 그녀에게 준다.

2018년 5월, 여든아홉 살의 스탠리는 갑자기 심하게 아팠다. 몇 주 지나지 않아, 두 분의 삼십 주년 결혼기념일을 한 달 정도 남겨두고 그는 세상을 떠났다. 엄마의 온 세상과 재정적 안정이 허물어지기 시작했다.

장례식을 치른 주에, 나는 엄마가 짐 싸는 걸 돕기 위해 그녀가 겨울철에 지내는 플로리다주 보카러톤에 있는 아파트로 간다. 엄마는 늘 쓰는 클리니크 저자극성 파운데이션이 떨어졌는데 블루밍데일즈에 가지 않겠느냐고 물어본다.

너무 오랫동안 백화점 쇼핑을 거의 하지 않다가 블루밍데일즈의 어느 지점에 있으려니 기분이 이상하다. 정말 많은 게 완전히 똑같다―은은한 조명, 세련된 인테리어 디자인, 매력적인 상품들. 공기 중에 감도는 풍요로운 느낌에 한편으로는 조금 들뜨기도 한다. 엄마도 그렇다는 걸 알 수 있다. 엄마의 발걸음이 튀어오른다. 스탠리가 아픈 후로 보지 못한 모습이다.

"뭐 필요한 거 없니?" 엄마가 묻는다.

"난 괜찮아." 내가 말한다.

그녀는 클리니크 매장으로 가는 길에 멈춰 서서 신발을 한번 신어본다. 핏플랍 플랫슈즈 한 쌍에 발을 스윽 넣어보며 이렇게 털어놓는다. 스탠리가 중환자실에 있을 때 괴로운 마음을 떨치려고 여기로 쇼핑을 나와서 윗옷 두 벌을 구매했다는 것이다. 그리고 또 슬쩍 덧붙인다. 블루밍데일즈

백화점 고객 신용카드에 이월된 결제 금액이 600달러가 넘는다고.

"유언장이 정리되면 갚겠다고 나한테 약속해." 내가 말한다. 그녀는 약속한다.

요새는 상황이 적절히 뒤바뀌고 있다. 나는 쉰세 살, 그녀는 일흔여덟 살이니 내가 그녀를 돌봐야 할 차례다. 다행히 그녀는 사회보장연금과 퇴직연금 그리고 여분의 돈이 있어서 당장 생활비 걱정은 없다. 저녁 외식을 하면 내가 계산서를 든다. 나는 작은 선물을 사서 그녀에게 보낸다─동네 공연 티켓, 탄산수에 타 먹는 유기농 크랜베리 농축액, 화장품과 장신구를 담기 위해 그녀가 모으는 작은 파우치, 슬픔을 이겨낼 수 있게 도와주는 긍정적인 문구가 적힌 성인용 컬러링북, 초콜릿으로 코팅된 마카롱 같은 것들. 내가 할 수 있는 보잘것없는 방법으로도 그녀에게 뭔가를 줄 수 있다는 것은 기분좋은 일이다.

인생의 다음 단계에서 엄마가 어떤 사람이 될지는 전혀 모르겠다. 그리고 나는 그녀가 버나드 같은 또다른 못된 남자의 매력에 넘어갈까봐 걱정될 수밖에 없다. 엄마 곁에 누가 오든 내가 십대 초반이었을 때 엄마가 몸소 보여주며 가르쳐준 독립성과 비물질주의 원칙을 다시 찾기를 바란다.

이 두 가지는 엄마 마음속의 반항심과 자존감에 관한 문제들을 숨기기 위한 일종의 가리개였을지도 모르겠다. 하지만 이제는 충분히 이해할 수 있다.

그녀의 몸 / 나의 몸

나요미 무나위라

나는 변기에 앉아 엄마를 기다린다. 혼자서는 제대로 닦을 수 없으니 그녀를 기다려야 한다. 늘 그래왔던 것처럼 그녀는 계속 나를 기다리게 한다. 그녀가 다가와 닦아주며 역겨운 표정을 짓는다. 하기 싫지만 내가 너무 멍청해서 제대로 못하니 그녀가 해줘야 한다는 뜻이다. 이 문제를 두고 시끄러운 말다툼이 있었다. 아버지와 할머니는 그녀와 다투며 그건 정상이 아니니 내가 스스로 닦게 하라고 말한다. 그녀는 그들 모두에게 맞선다. 그녀는 나의 엄마이고 나의 몸은 그녀의 것이다.

나는 그녀와 싸우지 않는다. 나는 그녀를 믿는다. 그리고 내가 어떤 것도 제대로 할 수 없다는 걸 안다. 하지만 이번 만은 다르다―피가 있다. 첫 생리를 했다. 그때부터 엄마는 내가 몸을 혼자 닦게 놔뒀다. 그때부터 그녀의 감독 없이 혼자 샤워를 했다. 내가 열두 살이던 그때.

엄마가 그녀의 몸과 내 몸이 다르다고 보지 않은 게 문제였다. 나는 전적으로 그녀에게 속했다. 나는 그녀가 가장 아끼고 사랑하며 소중히 여기는 아이인 동시에 쓸모없는 쓰레기였다. 그녀는 가끔 내게 빵을 구워주고 원피스를 만들어주기도 하지만 나더러 쓸모없다며 소리를 지르기도 했다. 나는 나에 대한 이 두 가지 해석 사이를 끊임없이 오가며 어디에 안착해야 할지 확신하지 못했다. 항상 내 정체성의 증거를 찾아다녔다.

내가 젖먹이였을 때의 상황은 순조로웠다. 그 시절 그녀는 내 인생의 모든 면을 자연스럽게 통제했고 이를 통해 복종에 대한 욕구를 충족했다. 상황이 힘들어진 건 나중이었다. 내가 그녀와 별개의 인격을 형성하고, 그녀와 다르고, 그녀가 싫어하지만 떠나지 못하는 아빠의 성격적 특징을 물려받았다는 게 명백해지면서 상황은 더욱 어려워졌다. 그녀가 격렬히 화낸 일들에 대해 다른 어른들이 하는 얘기를 들었던 기억이 난다. 하지만 우리 가족 내부의 역학에 연루되기 두려워 아무도 끼어들지 않았다.

부모님은 어린 나를 몇 시간이나 혼자 방에 둬도 괜찮았다고 말하곤 했다. 나는 조용히, 가만히 앉아 있었다. 움직이지도 않았다. 그들은 이런 나의 모습을 착하고 순종적인 아이의 표시로 여겼다. 더 깊은 심리학적인 함의를 품은 이상행동으로 여기지 않았다.

수십 년이 지나 삼십대가 된 나는 샌프란시스코에서 살면서 내 삶의 모든 것을 잠금 해제시킨 심리치료사를 만났다. 그때 나는 엄마가 나를 젖먹이처럼 대하지 않기 시작했을 때 내가 몇 살이었는지 마침내 밝혀냈다. 아무에게도 말한 적 없는 이야기였다. 이 수치스러운 비밀을 누군가에게 말하면 내가 더럽고 타고나기를 사랑스럽지 못한 사람이라는 걸 깨닫게 되리라 상상했다. 나는 더듬더듬 말하다가 울음을 터뜨렸고 마침내 그 얘기를 꺼냈다. 그는 이런 마법 같은 구절들로 화답해줬다. "그건 당신 잘못이 아닙니다. 당신은 잘못한 게 없어요. 당신은 그냥 아이였을 뿐입니다."

나는 상담실을 나와 배회하다가 서점에 들어갔고, 유니언스퀘어가 내려다보이는 이층에서 엄마에게 전화를 걸었다. 그리고 내 몸에 대한 지배권을 내게 허락하지 않은 이유를 물었다. 그녀는 기억이 잘 나진 않지만 자신이 어려서 그랬던 것 같다고 말했다. 그녀는 대체로 나를 위해 최선을 다해 노력했다고 생각했다. 좋은 엄마가 되려고 노력했다고 했다. 내 이야기를 들으니 슬프지만 딱히 할말이 없다고 했다. 우리는 두 번 다시 그 얘기를 꺼내지 않았다.

결혼

우리 부모님은 1972년 스리랑카에서 결혼했다. 엄마는 열아홉 살이었고, 과부의 막내딸이었다. 아주 어렸을 때 그녀의 아버지가 뇌졸중으로 돌아가신 지 얼마 되지 않아 그녀가 가장 좋아했던 큰 오빠가 끔찍한 교통사고로 죽었다. 아침에 학교에 가면서 오빠에게 잘 가, 라고 말했는데 저녁에 망가진 시신으로 집에 돌아온 그의 모습을 절대 잊을 수 없었다. 어떤 면에서 보면 그녀의 마음은 이미 찢겨 있었다. 그녀는 세상에서 안전을 기대해선 안 된다는 것을 깨달았다.

아빠는 스물아홉 살이었다. 그는 명문 페라데니야대학교에서 엔지니어로 갓 졸업했다. 스리랑카에서 그해 엔지니어로 졸업한 사람은 마흔여덟 명에 불과했다. 아빠는 매우 명석하고 부끄럼을 잘 타는 청년이었다. 그는 그를 성공의 길로 몰아붙이는 몹시 강압적인 어머니 밑에서 자랐다. 어떤 면에서 보면 아빠의 마음은 이미 찢겨 있었다. 그는 세상에서 너무 많은 기쁨을 기대해선 안 된다는 것을 깨달았다.

그들의 무시무시한 두 어머니는 어린 시절 같은 동네에서 자랐다. 두 분은 '우리 사람'이었고 결혼 이야기가 나왔을 때 양쪽 집안 모두 찬성했다. 당사자인 남자와 여자는 서로에 대해 잘 몰랐다. 결혼 전 둘이 영화관에 몇 번 가본

게 다녔을 것이다. 그 이상은 생각할 수도 없었을 것이다.

결혼식 사진 속 반짝이는 은색 사리*를 입은 그녀는 환하게 빛나고, 검은색 정장 차림의 그는 너무나 잘생겼다. 미소가 핀 두 분을 보며 나는 감탄과 슬픔으로 멍해진다.

이민자의 꿈

나는 정확히 그 이듬해에 태어났다. 엄마는 항상 당시 스리랑카가 우리에게 줄 수 있는 것 이상을 원했다. 그래서 내가 세 살이던 1976년, 그녀는 나이지리아로 이민을 가자고 아빠를 설득했다. 나이지리아에서 군사 쿠데타가 발발했던 1984년, 미국 이민을 재촉한 것도 엄마였다. 나는 열두 살, 여동생 나말은 세 살이었다.

우리는 로스앤젤레스 교외의 아주 작은 이민자 집단인 스리랑카계 미국인 1세대에 속했다. 그때 누군가 우리를 보았다면 완벽한 이민자 가족이라고 여겼을 것이다. 순전히 자신의 노력만으로 모든 것을 일궈 성공한 사람들을 보았을 것이다.

아빠의 경우, 그는 나이지리아에서 존경받는 전문가였다. 미국 첫 직장에서의 업무 중에는 미처리 하수가 흐르는 배수로 안을 작은 바퀴가 달린 판자에 배를 대고 엎드린

---

* 인도, 네팔, 스리랑카 등지에서 성인 여성이 입는 전통의상.

채 균형을 잡으며 굴러가는 일도 있었다. 거기서부터 시작해 로스앤젤레스 카운티에서 한 계단씩 올라가 아주 유명한 엔지니어가 되었으니, 스리랑카 작은 마을에서 온 사나이로서는 거의 믿기 힘든 인생 궤도를 일군 것이었다.

엄마의 경우, 그녀는 대학에는 발도 붙여보지 못한 소녀였다. 나이지리아에서는 자신의 학교를 운영하던 교장이었다. 캘리포니아에서는 유치원 교사로 시작했다. 새벽 여섯시에 유치원 문을 열고 오후 여섯시에 문을 닫은 후 집에 와서 요리를 하고 청소를 했다. 이십 년 넘게 돈을 모으고 유치원을 인수하고, 또하나 인수했다. 그녀는 사업가이자 주택 소유주로 스스로를 재탄생시켰다.

우리는 미국에서 아주아주 선량한 사람이어야 한다는 걸 알았다. 미국인들은 우리를 종종 의심의 눈초리로 바라보았다. 때때로 그들은 우리가 영어를 잘한다고 말했는데, 아마도 칭찬이었을 것이다. 하지만 그들은 우리가 어떤 잔인한 역사로 인해 태어나면서부터 영어를 썼다는 사실을 알지 못했던 것 같다. 그래서 우리는 미소 지으며 고맙다고 말했다. 때때로 그들은 우리에게 화를 내며 고향으로 돌아가라고 소리치기도 했다. 우리의 완벽한 모습만이 우리도 같은 인간이라는 사실을 그들에게 납득시킬 수 있는 방법임을 알았다.

우리는 독하게 절약하고 근면하게 살았다. 늘 우리는 꽤 좋아 보였다. 사리를 입은 엄마, 사리와 어울리는 넥타이와 정장을 차려입은 아빠, 예쁜 두 딸. 우리는 사교활동의 전부이던 이민자 파티에서 정말 반짝이고 눈부셨다. 그 이상한 장소, 로스앤젤레스의 스리랑카인 할리우드 콜롬보에서 열린 파티였다. 이백여 가족으로 이루어진 이 작은 공동체에서 빛나는 일은 중요했다. 그러지 않으면 소외당할 위험이 있었다. 우리끼리의 위안이 없었더라면 그 미국이라는 황야에서 누가 살아남을 수 있었을까?

집안에서

엄마는 여왕이고 우리는 그녀의 충직한 신하였다. 개인의 정체성을 주장하는 모든 것은 유기遺棄의 표식, 즉 우리가 그녀를 사랑하지 않는다는 표시였다. 그녀기 생각하기에 우리가 그녀를 사랑하지 않는 것 같으면, 여왕은 사라지고 마녀가 찾아왔다.

엄마의 기분이 어두워지는 걸 감지하면 우리는 서로 속삭였다. "다가오는 색이 좋지 않아." 이는 서서히 퍼져오는 이름 없는 뭔가를 묘사하는 약식 표현이었다. 엄마는 소리를 질렀고, 집에 성한 접시가 하나도 남지 않을 때까지 깨부쉈고, 내 뇌리에 박혀 수십 년이 지나서야 귓가를 떠난 끔찍한 말들을 했다. 결혼사진은 너무 많이 내던져져 새 액자에 넣기를 그만둘 정도였다. 그녀는 화장실에서 문을 잠근 채로 울고 또 울었다. 가끔은 며칠간 조용했다. 그녀는 걷잡을 수 없이 울다가 수분 만에 깔깔거리기도 했다. 그녀의 허리케인이 남긴 여파로 여전히 빙빙 돌고 있으면 우리에게 무슨 문제가 있느냐고 물었다. 그녀가 기분좋을 때 우리가 장단을 맞추지 않으면 분노는 다시 찾아왔다. 그래서 우리는 스스로의 감정을 무시하는 법을 배워나갔다. 더이상 자신의 감정을 느끼지 못할 때까지.

나는 열네 살이고 엄마는 몇 시간째 격렬하게 분노하고 있다. 아빠와 여동생과 나는 TV로 〈길리건스 아일랜드〉*나 〈스리 스투지스〉**를 보고 있다. 당시 우리의 애청 프로그램으로, 쉽게 감정을 마비시킬 수 있는 방편이었다. 그러다 이제 이상하리만치 조용해져 나는 확인하러 간다. 그녀는 화장실에 있다. 손목에 길고 깊은 선이 그어져 있다. 세면대에, 벽에 피가 있다. 그녀는 멍하고 횡설수설 주절거린다. 나는 그녀의 손목에서 피를 닦아내고 수납장에 있던 붕대로 상처를 단단히 싸맨다. 이유를 묻지만 그녀는 답하지 않는다. 나는 그녀를 침대로 데려간다. 아빠에게는 절대 그일에 대해 말하지 않는다. 여덟 살인 여동생은 너무 어리

* 1964년에 시작해 1967년까지 방영된 코믹 시트콤.
** 1922~1970년 활동한 미국의 코미디언 트리오, 혹은 그들의 코미디 쇼.

다. 이미 보아야 할 것들 이상을 보아왔다.

약 일 년이 지나고 엄마는 주방에 있다. 그녀는 아빠가 스리랑카에 있는 그의 누이와 어머니에게 또 몰래 돈을 부쳤다는 걸 알게 되었다. 그녀는 몇 시간 동안 그에게 고함을 지르고, 여동생과 나는 각자 방에서 아무 일도 없는 척하려 애쓴다. 그녀의 비명을 듣고 뛰어가니 바닥에 온통 선홍빛 핏줄기다. 그가 녹슨 설탕통으로 그녀의 머리를 세게 내려찧은 것이었다. 찢긴 피부에서 피가 뿜어져나온다. 그들은 함께 병원에 간다. 의사에게는 수납장에 머리를 부딪혔다고 말할 것이다. 나는 울고 있는 여동생을 방으로 들여보낸다. 그리고 피, 반짝이는 설탕, 서로 섞인 선홍빛 덩어리들을 깨끗이 치운다. 이것이 엄마의 피구나, 라고 생각하자 속이 울렁인다. 그들이 집에 도착할 때쯤 주방은 깨끗하다.

상황이 특히 험악하면 나는 여동생을 데리고 집을 나섰다. 얼마나 늦은 시간인지는 중요하지 않았다. 우리는 근교의 텅 빈 거리를 여기저기 누볐다. 급하게 뛰쳐나와 맨발일 때가 많았다. 발바닥 아래 콘크리트는 차가웠다. 공원에서 달을 향해 높이 그네를 타면서, 다른 아이들은 모두 침대에 있는데 우리는 밖에 있다는 자유로움에 취해 있었다. 다른 집 정원에 살금살금 들어가 장미, 수국, 백합꽃을 꺾었다. 몇 시간이 지나고 나는 우리집 문으로 슬그머니 다가가 귀를 대본다. 아직도 소리를 지르고 있으면 우리는 계속 걸었다. 그들이 잠들고 나서야 돌아오곤 했다. 우리는 훔친 꽃들로 집안에 있는 모든 화병을 채웠다. 꽃향기가 집에 스며들어 우리의 꿈을 향기롭게 했다. 아침에 아빠는 다른 사람의 소유물을 훔치는 것에 대한 설교를 늘어놓았다. 그는 항상 다른 사람들을 너무 신경썼다. 우리가 그들에게 어떻게 보이는지, 우리가 그들에게서 무엇을 빼앗는지만 신경썼다. 정작 우리가 무엇을 빼앗겼는지는 전혀 신경쓰지 않는 것 같았다.

잘못된 중매결혼

집밖에서 우리는 완벽했다. 집안에서는 가끔 평온했고 가끔 행복했다. 자주는 아니지만 겁에 질릴 때도 있었다. 문제는 우리가 어떤 엄마를 갖게 될지, 어떤 부모를 갖게 될지 모른다는 데 있었다. 자녀를 교육하고 자녀에게 사랑받는다는 느낌을 주는 예측 가능한 부모일지, 아니면 서로에게 세차게 화를 내고 자녀를 그들의 엄청난 소용돌이에 휘말리게 하는 부모일지 알 수 없었다. 우리는 능숙하게 부모의 기분을 읽어냈고, 어둠이 돌아오는 순간을 늘 경계했다.

처음부터 나는 잘못된 중매결혼이 문제임을 이해했다. 엄마는 너무 어린 나이에 열 살 연상의 끔찍한 남자와 결혼했다고 말했다. 아빠가 그녀에게 얼마나 못되게 굴었는지, 그가 얼마나 그녀를 사랑하지 않는지, 그녀가 얼마나 그를 증오하는지 말했다. 가끔은 혼란스러웠다. 나는 아빠를 닮았고 그의 성격의 많은 부분을 물려받았으니까, 그리고 아빠는 종종 내게 다정했으니까. 또한 엄마가 아빠를 싫어하고 나의 절반은 아빠였으므로, 나는 스스로가 역겹고 미움받을 만한 사람이라고 생각했다. 또한 부모님 사이를 평화롭게 하고 그들을 안전하게 지키는 것이 내 일이라는 것도 알았다.

이혼은 상상할 수 없었다. 부모님은 절대 결혼하지 말았어야 했다는 데 우리 모두가 암묵적으로 동의했지만, 그들은 이미 결혼했고 아이까지 낳았으니, 우리 중 누구도 피할 길은 없었다.

미국에 온 뒤에야 나는 이혼이 정상적인 일이라는 것을 깨달았다. 우리가 아는, 심지어 스리랑카인 중에서도 이혼하고 새 인생을 시작한 사람들이 있었다. 약간의 사회적 낙인이 있긴 했지만 남아시아와 아프리카에서처럼 아예 불가능하진 않았다. 열세 살 때 나는 부모님에게 두 분은 이혼해야 한다고 말했다. 부모님이 그러지 않은 게 놀라울 따름이었다. 수십 년이 지나서야 잘못된 중매결혼 이야기는 알아채기 훨씬 힘든 것을 가리는 장막일 뿐임을 이해했다.

상처

몇 년 동안 엄마는 심리 치료를 받았다. 내가 자주 조르기도 하고 연락을 끊겠다고 협박한 탓이었다. 하지만 언제나 넉 달째쯤 자기성찰이라는 힘든 작업이 시작되면 그녀는 하차했다.

그녀의 불신에는 문화적인 이유도 있었다. 전통적으로 남아시아 가족들은 정신건강 문제를 수치스러운 전염병으로 여겼다. 엄마가 십대였을 때 그녀의 세대 중에 가장 예쁜 사촌이 정신병 환자의 발작처럼 여겨지는 증세를 보이기 시작했다. 그녀의 부모님은 치료를 위해 그녀를 해외로 데려갔지만 어떤 치료도 소용이 없어 보이자 스리랑카로 돌아와 그녀를 집안에 가둬버렸다. 사람들은 그녀가 집안에 있는 걸 알았고 그녀가 위층에서 소리치는 걸 듣기도 했지만, 누구도 그녀를 보진 못했다. 이 감금은 삼십 년간 이어졌다. 어떤 남아시아 사회에서 다락방에 갇힌 미친 여자는 단지 고딕풍 공포소설이 아니라, 정신적 문제를 앓는 여성일 가능성이 농후했다. 엄마는 사랑하는 이들과 사이가 멀어지거나 소유물을 깨부수고 자신만의 분노를 쏟아내고 난 다음에는 내게 울면서 전화하곤 했다. 엄마는 반복해서 말했다. "난 미치지 않았어." 다른 말로 바꾸면 이랬다. "날 가두지 마. 평생 갇혀 살긴 싫어."

치료를 받는 대신 엄마는 종교의식을 믿기로 했다. 엄마는 어린 우리를 수차례 사원에 데려갔다. 그곳에서 힌두교 성직자는 라임을 하나씩 우리 이마에 대고 커터 칼로 베었다. 라임즙이 우리를 불행하게 하는 이름 없는 적들의 사악한 눈에 튀라는 의미였다. 지금까지도 엄마는 이메일로 힌두 성직자들이 축복을 빈 행운의 부적을 보내줄지 묻는다. 그녀는 별점을 보니 나는 반드시 분홍색을 입고 여동생은 반드시 금색을 입어야 악한 기운에서 벗어나 안전하게 지낼 수 있다고 말한다. 그녀는 이렇게 계속 바뀌는 규칙들을 따르기만 하면 우리가 행복한 가족이 될 거라고 끊임없이 희망을 품는다.

　내가 열일곱 살 때 부모님은 우리를 인도 시골 지역에 있는 사이바바의 거대한 아시람*으로 데려갔다. 그들의 구루인 사이바바는 전 세계적으로 수백만 명의 신도를 이끄는 영적 지도자였다. 우리는 가족용 숙소에 머물렀다. 북적거리는 대형 건물이었다. 우리는 바닥에 매트를 깔고 잤고 커다란 식당에서 밥을 먹었다. 새벽 세시 반에 일어나 엄마와 여동생과 나는 여성 구역 바닥에 앉았다. 주변의 여자 수만 명이 동트기 전 어둠 속에서 구루가 모습을 드러내길 기다렸다. 그가 나오자 여자들 사이에서 노래가 터져나왔다. 그가 옆을 스윽 지나가자 엄마는 자신의 모든 애환을 세세하게 적은 편지를 건넸다. 그가 그걸 받아들자 그녀는 열성적으로 눈물을 흘렸다.

---

* 힌두교 수행자 마을.

나는 구루 따위에는 관심 없었다. 그곳과 그곳의 규율, 음식이 싫었다. 남녀 분리도 싫었다. 미국에 남자친구가 있긴 했지만 그곳에는 남아프리카에서 온 형제를 비롯한 귀여운 다른 남자애들이 있었다. 부모님이 대낮 무더위 속에서 낮잠이 들었을 때 나는 그애들이 있는 구석으로 갔고, 우리는 땅바닥에 앉아 망고를 잘랐다. 그러다가 그중 한 애가 칼을 공중으로 가볍게 던졌는데 내가 반사적으로 손을 뻗어 잡다가 오른손 중지와 약지를 뼈가 거의 드러날 만큼 깊이 베이고 말았다. 순식간에 피가 뿜어져나왔다.

내 머릿속은 온통 엄마가 얼마나 화를 낼까 하는 생각뿐이었다. 나는 그애들과 부모에게 엄마에게 말하지 말아달라고 신신당부했다. 화장실 휴지를 뜯고 또 뜯었는데 전부 흥건히 젖고 말았다. 내가 입고 있던 노란색 샬와 케미즈* 앞으로 피가 뚝뚝 떨어졌다. 사람들이 주변으로 몰려들었고, 할머니들은 내가 남자애에게 말을 걸어서 벌을 받은 거라고 쑥덕거렸다. 누군가가 말해서 엄마가 왔을 때는 차갑고 화가 난 얼굴이었다. 그녀는 어떤 말도 하지 않았다. 그리고 돌아서서 가버렸다. 누군가 내 손을 감아줬고, 아빠가 나와 함께 병원까지 갔다. 붐비고 혼잡한 병원 건물 앞에 다다라서야 우리는 그곳이 성별 분리 구역이라 아빠가 나

* 남아시아, 중앙아시아 지역 여성들의 전통의상.

와 함께 들어갈 수 없다는 걸 알게 되었다. 그래서 나는 내가 할 줄 모르는 언어를 쓰는 병원의 복도로 혼자 걸어들어갔다. 결국 나는 손을 꿰매줄 의사를 찾았다. 그녀는 외과 의사였다. 굵고 새까만 내과용 실밖에 없던 터라 치료를 끝내자 커다란 거미들이 내 두 손가락에 줄줄이 붙어 있는 것처럼 보였다.

내가 병원에서 돌아왔을 때도 엄마는 모른 척했다. 여왕을 거역했으니 나는 존재하지 않는 사람이었다. 그녀의 화난 침묵은 며칠이나 이어졌다. 이십팔 년이 지났지만 내게는 아직도 그때 베인 상처가 남아 있다. 그 상처는 내게 필요한 위로 대신 분노를 맞닥뜨린 기분을 다시 상기시킨다. 고통의 순간에도 그녀에게 위로를 기대할 수 없음을 다시 상기시킨다. 상처받은 아이인 그녀는 절대 위로를 줄 수 없을 테니까.

살아남기

내가 유년기에서 살아남을 수 있었던 방법은 이것이다. 사라지기. 나는 어릴 때 책 속으로 빠져들었고, 그러면 내 몸을 포함해 주변의 모든 것이 희미하게 사라졌다. 아주 의식적인 행위였다. 그렇게 일찍이 나도 모르는 사이 마약이 아니라 책을 접할 수 있었던 건 정말 다행이었다. 처음에는 책을 읽으며 느낀 정신적 분열감에서 완전히 돌아오지 못했다. 나의 가장 내밀한 삶은 책 안에 있었다. 책을 소비하면서 그리고 나중에는 책을 창조하면서. 이렇게 보면 엄마의 상태는 내 인생을 형성해나간 원초적인 힘이었을지 모른다.

사춘기 시절 나는 로스앤젤레스의 스리랑카 주민들이 완벽히 모범적인 소수집단처럼 보여도 잘 가꿔진 잔디, 고급 승용차와 화려한 학위 이면의 다양한 층위가 썩어 있음을 알게 되었다. 내가 아는 딸들은 아빠가 몸을 만진다고 속삭였는데 모두가 그들에게 쉿, 조용히 하라고 했다. 내가 아는 여자애들은 엄마 때문에 스물다섯 살 더 많은 남자와 결혼했지만, 아무도 막아서지 않았다. 아메리칸드림을 이루기만 한다면 집안에서 벌어진 일은 아무것도 중요하지 않았다.

이런 분위기 속에서 나는 거짓말을 배웠다. 얼마나 빨리 배워나갔는지 생각해보면 놀라울 따름이다. 열두 살에도 엄마가 엉덩이를 닦아줘야 했던 내가 오 년 후 슬그머니 집을 나서서는 첫 남자친구와 섹스를 한 것이다. 미국인의 기준에서 내 행동은 정상이었다. 스리랑카인의 기준에서는 통제 불능이었다. 엄마들은 딸들에게 내게 말을 걸지 말라고 일렀다. 삼촌 한 명은 부모님에게 전화를 걸어 내가 남자애와 같이 있는 걸 봤다고 말했다. 부모님은 통제권을 재차 주장하려 했지만 때는 너무 늦었고 나는 곧 집을 떠나

대학에 갔다.

그후로 수년 동안, 나는 한결같이 나 자신보다 정서적으로 더 건강하지 않은 파트너들만 골랐다. 나는 구원자로서의 역할을 아주 잘 알았다. 집을 떠나 베이 지역으로 옮겨갔지만 부모님을 자주 찾아갔다. 엄마가 휴가 때 스리랑카에 가면 나는 LA로 가서 몇 달간 그녀의 사업을 관리해주었다. 그녀의 집에서 살면서, 그녀의 옷을 입고, 기본적으로 그녀가 되었다. 다시 베이로 돌아오면 그녀와 거의 매일 통화했다. 그녀는 내게 골칫거리들을 털어놓았고 자주 흐느꼈다. 나는 다른 사람들한테는 쓰지 않는 평화로운 어조로 목소리를 조절했다. 조용하고 부드럽게 말했다. 종종 그녀에게 전화하기 전에 온몸이 아프기도 했지만 무시했다. 내가 엄마를 설득하지 않으면 끔찍한 일이 벌어질 수 있었다. 명상이든 책이든 엄마가 좋아할 만한 상담치료사든 적절한 방도를 찾기만 한다면, 그녀가 행복해지리라 확신했다. 나는 그녀를 구해낼 것이다. 그것은 전적으로 나의 의무였다. 나는 어린 시절의 감옥에서 벗어났지만 성인이 된 후에도 그 감옥을 안에 품고 다녔다.

나 자신의 삶을 구해내기

2007년 나는 마침내 남편이 될 사람을 만났다. 이런 말을 해준 사람은 휘트가 처음이었다. 내 어린 시절에 문제가 있는 것 같다고, 엄마와 대화하고 나면 거의 항상 운다고, 본가에 다녀오면 감정적으로 만신창이가 되고 육체적으로도 아프다고, 그와 여행을 계획할 때마다 부모님이 심하게 싸우거나 두 분 중 한 명이 자살하겠다고 위협하는 바람에 여행을 취소해야 하거나 거의 취소할 뻔한다고. 나는 이게 흔치 않은 일이라는 걸 거의 알아채지 못했다. 맞다, 우리 가족은 엉망진창이었다. 그렇지만 내가 무엇을 할 수 있겠는가? 그의 우려에 나는 이렇게 말했다. "넌 몰라. 백인이 잖아. 남아시아 가족들한테는 늘 있는 일이야."

나는 그를 사랑했지만 이해하지는 못했다. 그는 깊고 평온한 사랑을 원했다. 하지만 화내지 않는다는 건 서로 사랑하지 않는다는 징후 아닌가? 나는 그와의 관계 초기를 그가 내게 소리를 질러주길 기다리면서 보냈다. 사 년쯤 지나서야 나는 그가 절대 그러지 않을 것임을 깨달았다. 그 사실을 자각하고 나는 충격에 빠졌다. 지금과 같은 안정감에 이르기까지는 수년이 걸렸다.

관계의 초기에 나는 사랑이라는 무대에서 야생아와 다름없었다. 나는 울고 소리지르고 미친듯이 질투했다. 그가 여자는 물론이고 친구들과 시간을 보내면 나의 온몸이 공포와 고통 속으로 흘러들어갔다. 죽을 것만 같았다. 어느 날 함께 맞는 아침이었다. 그는 친구들과 함께 축구를 보러 갈 예정이니 저녁때 보자고 말했다. 그가 떠난 후 나는 차

안에 앉아 세 시간을 소리지르면서 울었다. 히스테리 상태였지만 그를 다시 만날 때쯤에는 완전히 멀쩡해졌다. 그날 나는 스스로가 무서웠다. 뭔가 아주 잘못됐음을 알아차렸다. 어떤 조치를 취하지 않으면 우리는 헤어질 테지만 그보다 더 심각한 것이 있었다. 내가 이런 행동을 미래의 모든 관계로까지 가져가게 되리라는 점이었다. 나는 통제할 수 없는 슬픔과 분노가 지배하는 인생을 살아가게 될 터였다. 하나뿐인 생생하고 소중한 인생을 낭비하게 될 터였다.

뇌 신경망 교체하기

다음 오 년간 일어난 일은 현재까지 이어지는 치유의 여정이었다. 유년 시절에 깔려서 내 머릿속에 삼십 년 넘게 자리하고 있는 신경망을 뜯어내 하나씩 새로운 것으로 교체하는 작업이었다. 모든 교체 작업이 그렇듯 몹시 고통스러웠다.

수년 동안 행해온 세 가지 방편이 인생을 구하는 데 도움이 되었다. 하나는 위파사나 명상*으로 이를 통해 내 몸을 이해하게 되었다. 다른 하나는 '익명의 공동의존자 프로그램'**으로, 이를 통해 나를 유년기에서 살아남게 해준 행동

---

* 인도의 가장 오래된 명상법으로, '위파사나(Vipassanā)'는 산스크리트어로 '통찰'을 의미한다.

들이 더이상 도움이 되지 않는다는 사실을 깨달았다. 그리고 전문 심리치료사의 조언은 나를 재양육해 성년기로 이끌었다.

나를 구해준 또다른 하나는 장기간 연애관계를 이어온 것이었다. 내가 몇 년간 성질을 부린 후에도 휘트는 여전히 그 자리에 있었다. 그와 함께 있으면 나는 어릴 때는 허락되지 않았던 모든 감정을 느낄 수 있었다. 난생처음 안전하다는 걸 알았기 때문이었다. 비록 몇 년이 지날 때까지 이 사실을 의식적으로 믿진 않았지만, 내 마음 깊숙한 곳에서 그를 신뢰할 수 있다는 걸 깨달았다. 그는 이미 자신의 피안에 흐르는 이해심과 연민으로 우리 관계를 다뤘다. 사랑이라는 필생의 사업에서 그보다 더 좋은 파트너는 없을 것이다.

또다른 설명

나의 심리치료사는 나와 몇 년 동안 상담을 진행해오다가 이런 말을 했다. "당신 어머니는 경계선인격장애일 수 있습니다." 그러자 문이 활짝 열리는 듯했다. 그녀의 '기분'이 단순히 결혼 문제에서 비롯된 게 아니라 진단 가능한 인격장애, 즉 인정되고 논의될 여지가 있는 것이라면? 나

** 사람들이 건강한 관계를 맺을 수 있도록 돕는 열두 단계 회복 프로그램.

는 내가 엄마를 진단할 수 없다는 것을 안다. 특히 심리치료사에게서 면밀하게 상담을 받는 사람이 진단을 내린다는 건 극도로 복잡한 일이라는 것을 안다. 하지만 내가 말할 수 있는 건 이런 인격장애에 대해 읽고 나자 난생처음 내 유년기에 흩어진 조각들이 제자리를 찾았다는 것이다. 나는 처음으로 스스로에게서 희망을 발견했고 엄마에 대한 연민을 느꼈다.

borderlinepersonalitytreatment.com은 경계선인격장애(어린 시절의 유기, 학대, 사망으로 인해 형성된 정신질환)의 기준 증상을 다음과 같이 열거했다. 방치, 통제 불능, 분노, 비난, 책망, 밀착, 부모 따돌림 등등.

경계선인격장애

경계선인격장애를 알아가자 가려진 진실이 드러났다. 내게 가장 큰 통찰을 준 책은 크리스틴 앤 로슨이 쓴 『경계선 엄마에 대한 이해: 자녀가 극심하고 예측 불가능하며 불안한 관계를 극복하도록 돕기』였다. 모든 페이지에서 우리 가족을 발견했다. 그 책은 엄마가 자주 보이던 묘한 행동들을 거의 불가능할 정도로 정확하게 묘사했다. 우리 가족이 집안에서 일어나던 일을 어떻게 다루고 변명하고 무시하면서 함께 지냈는지 설명했다. 아빠가 그 일을 어떻게 헤쳐나갈 수 있었는지 설명했다. 여동생과 내가 어쩌다 완벽하게 착한 딸 혹은 완벽하게 나쁜 딸 역할을 맡게 되었고, 그 두 꼬리표가 얼마나 위험한 영향을 가져왔는지 설명했다.

그 책은 내가 읽은 그 어느 책보다 내 삶에 대한 더 큰 통찰을 주었다. 나는 처음으로 유년기의 경험이 내 상상의 파편이 아님을 느꼈다. 내가 가진 그 책 두 권 모두에 밑줄을 그은 단락은 이렇다. "경계선인격장애자의 자녀들은 토끼굴 속에 있다. 그들은 모두 참수형에 처하라는 하트의 여왕*의 명령을 듣는다. 한편으로 미치광이의 티 파티**에 참석해 공작부인과 자신만의 생각을 사고할 수 있는 권리에 대해 언쟁한다. 그들은 한순간 자신을 대단하게 느끼다가도 그다음 순간이 되면 초라한 감정에 빠지며 서서히 지쳐간다."***

내가 배운 가장 중요한 점은, 경계선인격장애 엄마의 '완벽하게 나쁜' 첫째 딸인 나 자신도 그 병에 걸릴 위험에 처해 있다는 것이다. 내가 그나마 덜 심각하고 복구 가능한 증상 정도로 모면할 수 있었던 건 다른 어른을 역할모델로

---

* 루이스 캐럴의 소설 『이상한 나라의 앨리스』에 등장하는 여왕.

** 『이상한 나라의 앨리스』에서 모자 장수, 토끼, 산쥐가 벌이는 다과회.

*** (원주) 크리스틴 앤 로슨, 『경계선 엄마에 대한 이해: 자녀가 극심하고 예측 불가능하며 불안한 관계를 극복하도록 돕기』, 뉴욕, 로언&리틀필드, 2004, 278쪽

삼거나 문학에 몰입하며 지낸 덕분이었다.

그 책을 읽으면서, 엄마에게 얘기해야 할지 고민했다. 누군가가 당뇨병이라는 걸 알면서 그 사실을 나만 간직하는 듯한 기분이었다. 엄마에게 말하지 않으면 안 될 것 같았지만 말하기가 무서웠다. 그러던 어느 날 엄마와 통화를 하다 그 말이 불쑥 튀어나왔다. 내가 이런 정신질환에 대해 알게 되었는데, 그것이 그녀의 잘못은 아니지만 그녀에게 그런 게 있는 것 같다고 말했다. 그녀는 화내지 않고 순순히 받아들였다. 증상 목록을 읽어줄지 물었더니 그녀는 좋다고 말했다. 나는 서른 개 증상 목록을 읽어줬다. 그녀는 수차례 말했다. "아니, 난 아닌데." 그러면 나는 그녀가 그런 행동을 보인 상황을 그녀에게 상기시켰고, 우리는 거의 하나하나 모든 항목에 체크하게 되었다.

정보를 보내줄지 물었더니 좋다고 해서 그녀에게 그 정신질환에 관한 책들을 담아 한 상자 보냈다. 그녀는 그걸 받았다고 말했고, 내가 그 책들에 대해 얘기하며 읽었느냐고 물었더니 못 들은 척했다. 나는 더이상 묻지 않기로 했고, 그녀는 그 책들에 대해 다시 언급하지 않았다. 십 년이 지난 지금까지 단 한 번도 언급하지 않았다. 내가 부모님을 만나러 가면—요즘은 아주 드문 일이다—그 책들이 거실 책장에 어린 시절 보던 책들, 대학 교재들과 함께 나란히 꽂혀 있는 걸 보게 된다. 집에 쓰레기가 한 겹 더 쌓인 것이

나 다름없다. 내가 준 책이라서 버리기는 정말 싫었을 게 분명했다. 하지만 그녀는 설명되지 않는 그 많은 행동에 이름이 있을지 모른다는 사실을 고심하진 못했다.

지금은 내가 엄마를 훨씬 더 잘 이해한다고 생각한다. 비록 그녀가 사람들에게 상처를 주긴 하지만 스스로가 훨씬 더 힘들어하고 있다는 것을 안다. 나는 치료중인 경계선인격장애자들이 스스로를 무참히 공격하는 뇌를 가진다는 게 어떤 느낌인지 설명하는 유튜브 동영상들을 본 적이 있다. 경계선인격장애자들은 종종 견디기 힘든 자기혐오와 절망을 느낀다. 나는 그것을 알아보았다. 어린 시절 엄마가 샤워실에서 몇 시간 동안 문을 걸어 잠그고 있던 건 그녀가 자신의 폭력적인 정신적 고통을 필사적으로 헤쳐나가고자 했기 때문이었다.

나는 회복 과정에 있는 경계선인격장애자들이 이렇게 말한 것을 보았다. "난 정말 잔인했어요. 사랑하는 사람들에게 상처를 입혔죠. 그들에게 독을 뿜었고 나의 독설에 그들이 상처받은 모습을 보았어요. 그것이 상처가 됐지만 그래도 멈출 수가 없었어요. 마치 내가 그들을 통해 나 스스로에게 계속 상처를 주고 싶은 것 같았죠."* 우리 엄마도 멈

---

* (원주) 리커버리 맘, "I Feel Like a Child All the Time," 유튜브 비디오, 10:52, 2016년 12월, http://youtube.com/watch?veoqy3WM7YO0

출 수 없는 듯 보였다. 그녀도 자기가 사랑하는 이들에게 상처를 주면서 스스로에게 상처를 주는 듯했다. 사람들이 떠날까봐 몹시 두려워하면서도 사람들을 떠나가게 만드는 바로 그 행동을 멈추지 못했다. 이런 맹공습에서 스스로를 보호하는 유일한 방법은 그녀 곁을 떠나는 것이었다. 『경계선 엄마에 대한 이해』는 이렇게 말했다. "경계선인격장애자의 성인 자녀가 지닌 가장 큰 보호기제는 떠나는 능력이다."*

경계선인격장애는 치료가 불가능하다. 효과가 있는 것으로 밝혀진 약물은 아직 없다. 하지만 유능한 전문가로부터 증상 관리법을 배우고 오랜 기간 치료를 받으면 특히 대인관계의 영역에서는 훨씬 더 나은 삶을 살아갈 수 있다. 엄마는 꾸준히 치료를 받으려고 하지 않았다.

기억

한번은 부모님 집에 갔을 때 전자레인지에 긴 목록이 붙어 있는 걸 발견했다. 아빠가 만들었는데, 지난달 엄마가 사람들 앞에서 그를 모욕하거나, 자해하거나, 그의 가족에 대해 욕하거나, 누군가에게 소리칠 때마다 적은 것이었다. 사건은 날짜별로 적혀 있었다. 그는 본능적으로 그녀의 병

---

* (원주) 크리스틴 앤 로슨, 같은 곳.

을 관리하고 그녀가 자신을 좀더 잘 대해주길 바라는 마음에서, 자신에게 깊은 상처를 준 순간들을 그녀에게 기억시키려 노력하고 있었다.

내 마음뿐 아니라 여동생과 아빠의 마음에도 그을린 채 남은 사건들이 엄마의 기억 속에서는 완전히 잊힌 경우가 많았다. 나는 이런 차이를 이해하지 못하다가 다음과 같은 글을 읽게 되었다. "연구 결과에 따르면 만성적인 강렬한 감정은 뇌에서 기억을 관장하는 부분을 손상시킨다⋯⋯ 경계선인격장애 엄마는 격렬한 감정을 겪은 사건들을 기억할 수 없기 때문에, 그녀는 경험으로부터 배워나갈 수 없다(고딕체는 내가 표시한 것이다). 그녀는 이전에 했던 행동들이 초래한 결과를 기억하지 못한 채 파괴적인 행동을 반복할 수 있다."*

우리 이야기에서 가장 슬픈 부분은 이것이다. 엄마가 기억하는 삶과 우리가 기억하는 삶이 다르다는 것이다. 우리 사이의 틈은 메워질 수 없다. 사랑하는 사람이 상처를 받아 그녀로부터 감정적으로나 신체적으로 떨어져 지내야 하는 이유를 그녀는 항상은 아니더라도 자주 기억할 수 없기 때문이다.

나 자신의 기억도 드문드문 어그러져 있다. 여동생의 결

---

* (원주) 크리스틴 앤 로슨, 같은 곳.

혼식 전날, 여동생 나말과 나는 그녀의 절친한 친구의 집 주방에 앉아 유년기에 대해 얘기했다. 나는 말했다. "이거 기억나?" 그러면 내 동생은 말했다. "아, 맞아. 잊고 있었어." 그리고 그녀는 말했다. "언제였는지 기억해?" 그러면 기억이 내 마음속에서 불꽃처럼 튀어올랐다. 동생 친구는 말없이 앉아 있다가 마침내 말했다. "두 사람 다 큰일이 아니었던 것처럼 말하는데. 이러는 거 정말 비정상이야." 우리는 깜짝 놀라 그녀를 바라보았다. 우리는 특별히 문제가 있다고 생각하지 않았다. 남들이 정상으로 여기지 않는 것을 정상으로 여겼고, 남들이라면 대부분 잊을 수 없는 것을 잊고 지낸 일이 정말 많았다. 이 에세이에서 나는 아주 선명한 기억 몇 가지만 얘기했을 뿐이다. 나머지는 희미하다. 여동생이 내 경험을 비추어줄 수 있다는 건 내 인생에서 가장 큰 축복 중 하나다.

탈피하기

결국 내 삶을 되찾기 위해서는 부모로부터 정서적으로 분리될 필요가 있다는 것을 깨달았다. 육 년 전, 나는 부모님께 앞으로 그들 일에 끼어드는 것을 줄이겠다고 말했다. 그리고 부모님이 서로에 대한 이야기를 털어놓으면 나는 그만해달라고 부탁했고, 그래도 계속 말을 이어가면 전화를 끊어버렸다.

나는 탈피하려 애쓰며 힘겨운 몇 달을 보냈다. 아빠는 전화를 걸어 내가 엄마와 얘기를 해주지 않아서 엄마가 몹시 화가 났다며, 화장실에 들어가 문을 잠갔는데 자해를 할까봐 두렵다고 말했다. 그는 전화기를 화장실 문틈에 대고 그녀를 바꿔줬고, 그녀가 아이 같은 목소리로 흐느끼고 중얼거리는 게 들렸다. 어느 순간 그녀는 어린 여자애 같은 목소리로 "널 사랑해"라고 거듭 말하고 있었다. 그녀가 말하는 대상이 나인지 그녀 자신인지 아니면 다른 누군가인지 나는 알 수 없었다. 나는 그녀가 정신을 차릴 때까지 예전처럼 부드러운 목소리로 말하다가, 마침내 전화를 끊고 나니 기진맥진했고 온몸이 아팠다. 또한 스스로의 경계를 확고히 하지 못한 나 자신에게 몹시 화가 났다.

몇 달 뒤 아빠는 전화를 걸어 만신창이가 된 목소리로 말했다. "나도 이제 더는 못 참겠다. 나쁜 일을 저지르고야 말겠어." 산지에 있던 나는 연결 상태가 좋지 않으니 잠시만 기다려달라고 간청했다. 전화를 끊자마자 반시*처럼 울면서 산 아래로 차를 몰며 계속 전화를 걸었지만 응답이 없었다. 주방 바닥이나 부모님 침대에서 엎드린 채 피를 흘리는 그의 모습이 머릿속을 스쳐지나갔다. 나는 스리랑카에

---

* 구슬픈 울음소리로 가족 중 누군가가 곧 죽게 될 것임을 알려주는 여자 유령.

살면서 평생의 절친한 친구가 되어준 사촌 디네시에게 전화를 걸었다. "경찰을 불러." 그가 말했다. 나는 휘트에게 전화했다. "경찰을 불러" 그도 그렇게 말했다. 그래서 나는 경찰이 유색인종을 어떻게 다룰지 두려웠음에도 불구하고 경찰서에 전화를 했다. 한 경찰관에게 상황을 설명하자 그가 말했다. "아, 네. 그 집 알아요. 전에 가봤습니다." 나는 전화를 끊고 아빠에게 다시 전화를 걸었다. 전화를 받은 그는 크게 다툰 뒤에 머리를 식히러 산책을 나갔었다고 말했다. 지금은 괜찮다고 했다. 그는 내게 왜 화가 났는지 물어보고 이렇게 말했다. "잠깐, 현관에 누가 왔어." 그때 나는 "경찰이야"라고 말했다. "맞아, 아빠가 목숨을 끊었을지 몰라서 내가 불렀어." 그가 말했다. "왜 그랬어? 동네 사람들이 보잖아."

경찰은 아빠를 삼 일간 시설에 보냈다. 시설을 나온 뒤에는 심리치료사와 상담을 했는데, 그는 그 상담이 인생 최고의 경험이었다고 말했다. 누군가 실제로 자신의 말을 들어줬기 때문이라고 했다. 나는 계속 상담을 받을 거냐고 물었다. 그는 심리치료사들이 사기꾼이라는 건 모두가 아는 사실이라며 싫다고 말했다. 환자가 나아지면 상담비를 못 받게 되니 그런 거라고 했다.

거기가 나의 한계점이었다. 그들이 자신의 인생을 구하려들지 않는다면, 나는 그들과 함께 익사하지 않을 것이었다.

사랑

어릴 적 보던 사건들이 내가 자란 집에서 계속 일어나고 있는지는 모르겠다. 부모님이 나이가 드시면서 어떤 평화로운 공존관계를 찾아냈기를 바란다. 그들은 여동생의 아이들 앞에서 정말 괜찮은 조부모의 모습을 보여줬다고 생각한다. 앞에서 얘기한 것처럼 나는 요새 부모님을 자주 보지 않는다. 부모님과 함께 있는 시간이 불과 몇 시간만 넘어가도 산더미처럼 쌓여 넘을 수 없고 얘기할 수 없는 것들 때문에 괴로워진다. 그들과 함께 있으면 말이 없어지고 못되고 무례해지는 내 모습을 보게 된다. 내가 아는 평소의 내 모습과 다른 사람, 친한 친구들이 아는 내 모습과 다른 사람이 된다. 이야기하지 않은 것들이라는 짐은 내 마음을 꽉 움켜쥔 주먹으로 바꿔놓는다.

이 말을 하는 것도 중요하다. 여러 면에서 엄마와 아빠는 정말 좋은 부모였다. 나는 다양한 순간에 전통적으로 남아시아 딸에게 기대되는 틀에 박힌 역할을 수행하기를 거부했지만, 그분들은 남아시아 부모 대부분이 하지 않는 방식으로 자녀들에게 힘을 주는 부모였다. 그들은 항상 금전적으로 아낌없이 베풀었다. 대부분의 친구들과 달리 나는 대학 시절에 일을 할 필요가 없었으며 대출 없이 졸업할 수 있었다. 학자금 대출이 인생을 불구로 만드는 요즘 세상에 그건 엄청난 선물이었다. 그분들은 내 또래들이 상상할 수조차 없는 장소들로 우리를 데려가줬다. 믿기 힘들 만큼 후한 행동으로는 이런 게 있다. 아빠는 최근 휘트와 내가 집을 사는 데 도움을 주었다. 내가 첫번째 책 판매로 고투하고 있을 때 엄마는 여유가 있을 때마다 수표를 보내줬고, 스리랑카에 가면 그곳에 있는 그녀의 집에 머물게 했다. 이런 면에서 그들은 다정하고 후한 분들이다. 나는 그 사실을 알고 있으며 우리에게 쌓인 진실의 일부로 간직한다. 나는 내 유년기를 둘러싼 침묵을 깨는 것이 그분들에게는 극심하게 배은망덕한 행동으로 느껴지리라 확신한다. 그래서 그분들이 베풀어준 많은 선물에 대해 정말 감사하다고 말해야겠다.

가끔 내가 자란 집을 방문하면, 여동생과 나의 사진 수십 장을 본다. 대부분 유년기에서 사춘기 시절 사진이다. 시계가 마치 그때 멈춘 것 같다. 나는 부모님이 나를 사랑하고 그리워한다는 것을 안다. 나 또한 우리가 잃은 모든 것이 너무 슬프다. 하지만 나는 나만의 우물 바닥까지 닿아보았다. 연민은 있지만 그 이상 서로 연결되고 싶다는 바람은 거의 없다.

내가 어린 시절을 보낸 집을 나서자 부모님은 밖에 나와서 손을 흔들었다. 그녀는 앞쪽 계단에, 그는 잔디밭 가장자리에 서 있다. 두 분은 내가 차를 몰아 떠나는 동안 손을 흔들고 또 흔든다. 내가 시야에서 사라질 때까지 집에 들어가지 않을 것이다. 백미러에서 계속 손을 흔들던 두 분의 모습은 조그마한 아이처럼 아주 작아졌다가 이내 사라졌다.

그러고는 서서히 내가 스스로를 위해 다른 길을 만들어왔다는 사실이 떠오른다. 나는 내 마음을 알고, 그것을 안전하게 지켜줄 이들을 찾았다. 나는 나 자신을 매일매일 대부분 내가 좋아하고 존경하고 사랑하는 누군가로 만들어왔다. 나 자신에게 나아갔고, 사랑도 전염된다는 것을 배웠다. 치유가 가능하다는 것도 배웠다. 어릴 때는 상상할 수조차 없었던 인생을 우리가 만들 수 있다는 것, 그리고 과거의 어린 우리를 새롭고 눈부신 인생으로 데려갈 수 있다는 것을 배웠다.

후기: 이 에세이가 출간되기 여섯 달 전에 나는 엄마에게 그 글을 보내드렸다. 엄마는 이메일로 이렇게 답장했다. "두와Duwa, 네가 이 에세이를 출간하다니 정말 자랑스럽구나! 많은 사람에게 도움이 될 거야. 우리 인생에서 벌어진 일들에 대해서는 정말 미안하구나. 모두 내 책임이야. 하지만 과거를 바꿀 순 없잖니! 난 너를 아주 많이 사랑하니 앞으로 우리가 더 좋은 관계를 만들어가면 좋겠구나. 네가 이룬 모든 게 자랑스러워. 사랑해, 엄마가."

엄마에 대한 모든 것

브랜던 테일러

    엄마는 누구와도 자신에 대해 많은 걸 공유하지 않았다. 남부 지역 가족들은 이야깃거리가 많다고들 하는데 우리 가족은 아니었다. 아니면 우리 가족도 이야깃거리가 많지만 서로 공유하지 않은 것일 수도 있다. 만일 얘기하더라도 너무 큰 대가가 뒤따르는 바람에 며칠은 대화가 없곤 했다.

    언젠가 엄마는 내가 아주 어렸을 때 공갈 젖꼭지를 빼지 않으려 했다고 말해줬다. 내가 한 살이었을 때 엄마는 그걸 빼앗으려 해봤고, 내가 두 살이었을 때 또다시 시도했지만 실패했다. 그녀는 내가 어딜 가나 그걸 지니고 다니며 빨고 또 빨면서 잠이 들 때까지도 빼지 않으려 했다고 말했다. 내가 젖병을 물고 있을 때 가져가려고 해봤지만, 내가 꼭 움켜쥐고 있었다고 했다. 그녀는 그것을 내 손에서 쉽게 가져갈 수 있었을 것이다. 나는 그래봤자 아기였으니 저항할 수 없었을 것이다. 하지만 결정적인 순간에 그녀는 힘을 발휘하지 못했다. 그녀는 그걸 잡아당겼고, 나는 입으로 아니면 손으로 꽉 붙들었다. 눈물이 그렁그렁 맺히고 내 몸에 비해 너무 커다란 것을 삼키기라도 한 듯 딸꾹질을 시작했다. 그녀는 당겼고 나는 버텼으며, 그녀는 내게서 그걸 빼앗아가지 못했다.

그러던 어느 날 배가 아팠다. 나는 항상 속이 좋지 않았다. 뜨겁고 열을 뿜어내는 뭔가가 항상 뱃속을 뒤집어놓았다. 그러다 혼자 화장실에 들어가 토했고 그녀가 따라 들어왔다. 내가 변기에 고꾸라져 있어서였다. 그녀는 나를 내려다보다 내가 토사물에서 공갈 젖꼭지를 다시 꺼내려 하는 걸 알아챘다. 그녀는 기회다 싶어 물을 내렸다.

엄마는 그 이야기를 나의 다섯 살 생일에 처음 말해줬던 것 같다. 방에 있던 모두가 나를 보고—소년이 된 나인지 걸음마를 뗀 아기였던 나인지는 알 수 없었다—깔깔 웃었다. 그녀는 우리가 살던 그 오래된 트레일러하우스의 조리대에 서 있었다. 그녀는 손을 허리께에 얹고 고개를 가로저었다. 그러고는 말했다. "넌 항상 그런 식이었어. 먹보였지." 나는 그 말에 마음이 상했다. 몸이 붇기 시작한 터였다. 이미 비만아용 옷을 입었다. 그녀는 한번 더 말했고, 또 한번 반복했다. "먹보야. 먹보." 그녀의 목소리가 웃음소리

파도를 탔고, 나는 바닥에 앉아 삼촌이 사준 장난감을 가지고 놀고 있었다. 얼굴이 뜨겁게 달아올랐다. 그녀는 다시 고개를 저었다. "응석받이로 자랐어." 그녀가 말했다. 응석받이. 먹보. 누군가 나를 '뚱보 앨버트'*라고 부른 뒤로 그 별명은 내내 나를 따라다녔다. 왜냐하면 우리 아빠의 이름이 앨빈이고 가끔 앨버트라고도 불렸기 때문이다. 게다가 나는 뚱보였다. 뚱보 앨버트. 그게 그녀가 준 생일선물이었다. 그리고 핫도그. 너무 오래 삶아서 가운데가 터진 소시지를 흰 빵 사이에 끼운 핫도그와 함께 말이다.

　나는 그 이야기가 여러 이유로 신기하다고 생각하는데, 가장 큰 이유는 엄마가 내 공갈 젖꼭지를 차마 가져갈 수 없었다는 사실이다. 은혜롭고 자비로운 행동이 놀라울 따름이다. 그동안 대체 무슨 일이 있었기에 그녀는 우는 아기의 공갈 젖꼭지도 못 빼앗는 사람에서 자기 생일에 사탕과 케이크를 먹는 아이를 먹보라고 부르는 사람이 된 걸까. 그녀는 그 이야기를 자주 했다. 그 이야기가 신기하게 느껴진 두번째 이유는 정말 일관적이라는 점이다. 다른 이야기는 언제나 엄마의 기분에 따라, 혹은 그 얘기로 뒷받침하고 싶은 요점에 따라 바뀌었다.

---

　* 1970년대 미국의 인기 애니메이션 시리즈 제목이기도 하다.

내가 아주 어렸을 때 엄마는 동네 모텔에서 객실 청소원으로 일했다. 부모님 중 누구도 운전을 하지 않아서—엄마는 수년 전 운전을 하다가 차가 도로 밖으로 넘어가는 바람에 운전 콤플렉스가 생겼고 아빠는 법적으로 시각장애인이기 때문이다—우리집에는 차가 없었다. 출근할 때 엄마는 이모들 중 한 명의 차를 얻어 타거나 아빠 쪽 친척 남자들에게 5달러를 주고 태워달라고 했고 퇴근할 때 다시 5달러를 내고 태워달라고 했다. 당시 우리는 조부모님의 대지 뒤편, 축축한 진흙땅을 덤불로 개간한 1.5에이커짜리 땅에 살았다. 부모님은 그들만의 땅을 소유한 적이 한 번도 없었다. 그리고 그 트레일러하우스는 할머니의 자매로부터 물려받은 것이었다. 그분은 증조할머니의 땅에 있는 적토 언덕 밑자락에서 살려고 그곳을 떠났다. 지금 생각해보면 이상하다. 우리 친척들은 어쩌다 그런 식으로 군집해 사는지, 그 자녀들은 어떻게 자기 땅 한번 가져보지 못하고 너무 늙거나 가족이 너무 많아져서, 너무 익어서 뜰에 떨어진 과일처럼 될 때까지 부모 곁에 머무르는지. 하지만 내가 말했듯 운전을 하지 않는 우리 부모님에게는 편했다.

엄마는 일을 했다. 아빠는 할 수 없었으니까. 나는 아빠에게 어느 만큼 보이는지 물어본 적이 없었다. 그래도 그의 시력이 어느 정도인지 간접적으로 시험해보긴 했다. 보통 아이들이 부모의 사랑을 시험해보는 식으로. 나는 그가 방에 혼자 가만히 서 있거나 앉아 있을 때까지 기다리곤 했다. 다른 사람이 내 이름을 부르거나 그 놀이를 하는 걸 보아선 안 되었기에 그가 혼자 있는 게 중요했다. 나는 그의 바로 옆이나 멀찍이 떨어진 복도에 서서 그가 돌아봐주기를 기다렸다. 나는 꼼짝도 하지 않았다. 만약 내가 숨을 쉬지 않거나 움직이지 않거나 발아래 바닥이 삐걱거리는 소리를 내지 않으면, 그가 소리로 나를 찾을 일은 없을 거라고 생각했다. 가끔 그는 내 방에 들어와서 주위를 잠깐 둘러보았다. 나를 쳐다보긴 했지만 나를 보는 것은 아니었다. 그가 내 방으로 걸어들어와 이름을 부르는 경우도 있었지만 그건 누군가를 바라보며 그 사람의 주의를 끌기 위한 것이 아니었다. 누군가를 찾을 때의 목소리였다. 울창한 나무 벽에 가려 눈에 보이지 않는 뭔가가 필요해서, 그것이 자신에게 와주기를 바랄 때, 그것이 어디에 잠들어 있건 일어나서 자신을 향해 바람처럼 날아와주기를 바랄 때의 목소리였다. 그는 내 방에 들어와 내 이름을 부르고는 나를 보지 못하고 다시 나갔다. 나는 바로 거기 침대나 바닥에, 아빠의 정면에 있었다. 엄마는 일을 했고 그래서 우리는 자주 단둘이 있었다. 내가 즐겨 하던 또다른 놀이는 아빠가 내 이름을 부르다 목소리가 점점 쉬고 지칠 때까지 기다리다가, 그의 뒤로 바짝 다가가서 축축해진 등허리에 얼굴을 대고는 옆구리를 꽉 잡으며 이렇게 말하는 것이었다. "나 여기 있어. 아빠가 놓쳤네."

그러면 그는 신음하고 투덜대다가 팔을 뻗어 나를 꼬집고는 말했다. "그래, 아빠가 놓쳤네."

오후 늦게 집에 오는 엄마는 참을성이 없었다. 그녀가 내 이름을 부르면 딱딱하고 싸한 뭔가가 등줄기를 타고 내려가는 게 느껴졌다. 엄마가 있는 곳이 어디건 그리로 튀어가면 그녀는 이미 잔뜩 화가 난 표정으로 나를 보고 있었다. 눈은 유난히 어둡고 찌푸려져 있었다. 엄마의 새까만 머리는 원래 보브 펌 스타일이었는데 내가 십대이던 시절 삭발을 했다. 대체로 장신구는 걸치지 않았다. 잔인한 비밀 같은 게 있어서 그 어떤 것도 찢기거나 터져서 파편이 되지 않는 한 그녀에게 붙어 있거나 가까이 있을 수 없는 것 같았다.

엄마가 근처에 있을 때면 공기가 어두워지고 싸늘해졌던 기억이 난다. 그리고 엄마가 어떤 이유로 나를 때릴까 두려웠던 게 기억난다. 내가 해명할 수 없는 이유로, 그녀가 낌새를 챈 뭔가 때문에. 그녀는 아이들과 함께 놀아주는 부류가 아니었다. 설사 그녀가 우리랑 같이 웃어주려고 애쓸 때도 나는 항상 옆구리를 찌르는 조롱의 칼날이 느껴졌다. 바깥 계단 위로 그녀의 발걸음소리가 들리기 시작하면 나는 침대에서 폴짝 튀어나와 창문에 얼굴을 대고 그녀가 한 걸음에 한 계단씩 올라오는 걸 지켜보았다. 우리집으로

저벅저벅 걸어들어오는 발 아래에서 먼지 쌓인 견고한 계단이 흔들렸다.

그녀는 가끔 다른 사람들의 삶에서 잊히거나 버려진 물건이 가득한 비닐봉지를 가져왔다. 자신이 일하던 모텔에서 베개를 가져오기도 했다. 충전기와 전기 코드를 한 뭉텅이 가져오기도 했다. 때로는 장난감이나 셔츠를 가져왔다. 언젠가 동네 골프장에 딸린 호텔에서 일했을 때는 집에 온갖 것, 더 비싼 것들을 가져오곤 했다. MP3 플레이어, 카메라, 유명 브랜드 골프 폴로셔츠, 비누와 샴푸. 우리가 살던 트레일러하우스와 동떨어져 보이는 물건들이었다. 그녀는 물건을 하나씩 가져올 때마다 우리를 그 집에서 끌어올리려고 노력하는 것 같았다. 우리 삶의 궤도로 끌려온 물건들이 뿜어내는 그 기이한 중력을 통해 우리의 상황을 더 날카롭게 인식하는 게 아니라, 그만큼 더 잘살게 되기라도 하는 것처럼.

아주 어렸을 적 기억에는 없지만, 내게는 형이 한 명 있다. 그는 항상 집밖을 돌아다녔고 트레일러하우스 아래에서 쿵쿵거리며 놀거나 숲속으로 사라지곤 했다. 나중에 돌이켜보니 어린 시절 기억의 그 두드러지는 온유함이, 그것의 회색빛 색조가 놀랍다. 하지만 내가 가장 신기하다고 여기는 것이 다른 사람들에게는 평범해 보일지도 모르겠다. 부모님은 내 인생의 첫 몇 년 동안 나를 집에만 머물게 했다. 그래서 그 시절에 대한 기억들은 울타리에 갇힌 듯한 인상이다. 나는 우리집 뜰 밖으로 나가는 게 허용되지 않았다.

내가 대여섯 살이 되자 도로까지 나가는 것이 허용됐다. 다시 말해 우리집 뜰을 벗어나 조부모님 댁 뜰까지 돌아다녀도 된다는 뜻이었다. 들장미 덩굴과 나무를 헤치고, 협곡의 진흙 둑을 훌쩍 넘고, 미끄러운 경사면을 타고 내려가 도랑의 자동차 부품들 위로 자란 칡 골짜기로 떨어져도 된다는 뜻이었다. 하지만 도로를 건너 고모 집에 가는 건 허용되지 않았다. 고모는 내게 장난감과 선물을 주고 나와 놀아주고 그녀의 머리를 빗질하는 것도 허락해주는 사람이었다. 아빠가 내 손을 잡고 길을 건너가는 걸 도와줄 때만 고모 집에 갈 수 있었다. 이 시기에 도드라지는 또다른 기억은 내가 아빠의 손을 놓고 앞서 달려간 적이 없었다는 것이다. 나는 도로에서 한 번도 손을 뿌리치며 짜증을 내거나 아빠와 싸운 적이 없었다. 한 번도 아빠에게 나쁜 행동을 한 적이 없었다. 요즘 거리의 아이들은 부모로부터 도망치려고 하는 것으로 자신의 독립성을 시험하는 것 같다. 부드럽게 손가락을 빼내고 여기저기 쏜살같이 달려가다보면 별안간 차가 쌩 스쳐지나간다. 바로 그 순간 세상은 돌연 훨씬 작아지거나 훨씬 거대해진다.

하지만 나는 아니었다. 길을 건널 때는 아빠의 손을 꼭 잡았다. 혹은 아빠를 찾으며 그에게 데려다달라고 할머니를 졸랐다. 한번은 허락 없이 그 도로를 건넌 적이 있었다. 엄마는 내가 초등학교에 신고 갈 신발을 사러 시내에 나가 있었다. 몇 주 뒤면 나는 초등학교 1학년이 될 터였다. 그래서 들떠 있었다. 나는 도로를 건너 고모를 보러 달려갔다. 고모네 언덕 아래에 서서 헉헉 숨을 고르며, 퇴근해 차에서 내리는 고모에게 손을 흔들었다. 고모는 내게 과자를 주었다. 포도도 주었다. 만화를 보여주고 집에 바래다줬다. 그리고 엄마가 나를 기다리고 있었다. 아니, 정확히 말하면 그녀가 나를 위해 뭔가를 샀는데 할머니네 뒷방에서 그 물건이 기다리고 있다는 얘기를 친척들에게 들었다. 그리고 내가 그 방 침대 위에 있는 신발 상자를 집어들고 문간에 쳐진 커튼을 젖히고 나가자, 돌연 엄마가 바로 앞에, 무시무시하고 거대한 모습으로 서 있었다. 엄마는 내 팔을 거세게 잡더니 나를 때리고 또 때렸다. 그러고는 그 신발을 빼앗으며 말했다. 내가 다 자란 것 같다 싶으면 맨발로 학교에 가라고.

하지만 그전에, 내가 걸음마를 하는 아주 작은 아기이던 시절에 부모님이 나를 집에 가만히 두었던 것은 신기하기만 하다. 그건 가늠할 수 없을 정도로 여린 뭔가를 보여주는 듯하다. 누군가를 사랑하면 하게 되는 그런 것. 그리고 바로 그것 때문에 나는 힘들다. 부모님은 네 살인 나를 집에만 둘 정도로 나를 사랑했다. 혼자서는 계단도 못 내려가게 할 정도로 사랑했다. 부모님은 내 손을 잡고 함께 계단을 내려갔다.

엄마가 돌아가시고 아빠가 내게 처음으로 한 말은 엄마가 나를 사랑했다는 것이었다. 그리고 그때 나는 그 말이 참 웃기다고 생각했다. 엄마의 사랑이 명백해서가 아니라―그건 정말 명백하지 않았고, 지금도 그렇지 않다―그 말이 내게 정말 의미 있으리라 생각한 아빠 때문이었고, 당시 내게는 그 말이 무의미하게 느껴졌기 때문이었다. 나는 코웃음을 치며 농담을 던졌고 아빠는 다시 한번 말했다. 엄마는 널 사랑했어. 너도 알 거야, 그렇지? 엄마는 널 사랑했어.

우리 가족은 그런 말을 하지 않았다. 닫힌 문 뒤에서 거듭 분노를 삭이는 게 우리 가족이었다. 사랑해나 잘 자 혹은 좋은 아침이야 같은 말은 하지 않았다. 말을 하는 행위 자체가 긴장되고 힘들었다. 짧게라도 무슨 말을 한다는 건 자신의 가장 연약한 부분을 드러내 보이는 것처럼 느껴졌다. 그래도 나는 어쨌든 말했다. 용기 혹은 그 비슷한 무엇 덕분이 아니라 바보 같아서. 어쨌거나 아이들이 말하는 방식이었다. 우리 가족은 아무 의미 없는 잡담을 한다. 그런데 엄마가 돌아가신 뒤 아빠가 그런 얘기를 꺼낸 것이었고, 나는 갖은 쇼를 하며 그 말에 답하지 않으려 했다. 어떤 규칙에 따라 오랫동안 게임을 이어왔는데 이제 와서 규칙을 바꾸는 건 무의미해 보였다.

하지만 최근에는 내가 가족의 아기라서, 버릇없고 골칫거리인 막내라서 나만 이런 기분을 느끼는 건지 궁금해지기 시작했다. 그동안 나는 아빠가 나를 못 보는 줄 알고 그곳에 없는 척 꼼짝도 하지 않으며 그에게 장난을 쳤다고 생각했다.

내가 살금살금 다가가며 즐거워하는 걸 아빠가 알고도 못 본 척해줬으리라는 생각은 전혀 하지 못하고 내가 상황을 주도하고 있다고 생각했으니, 나는 얼마나 자기중심적인 아이였나.

우리는 첫 장면에서 많은 걸 놓친다.

우리 엄마는 2014년 돌아가셨다. 내가 이 글을 쓰기 사 년 전이었다. 그녀는 짧은 기간 동안 극심하게 암으로 아팠다. 나는 이 시기를 어떻게 묘사할지 몹시 고민했다. 투병이라고 말하고 싶진 않다. 정확히 말해 그녀가 병과 싸운 건 아니었으니까. 그녀는 몸에 암이 생겼다. 그리고 그것 때문에 사망했다. 그러나 그걸 표현하는 단어가 없다. 병으로 죽으리라는 것을 알면서 그 병과 함께 지내는 시기를 지칭하는 단어. 그녀는 폐암이었다. 식도 종양에서 자라나서 어쩌고, 뭐 그런 이야기. 우리 가족의 이야기들을 어떻게 이해해야 할지 정말 모르겠다. 그중 어느 만큼이 진짜이고 어느 만큼이 불협화음을 없애려 지어낸 이야기인지 정말 모르겠다. 하지만 내가 진정 아는 건 그녀는 암으로 아팠고, 지금은 죽었고, 죽은 지 몇 년이 지났다는 것이다.

엄마가 세상을 떠나기 전에 나는 논픽션을 자주 쓰지 않았다. 학교에 제출하는 에세이조차 반은 건성이었다. 사실과 사이가 좋지 않은 가정에서 자라면 이렇게 된다. 엄밀히 말해 내가 말하는 것은 진실이 아니다. 나는 가족들이 최선의 방식으로 그들이 아는 진실을 말했다고 생각한다. 내가 말하려는 건 우리가 진실을 구성한다고 가정하는 것들, 사실들이다. 예를 들어 아주 어렸을 적에 나는 할아버지에게 닭 농장에서 모은 달걀 속에 병아리가 들어 있느냐고 물었다. 그는 내게 아니라고 답했다. 우리가 먹는 달걀은 수탉, 남자 닭에서 나오는 거라서 병아리가 든 달걀은 없다고 했다. 나는 오랫동안 그 말을 믿었다. 그리고 그게 진실이 아님을 알게 된 후 그에게 물었다. 그러자 그는 어깨를 으쓱하더니 말했다. "음, 그거 대단한걸."

또 다른 예는 이렇다. 암 진단을 받은 그녀는 의사가 항암 치료와 호스피스 중에 선택할 기회를 주더라고 말했다. 그녀는 호스피스라는 말에서 약간 머뭇대더니 웃었다. 그녀가 말했다. 난 싸움꾼이야. 난 싸우지. 나중에 할머니는 이렇게 말했다. 엄마가 호스피스를 선택하지 않도록 설득하느라 애를 먹었다고. 엄마가 죽음을 기다리겠다며 호스피스 서류에 사인을 하려고 했다는 것이었다. 또다른 이야기는 내가 엄마와 나눈 마지막 대화다. 엄마는 형이 너무 성가시다고, 쉴새없이 전화를 한다고, 형이 너무 귀찮고 성가시고 거슬리게 해서 그녀가 쉴 시간이 없다는 얘기였다. 그런데 형은 이렇게 말했다. 엄마와 통화하면 엄마가 그를 사랑한다고 말하며 울고 또 운다고. 그들은 나에 대해선 전혀 얘기하지 않았다.

나는 사실들을 가지고 말하는 게 어렵다. 사실들을 가지고 무엇을 할지, 어떻게 엮어야 그럴듯한 이야기로 만들 수 있을지 잘 모르겠다. 디테일을 주의깊게 묘사하면 진실이 튀어나온다. 사실이란 진실과 관련있는 디테일을 말한다. 하지만 어떤 디테일이건 진실과 관련있는 것처럼 보이게 배열될 수 있다─우리가 진실을 알아보는 순간, 이전에는 진실이 아닌 듯 보였더라도, 그것의 디테일은 사실이 된다. 내가 에세이를 다루기 어려워한 이유는 그것이 언제나 내 손에서 미끄러지듯 빠져나가는 느낌이 들어서였다. 우리 가족은 유령과 귀신을 믿었다─바닥에 등을 대고 자면 마녀가 몸 위에 올라타서 목을 조르거나 저주를 내린다, 돼지고기나 소금을 너무 많이 먹고 자면 마귀가 방에 들어와 꿈속을 찢고 들어온다. 내가 아는 것들은 온통 모호하고 간접적인 것과 관련되어 있는데, 에세이와 그것의 질서정연함과 단순명쾌함으로 내가 무엇을 해야 했을까? 사랑을 예로 들어보면, 어떤 이들은 신체적 접촉이나 언어, 혹은 애정이 담긴 수단으로 사랑을 표현한다. 우리 가족에게 사랑이란, 큰 피해를 입지 않은 순간들이 서서히 쌓여 만들어진 축적물이다.

간접적으로 전해진 사랑도 사랑이라고 할 수 있을까? 그건 사실일까, 아니면 그저 디테일일까?

나는 논픽션보다 소설이 훨씬 편안하다. 소설에서는 무엇이 현실이고 현실이 아닌지, 무엇이 진실이고 진실이 아닌지, 어떤 디테일이 사실이고 어떤 것이 디테일일 뿐인지 작가가 결정할 수 있다. 소설에서는 내가 진실의 유일한 원천이자 진실을 알아보는 눈이다. 하지만 엄마에 대해 쓰려고 하자 나의 모든 이야기는 김이 빠졌다. 그녀를 소설의 언어로 옮길 수가 없었다. 그럴 것 같았다. 사실 엄마가 죽어가는 날들이 적힌 내 일기는 날씨와 내 안의 틈에서 쏟아지는 감정들에 대한 디테일들로 빼곡하다. 그 시기 초기에 나는 뭔가를 명확히 밝히고 디테일들을 하나로 엮어 앞으로의 일들을 견디게 해줄 수 있는 어떤 단서나 실마리를 찾아내려고 애썼다. 그러면서도 엄마에게 당한 그 모든 증오스러운 일, 혹은 엄마에게 품은 그 모든 증오스러운 감정 때문에, 내가 그렇게 슬퍼할 자격이 없는 것처럼 느껴졌다.

엄마에 대한 디테일을 조금 말해보자면 이렇다. 한번은 그녀가 나보고 퀴퀴한 냄새가 난다면서 사람들이 모인 자리에서 겨드랑이를 닦도록 했다. 또 한번은, 내가 침대 밑에 둔 일기장을 펼쳐 사람들 앞에서 크게 소리내 읽었다. 나를 젖비린내 나는 아기, 계집애 같은 아기라고 부르며 내 말투를 놀리기도 했다. 언젠가 내 옷장에서 무기명 수표를 발견하고서 내 은행 계좌에 있는 돈을 몽땅 써버리려 했다. 또 조카에게 학용품을 사주려면 200달러가 필요하다고 해놓고 그 돈을 내추럴라이트*를 사는 데 써버렸다. 나를 미친듯이 때리다가 머리 위 전등을 깼고, 나더러 어둠 속에서 침대보에 떨어진 유릿조각을 주우라고 했다. 그녀의 친구들은 모두 그녀를 사랑했다. 그녀에게는 사람들을 끌어당기는 매력이 있었다—몇 시간 동안 얘기를 들어줄 수 있었고, 동네방네 소문을 백과사전처럼 모두 꿰고 다녔고, 유쾌했으며, 예리하고 정확한 관찰력으로 사람을 송두리째 꿰뚫어봤기에 누구건 자기 자신에 관한 이야기를 듣고도 웃을 수밖에 없었다. 그녀는 기꺼이 시간을 내줬다. 세상의 많은 것을 원했지만 정작 세상은 그녀에게 줄 수 있는 게 별로 없었다. 그녀는 죽길 원했지만 할머니가 그렇게 내버려두지 않았다.

---

*미국의 맥주 상품명.

엄마에 대한, 슬픔에 대한 소설을 쓰지 못하게 나를 가로막은 건 내가 그녀에게 진심어리고 인간적인 감정이 없기 때문이었다. 혹은, 아니, 정확히 말하자면 그건 진실이 아니다. 내게 결여된 건 그녀에 대한 공감이었다. 나는 나 자신의 감정에만 너무 관심을 쏟은 나머지 그녀의 감정이나 그녀가 인생에서 원한 것을 살펴볼 여유가 없었다. 그녀가 한 사람으로서 설 공간을 남길 수 없었다. 결국 인간은 다른 사람이 고통받거나 곁에서 사라져야 그 존재를 실감한다. 그제야 상상력이 작동하기 시작하고 사건들을 정리하고, 바로잡고, 이해해보려고 노력한다. 나 자신의 감정을 완전히 이해하지 못해서 소설을 쓸 수 없었다. 여전히 그녀를 이해하지 못해서 혹은 그녀의 인생이 그녀 자신에게 어떤 의미였는지 이해하지 못해서 소설을 쓸 수 없었다. 나의 분노와 공포, 슬픔에만 어린애처럼 몰두하고 그게 옳다고 여겼다. 우리 사이의 그 모든 섬뜩한 공통점을 지나쳤다—그녀의 트라우마, 나의 트라우마, 그녀의 강간, 나의 강간, 그녀의 분노, 나의 분노를. 그렇다고 내가 그녀를 정말 사랑하게 되었다는 건 아니다. 하지만 친구들이 내게 베풀어준 은총을 내가 그녀에게 베풀 수 있다는 것을 알게 되었다. 그것이 글쓰기의 아름다운 점들 중 하나다. 글을 쓰면서 타인에 대해 알아가고, 타인을 앎으로써 우리 자신에 대해 알아가는 것.

글을 쓸 때 가장 어려운 것 중 하나는 부분을 취사선택하는 지능을 한쪽에 제쳐두고, 그 자리를 다른 지능으로 대체해야 한다는 것이다. 타인의 고통, 특히 가까운 사람들의 고통에 관해 쓸 때는 스스로를 통째로 그들에게 바쳐야 한다. 그들이 말을 끝내기가 무섭게 얼마나 동의하는지 말하면서 자신만의 반전을 보태서는 안 된다. 참으로 이상한 건, 우리에게 상처를 준 누군가를 이해하려면 그 사람이 우리의 내면에 머무는 걸 허락하며 우리를 해치지 않으리라 믿어야 한다는 점이다.

세례식에 대해 아는가? 세례식 집행자가 우리를 어떻게 잡고 물속에 담그는지? 마찬가지다. 그들이 우리를 꺼내올려주리라 믿어야 한다.

그녀의 이름은 메리 진 스피너. 젊은 나이에 세상을 떠났다. 일을 정말 열심히 해서 뒤꿈치가 갈라지고 회색이었다. 스콜*을 씹다가 내추럴라이트 캔에 뱉었다. 모든 일일 드라마를 어김없이 챙겨 보았다. 좋아하는 생선은 민대구. 소금은 먹지 않았다. 설탕도 먹지 않았다. 닭을 까맣게 튀겼다. 아침과 오후에 혈당을 확인했고 검사 용지를 갖다대면 자줏빛 핏방울이 납작하게 퍼졌다. 왼손을 떨었다. 코는 앙증맞고 눈꺼풀은 처지고 눈동자는 어두웠다. 가장 좋아하는

---

* 미국의 씹는담배 상표명.

색은 초록색. 좋아하는 TV 프로그램은 〈베벌리힐스 아이들, 90210〉*이었다. 휴 그랜트를 좋아했다. 웃는 걸 좋아했다. 좋아하는 음악은 블루스. 노래할 때 목소리는 끔찍했지만 노래 부르기를 좋아했다. 어릴 때 한 남자가 그녀를 강간했지만 아무도 그 일에 대해 어떤 말도 하지 않았다. 아무도 그 일에 대해 어떤 행동도 하지 않았다. 그녀는 그를 매일 보았다. 매일 술을 마셨다. 때때로 눈물이 날 만큼 배가 아파서 먹지 않았다. 하지만 울지 않았다. 절대로 울지 않았다. 딱 한 번, 울었다. 그녀의 자매가 그녀더러 못난 거짓말쟁이라고 했을 때였다. 둘 모두 다 큰 어른일 때였다. 그녀는 집에 와서 몇 시간 동안 침대에서 울었다. 그녀는 벌레를 싫어했다. 목소리는 거칠었다. 누가 자신을 만지는 걸 싫어했다. 누가 자신을 바보인 것처럼 말하는 걸 싫어했다. 비밀을 싫어했다. 절대 진실을 말하지 않았다. 항상 춤을 췄다. 늦게 잠자리에 들었다. 늦게까지 깨어 있었다. 잠을 잘 이루지 못했다. 다른 사람들의 꿈에 대해 듣는 걸 무서워했다. 다른 사람들이 꾼 꿈 이야기는 소름 끼치는 소리처럼 들렸다. 어떤 것으로건 농담할 줄 알았다. 이야기하는 걸 사랑했다. 마법을 믿었다. 아무도 그녀를 위해 맞서주지 않았으므로 스스로 맞서야 했다. 그리고 얼마 후, 그녀는

---

* 2008년부터 2013년까지 방영된 미국 청소년 드라마.

혼자 맞서는 데 지치고 말았다.

　내가 그녀를 더 잘 알 수 있었더라면.

　우리는 좋은 친구가 되었을 텐데.

　내가 더 노력했더라면. 더 일찍 노력했더라면.

　이 이야기로는 충분하지 않다. 결코 충분할 수 없다.

　하지만 나는 이제 그만 멈춰야겠다.

그 언덕에서 두려움을 만났다

레슬리 제이미슨

때는 1966년 여름, 셸라와 피터는 버클리에 사는 어린 부부다. 그들은 서로 아주 사랑한다. 난생처음 애시드*로 강렬한 환각을 경험하면서 틸든공원에서 원시 생물 아니면 적어도 도롱뇽으로 가득찬 실개울을 걷는다. 나뭇잎은 에메랄드빛. 온 세상은 아메바. 그들은 아담과 이브가 되어 그 동산에 돌아왔다.

셸라와 피터는 전직 변호사인 마약 거래상으로부터 공동주택 단지의 방 한 칸을 빌린다. 동네의 와일드 빌이라는 인물은 환각 상태에서 그들의 방 벽에 페인트로 이렇게 써놨다. "오 주여, 제가 **악몽**을 꾸는 것만 아니라면, 설

---

* 마약의 일종인 LSD를 가리키는 속어.

사 제가 밤톨만한 곳에 묶여 있더라도 저 자신을 무한한 공간의 왕이라고 여기며 살 수 있습니다." 그들은 대마초 페스토를 넣어 만든 스파게티와 대마초 버터를 넣고 구운 쿠키를 먹는다. 약 때문에 그들의 마음은 토끼털이 쌓인 듯하다. 그들은 광란에 휩싸인 디너파티에 참석한다. 거기서 어느 유명한 시인과 아내를 바꿔 관계를 갖는다. 그들은 사랑이 소유에서 벗어나야 한다고 믿는다. 하지만 그들이 선택한 개방 결혼은 셸라가 다른 이와 사랑에 빠지면서 휘청이기 시작한다.

이 이야기는 1968년 피터 버걸이라는 남자가 쓴 미발표 소설 『길의 이별』의 대략적인 줄거리다. 젊고 열정적인, 그리고 망가지고 연약한 두 사람에 관한 이야기다. 그리고 그것은―궁극적으로는―그들이 함께 그리던 미래가 와해되는 이야기다. 또한 우리 엄마의 이야기다.

엄마가 되기 전 엄마의 모습은 항상 내 마음속에 신화 모음집처럼 살아 있었다―반은 지어낸, 현실적으로 거의 불가능한 모습이었다. 그녀가 등장인물로 나오는 소설을 읽는다는 건 이미 실제처럼 느껴지던 것을 문자화한 것에 불과하다. 그녀의 젊은 시절은 실제보다 과장되어 보였다.

엄마의 이름은 셸라가 아니다. 엄마는 셸라라는 이름을 싫어한다. 그녀의 이름은 조앤이다. 그녀는 리드대학교 2학년 때 피터와 사랑에 빠진다. 피터는 실제 이름도 피터다. 두 사람은 그가 졸업하고 결혼했다. 그녀가 졸업하기 일 년 전이었다. 그리고 그로부터 이 년 후 두 사람은 이혼했다. 둘이 함께한 시절은 나를 매혹했다―특히 그들이 버클리에서 히피로 살면서 개방 결혼을 제대로 이어나가보려고 노력한 시절이 그랬다. 왜냐하면 내가 아는 엄마는 출퇴근길 고속도로에서 NPR 방송을 듣고 오븐으로 캐서롤을 만드는, 내 어린 시절의 평범한 일상 속에만 존재했기 때문이다. 나의 절친한 친구가 언젠가 말하길 우리집 냉장고는 항상 콩이 들어간 남은 음식들로 가득차 있었다.

엄마와 나의 관계에 대해 내가 뭐라고 말할 수 있을까? 내 어린 시절의 숱한 세월 동안 우리는 둘뿐이었다. 우리는 저녁으로 채식 슬로피조*를 만들었다. 일요일 밤이면 아이스크림 그릇을 각자 하나씩 끼고 나란히 앉아 〈제시카의 추리 극장〉을 보았다. 새해가 되면 각자 소원을 적은 종이를 촛불에 태우는 의식을 치렀다. 어린 시절 사진을 보면 엄마가 나를 안고 있는 것이 많다―한쪽 팔로는 내 허리를 감싸고 다른 쪽 팔로는 뭔가를 가리키며, 저것 봐, 라고 말하면서 내 시선을 평범하지만 진기한 것들로 이끌었다. 나에 대한 엄마의 사랑, 엄마에 대한 나의 사랑은 거의 다르

---

* 다진 고기와 토마토소스를 볶아 만든 요리. 주로 빵에 얹어 먹는다.

지 않다. 그녀는 항상 내가 사랑을 정의하는 데 결정적인 사람이었다. 우리의 평범한 나날이 내게는 전부였다고 말하는 게 하나 마나 한 소리인 것과 마찬가지다. 그 평범한 나날 자체가 바로 나였기 때문이다. 그 나날이 나를 이루었다. 지금도 그렇다. 내가 아는 한 나의 어떤 부분도 그 나날에서 벗어나 존재하지 않는다.

엄마가 전화로 눈물에 젖은 내 목소리를 들어준 게 몇 번이던가? 나는 전화기 너머에 엄마가 있다는 걸 알고 나서야 눈물을 터뜨렸다. 내 딸이 태어나고 엄마가 병원에 도착했을 때, 나는 아기를 안고 풀 먹인 홑이불 위에 앉아 있었다. 그리고 그녀가 나를 감싸안자 주체할 수 없이 눈물이 흘렀다―마침내 엄마가 나를 얼마나 사랑하는지 이해할 수 있어서, 그 은혜를 감당하기 힘들어서.

그녀의 첫번째 남편이 그들의 결혼생활을 소설로 썼다는 얘기를 엄마에게 들었을 때, 나는 호기심 왕성한 서른 살이었다. 피터와 나는 서로 잘 알지 못했다. 오리건주 숲속에 살던 그는 내 어린 시절의 언저리를 어렴풋이 맴돌던 자애롭고 신화적인 인물이었다. 나는 그가 이 나라의 전쟁에 재정적 지원을 하지 않으려고 소득을 연방세 최저 기준 이하로 유지한다는 걸 알고 있었다. 원자력발전소 앞을 막았다가 체포된 적도 있었다. 내가 어릴 때 드림캐처를 보내준 적도 있었다.

자라는 동안 그들의 젊은 시절 결혼생활은 내게 영화 같은 초상화로 남았다. 널찍한 붓으로 그린―애시드와 포크 음악, 상심으로 가득한―초상화였다. 그리고 엄마의 과거 일부가 내 손이 닿지 않는 곳에, 고속도로 출구나 아침식사 자리에서의 실랑이처럼 우리가 함께한 인생의 친근한 풍경 너머에 있다는 사실이 나를 전율시켰다. 그러나 비록 엄마의 젊은 시절이 내가 볼 수 없는 곳에 놓여 있다는 사실에 유난히 흥미를 느끼긴 했지만, 그걸 보고 싶기도 했다. 이것이 내가 그걸 신화로 바꿔놓은 이유 중 하나다―그걸 축소시키고 생생히 되살려 보석처럼 손에 쥘 수 있기 위해.

유년기와 십대 시절 나는 사진이나 조각조각의 일화를 통해 젊은 커플이었던 엄마와 피터를 어슴푸레하게 떠올렸다. 엄마는 그윽한 녹갈색 눈동자에 조각 같은 광대뼈, 기다란 다리에 흑갈색 머리의 백인 여성, 특별히 아름다움에 신경쓰지 않는데도 아름다워서 짜증나게 만드는 여성이었다. 반면에 피터는 수염을 기르고 인상적이고 위풍당당한 코를 가진 키 큰 남자였다. 유럽계 유대인 지식인층 집안의 아들로 늘 스스로를 아웃사이더로 정의했지만 대학에서는 같은 부류의 사람들을 만나 기타로 포크 음악을 연주하고, 치아 하나가 검은 비천한 구두닦이 캐릭터에 변화를 꾀해 연극과 교수의 방침을 깨기도 했다. 그에게 끌린 데는 원시

적인 뭔가가 있다고, 마치 그가 부족의 족장임을 알아본 듯
했다고 엄마는 말했다.

나는 피터에게 편지를 써서 그의 소설을 보여줄 수 있는
지 물었다. 그는 사본이 몇 부밖에 없었을 텐데도 정말 흔
쾌히 보내준 것 같았다. 나는 소설이 도착할 때까지 간절한
마음으로 기다렸다─그것이 엄마의 과거에 대한 신화를
확인시켜주길 바라기도 했거니와 그 신화의 숨결과 뼈대를
채워주길 갈망했기에.

그 소설은 보라색 서류철에, 묶이지 않은 채 낱장으로 도
착했다. 타자기로 작성한 원본의 빛바랜 사본이었다. 수정
의 흔적으로 종이의 쪽 번호가 중간중간 빠져 있고, 쪽마다
작은 손글씨로 고쳐쓴 부분이 군데군데 있었다. 친구 몇 명
이 대마를 피우고 세탁용 액상 세제에 발가락을 푹 찔러넣
는 장면을 묘사한 어떤 문장에서는 조심스럽게 그은 줄로
아포스트로피 하나가 지워져 있었다.

그 소설은 마치 내 손에 들어온 귀한 밀수품처럼, 내가
봐서는 안 되는 편지처럼 느껴졌다. 나는 단 하루 만에 다
읽었다. 그 소설이 나를 엄마의 어깨에 내려놓았고, 신비
하고 불가해하며 알 수 없는 엄마의 젊은 나날이 틸든공원
에서의 첫 환각 여행을 기점으로 내 눈앞에 펼쳐졌다. 나는
엄마의 난소에 들어앉은 아주 조그마한 밀입국자, 아직 사
람이 되기 전의 모습으로 그 여정에 동참했다.

소설의 초반부는 낙원을 연상시킨다. 셸라와 피터는 애시드를 뿌린 오렌지주스를 마시며 사이키델릭하게 페인트칠을 한 픽업트럭을 타고 에머리빌의 개펄을 지나간다. 그들은 샌프란시스코 필모어에 가서 그레이트풀 데드라는 밴드와 함께하는 제퍼슨 에어플레인*의 공연을 본다. 그레이트풀 데드는 아직 정식 앨범을 내기 전이었다. 캘리포니아는 그들에게 포틀랜드와는 다른 즐거움을 선사한다. 포틀랜드에서 피터는 스테인리스강 공장에서 일했다. 그의 동료들은 탈지제 위에서 코를 후비고 휴게실에서 파우더 도넛을 사등분해서 나눠 먹던 사람들이었다. 피터의 표현을 빌리자면, 캘리포니아에서 그들의 인생은 "쿨cool의 윤리"를 중심으로 돌아간다. 형언할 수 없지만 분명한 무엇을 중심으로. 주방 식탁 가운데 나무그릇에 심긴 화초와 같은 무엇. 어떤 걸 보고 비꼬지 않고 자주 "끝내주네"**라고 외치는 사람들. 주 정부 소유 해안에 무단침입해 경찰이 벌금을 부과하려 하자 달콤한 말을 속삭이는 달린이라는 아름다운 여자 등등. 피터는 '쿨한'게 뭔지 완전히 이해하진 못해도 직접 보면 알았다. "지금 내가 시타르***에 대해선 잘 모르

---

* 미국의 사이키델릭 록 그룹.
** far out. 히피들이 '멋지다'는 뜻으로 자주 사용한 표현이다.
*** 인도의 현악기.

지만," 그는 어느 파티에서 말했다. "그래도 이 녀석이 그걸 정말 잘 치는 건 **젠장** 확실히 알겠어."

셀라와 피터에게 지상낙원은 해안선을 따라 펼쳐진 누드 비치였다. 두 사람은 주말에 그곳으로 캠핑을 간다. 단하나의 문제는 엽총을 들고 사유 도로를 지키는 남자다. ("천국은 저 아래 있건만 우린 갈 수 없다. 무적의 이기주의자가 지키고 선 그 형편없는 벼랑 아래로 내려갈 수 없다.") 다행히 서핑보드에 나체로 서 있던 한 남자가 모래 위에 지도를 그려 비밀 도로를 알려준다. 그들은 황혼 무렵 희미한 빛을 발하는 해조류 근처에서 환각 상태로 모닥불을 지피고 밤을 보낸다. 그들은 "좋았던 옛 시절"을 떠나보내는 장례식 비슷한 걸 치른다. 그들은 깨닫지 못한다. 그 좋았던 옛 시절을 자신들이 지금 살고 있다는 것을. 그들이 훗날 돌아보게 될 날이 지금이라는 것을. 그들의 딸도 그때를 돌아보리라는 것을—한때 그들이 살던 삶이 너무 궁금해 유령의 어깨 너머를 유심히 바라보듯.

엄마에 대해 글을 쓴다는 건 태양을 바라보는 것과 같다. 언어는 엄마가 내게 준 이것, 나의 온 인생—이 사랑—을 변색시킬 수밖에 없는 듯하다. 오랫동안 나는 엄마에 대한 글을 쓰지 않으려고 했다. 정말 좋은 관계는 형편없는 이야기로 기운다. 표현은 자연스럽게 곤경을 향해 끌려가기 마련이다. 이야기에는 불화가 필요한데 엄마와 나는—하루하루, 매주, 수십 년을—가깝게 지낸다. 게다가 나는 멍청하지 않다. 부모와 잘 지내는 이야기를 자세히 듣고 싶은 사람이 있을까?

한 친구는 언젠가 내가 엄마를 얼마나 사랑하는지 말하는 걸 듣는 게 조금 지친다고 솔직히 털어놓았다. 그렇다고 내가 무슨 말을 하겠는가? 그녀에 대한 나의 갈망은 끝이 없는 느낌인데 말이다. 엄마의 과거마저 사랑함으로써 그녀를 더 온전히 사랑하고 싶다. 아마 그건 엄마의 자궁 속으로 돌아가서, 자궁을 지나 그 너머의 과거로 돌아가는 길에 있을지 모른다—엄마에 대한 이 이야기들을 찾아, 내가 태어나기 전의 이야기들을 찾으며.

셸라와 피터의 결혼생활에 금이 가기 시작한 건 『길의 이별』중반부 즈음부터, 셸라가 얼이라는 엔지니어와 사랑에 빠지면서부터다. 얼은 절망적일 만큼 고지식한 남자로 소개된다. 반경 15킬로미터 이내의 모든 사람이 약에 몹시 취해 있는 상황에서도 현관 계단에 앉아 스탠퍼드대학교 동창회 신문이나 읽는 남자다. 하지만 그와 셸라 사이에는 과거에 사연이 있었다—스물두 살이라면 한 번쯤 겪을 법한 일. 그들 세 사람은 다 같이 시에라산으로 백패킹을 갔다. 피터는 한편으로 질투하지 않으려고 노력했지만 셸라와 얼이 함께 있는 모습이 뇌리에서 떠나지 않았다. "내 잠재의식이 쪽문을 열어 나의 공포와 불안으로 만들어진 작고 기이한 3D 영상을 보여줬다." 셸라와 피터는 개방 결혼을 했지만 그렇다고 다른 사람과 사랑에 빠져도 된다는 건 아니었다.

얼과 셸라의 관계로 생긴 균열은 불만의 틈을 더욱 깊게 만들었다. 그녀와 피터는 함께하는 인생을 제대로 꾸려갈 수 없었고, 각자 원하는 인생에 대해서도 의견이 달랐다. 그들은 빈털터리였고 어떻게 해야 할지 고심했다. 피터는 일을 구할 것인가? 그는 긴 머리를 잘라야 하는 일자리를 구할까? 소설의 챕터에는 "완전 뿅가는 합의" "두번째 시작" 등이 아니라 "번거로운 일들" 같은 제목이 붙기 시작했다. 그들은 무한한 공간의 왕이 될 순 있어도 악몽에서 벗어날 순 없었다.

그들의 갈등은 셸라의 엄마가 사는 교외의 집에서 최고조에 이른다. 셸라의 "엄마 진"은 셸라와 피터에게 환각 체험을 시켜달라고 부탁한다. 패트 할머니가? 나는 읽으면서 생각했다. 그러고는 할머니와 피터가 주고받는 대화에서 여전한 할머니의 모습을 알아보고 고개를 끄덕였다. "애시드가 항상 좋은 것만 보여주진 않아요"라는 피터의 경고에 그녀가 이렇게 응답한 것이다. "내 인생도 그래." 그녀는 무엇을 보건 마음의 준비가 되어 있었다. 하지만 할머니의 첫 환각 경험이 결국 삶은 햄이라니 나는 실망하고 말았다.

환각 상태에서 피터는 엄마 진에게 털어놓는다. 셸라가 자신들의 결혼생활을 끝내고 싶어해서 두렵다고. 그리고 셸라는 엄마의 집 뒤편에서 두려움과 대면한다. "언덕에서 두려움과 얘기를 조금 나눠봤어." 셸라가 피터에게 말한다. 그리고 곧바로 그에게 결국 터놓고 묻는다. "우리가 계속 함께할 수 있을 거라고 생각해?"

독자로서 나는 둘의 결혼이 깨지는 과정을 따라가며 슬며시 슬픈 기분이 들다가, 동시에 이기적인 안도감도 들었다. 어쨌거나 그들의 결혼은 깨져야만 했다. 내가 존재하기 위해서는.

그 소설에 쓰인 제사는 '고지식한 미국 시인'으로 알려진 로버트 프로스트의 유명한 시에서 발췌했다.

숲속에 두 갈래 길이 나 있었다, 그리고 나—
나는 사람들이 잘 가지 않는 길을 택했다.

이 시에서 항상 내게 감동을 주는 부분은, 행을 바꾸면서 잠시 멈칫하고, 대명사—나 / 나—를 반복한 대목이다. 화자는 자신이 선택한 길이 옳다는 것을 다시금 확신하고자 한 것 같다. 하지만 그 머뭇거림은 무심코 불확실함을 드러내고 만다.

　이 소설의 갈림길은 극명하게 대비된다. 셸라는 결혼을 끝내기로 결심하고 피터는 비탄에 빠져 있다. 그의 고통은 가극처럼 열렬하게 표현된다. 그는 황량한 이미지로 가득한 「힘든 자리」라는 시를 쓴다. "시각적으로 이상한 비는 / 누구도 / 잉태시키지 못하네." 그는 성자유연맹* 파티에 간다. 그곳에서는 낯선 이와 관계를 가질 수 있지만 그다지 흥미로워 보이는 사람은 없다. 셸라와 헤어져 있는 동안 그는 어느 밤 파티에서 기타를 치고 있는 자신을 발견한다. "나는 벌어진 상처 속으로 손을 뻗어 고리바늘 끝에서 꿈틀대는 장어 같은 고통을 꺼내 들어올리네. 그 안에는 영광이 있네."

　한편 셸라는 냉정을 잃지 않은 모습으로 그려진다. 독립을 간절히 바라는 침착한 모습으로. 그녀가 피터에게 자신만의 공간을 갖고 싶다고 말할 때 그는 그녀의 "단단하게 잡힌 조그마한 입꼬리"에서 굳건한 결심을 본다. 그 단단하게 잡힌 입—그녀의 결심, 자주성에 대한 열망—은 그의 벌어진 상처와 대비된다. 하지만 『길의 이별』을 읽으면서 나는 그 등장인물들이 끝내 할 수 없는 게 무엇인지 알

---

　* 1963년 뉴욕에서 세워진 단체로, 자유로운 성행위와 낙태금지법 폐지를 지지했다.

게 되었다. 이혼을 하고 나서도 엄마와 피터는 오십 년 넘게 서로에게 중요한 사람으로 남는다. 결혼의 끝은 그들 이야기의 시작일 뿐이었다.

피터가 내게 그의 소설을 보내온 건 신뢰에서 우러나온 행동이었다. 나는 그의 전 부인의 딸일 뿐 아니라─그래서 편향된 관중일지도 모르고─작가이기도 했으니까. 뱀파이어처럼 깐깐한 족속, 한편으로는 따개비처럼 집요하고 한편으로는 비판적이면서, 언제든지 배신할 수 있는 작가. 나 자신의 이야기에 투자하는 사람.

하지만 피터가 나를 '전 부인의 딸'로 여겼을 것 같진 않다. 그가 우리 엄마를 '전 부인'으로 생각하지 않았으니까. 언젠가 피터가 이 에세이는 무엇에 관한 이야기가 될지 물어보았을 때, 나는 엄마와 그의 결혼이 두 사람의 여생에 어떤 영향을 주었고, 또한 둘의 관계가 끝난 후 그들의 삶이 어떤 식으로 갈라져나갔는지 살펴보고 싶다고 말했다. 그는 내 말을 끊더니 이렇게 말했다. "우리 관계는 결코 끝난 적이 없어. 나라면 그런 식으로 정하지는 않을 거야."

내가 그의 소설을 그만큼 즐길 수 있다는 건 정말 다행이었다. 나는 그 소설의 디테일이 정말 좋았다. 그해 여름, 세상을 열에 달뜬 꿈의 불가사의로, 바삭하면서도 상쾌하고 부드럽게 소환하는 것이 정말 좋았다. 수납장 서랍을 침대 삼아 아기를 재우던 친구들, 아파트 여기저기에 부스러기들을 흘려놓고 쥐 두 마리를 반려동물 삼아 키우던 룸메이트들, 초능력으로 누구든 애시드 환각 여행을 시켜주는 영웅에 대한(심지어 마약 소지로 주인공에게 유죄 평결을 내릴지 모를 배심원들까지도!) 만화책을 쓰는 사나이 등이 등장했다. 사소한 것들에 주목하고, 애시드를 매개 혹은 촉매로 해서 일상적인 세상에, 기쁨으로 들뜬 강렬한 감각에 아낌없이 주의를 기울인 것도 정말 좋았다. 예를 들어 다이어트 라이트 탄산음료를 마시면서 느낀 강렬한 감각은 이렇게 묘사됐다. "바닷물이 밀려오듯 거품이 입안으로 굴러들어오고, 작은 쇠갈퀴 달린 거품이 혀 위를 굴러간다." 나는 그 소설에서 느껴지는 경외가 정말 좋았다—콜트레인*의 곡을 듣다가는 이렇게 놀라운 묘사를 하기도 했다. "마치 음악은 콘크리트 같아서, 그걸 붓다가 중간에 멈추면 다리가 된다. 그리고 나는 그 다리 위를 쭉 걷다가 내 머리 밖으로 빠져나간다." 그리고 이런 우스꽝스러운 이야기도 정말 좋았다. 한 등장인물은 심각한 음모슬증**을 치료하는 법을 이렇게 제안한다. "음모의 반을 깎고 나머지 반에는 등유를 부어 불을 지펴. 그리고 작은 어미 사면발니가 불꽃

---

* 존 콜트레인. 미국의 재즈 테너색소폰 연주자이자 작곡가.
** 사발면니 기생충에 의해 발생하는 성병의 일종.

속에서 달려나오면 그때 그 작은 어미들을 찔러."

그러나 그 책은 단지 히피들의 반反문화 산물들을 담은 신기한 보관함을 훨씬 뛰어넘는다. 그것은 궁극적으로 누군가와 함께 인생을 꾸려나가려는 시도 속에서 피우고자 했던 희망과 가능성, 그리고 상대가 떠나가는 걸 바라보면서 느낀 삶이 무너져내리는 듯한 절망감을 거침없이 진솔하게 표현한 작품이다. 나는 이미 엄마가 이혼을 견뎌나가는 걸 보았지만―내가 열한 살 때 부모님은 이혼했다―그녀의 첫번째 결혼의 종말에 대해 읽는다는 건 이런 것들을 직시하게 했다. 그녀가 고통을 불러들이는 사람이고, 아빠와 이혼한 그녀의 경험에는, 아무리 우리가 그 이야기를 많이 나눴어도, 내 시야 너머 내가 완전히 가늠할 수 없는 상처들이 겹겹이 쌓여 있다는 것을 말이다.

어떤 면에서 『길의 이별』을 읽자니 사적인 편지 한 묶음을 읽는 기분이 들었지만―외로이, 향수에 젖어 부모님의 서랍을 몰래 들여다보면서 뭔가를 거스를 때와 똑같은 전율을 느꼈다―또 어떤 면에서는 감동적인 예술작품을 읽는 기분이 들었다. 그 소설은 부검 감정서―이 결혼은 어떻게 사망했나?―같은 것이라기보다는, 두 사람 사이에서 찢긴 부위를 걷어내고 그 상처 주변에 이야기를 세워가며 그것을 치유하려는 시도 같은 것이었다. 그 소설로 그들의 이별은 두 사람 모두에게 지울 수 없는 부분이 된다. 계속 이어지는 그들 관계의 기원을 보여주는 신화가 된다.

　그 소설을 읽고 나는 피터와 엄마가 결혼의 끝을 각자 어떻게 기억하고 있는지 인터뷰하기로 했다. 시간이 지나면서 피터의 관점이 어떻게 바뀌었는지 궁금하기도 했지만 엄마의 이야기를 듣는 게 주된 이유였다. 피터와 나는 항상 오후시간에 전화로 얘기했다. ("난 아침형 인간이 아니거든." 그가 내게 말했다. "네 엄마도 분명히 기억할 거야.") 엄마와는 보통 내 아기가 옆방에서 잠깐 잘 때 주방 식탁에 마주앉아 얘기했다—엄마의 머그잔 옆에는 내 유축기가 칙칙거리고 우리 사이에는 유축한 냉동 모유 팩들이 놓인 채로. 그녀는 나의 엄마가 되기 전의 그 여성에 대해 말해줬다.

　피터의 소설은 결혼이 끝나갈 무렵의 셀라를 냉정한 사람으로 묘사하는 반면—헤어지겠다는 그녀의 결의는 입꼬리에 맺힌 단호함으로 묘사된다—엄마는 피터와 헤어진 후 몇 달이 인생에서 가장 끔찍한 시간이었다고 말한다. 그들은 1966년 11월 헤어졌고, 그녀는 그해 겨울을 콜센터에서 일하면서 보냈다. 태평양을 가로지르는 통화를 연결하는 일이었다. 발신자 다수가 사이공이나 다낭에 있는 군인들에게 울면서 전화를 거는 아내들과 엄마들이었다. 그녀는 자신이 연결해준 통화를 단 한 건도 기억하지 못한다.

그녀는 담배를 피우기 시작했고 하루에 열네 시간씩 잤다. 어느 날 밤에는 거리에서 공격을 받고 강간을 당할 뻔했다. 그녀의 할머니는 자신이 쓴 결혼식 식순지 한 장을 그녀에게 보냈다. 거기에 인쇄된 결혼 서약 중 이런 문구에 밑줄이 그어져 있다. "죽음이 우리를 갈라놓을 때까지."

다음해 여름, 엄마는 포틀랜드로 돌아갔고 다니던 대학의 논문 지도교수와 짧게 불륜을 저질렀다—이미 살면서 너무 많은 것을 망가뜨렸는데 또다른 걸 망치는 것쯤 왜 안 되겠는가? 이제 와 돌이켜보면 감상적인 젊은 시절의 멜로드라마로 보이지만 당시만 해도 그녀가 인생을 망친 건 분명해 보였다.

엄마를 피터의 고통 제공자로 상상하는 건 조금 혼란스러웠지만, 엄마를 그녀만의 엄청난 이야기를 가지고 있는 누군가로 상상하는 건 훨씬 더 혼란스러웠다. 내가 아는 엄마는 멜로드라마에 빠져드는 사람이 결코 아니었다. 지금껏 내가 겪은 엄마는—정반대로—멜로드라마의 벼랑 끝에서 나를 끌어올려 구해주는 힘이었다. 이별의 후폭풍이 찾아올 때마다, 그녀가 이별이 세상이 끝이 아니라고 말해주면 안심이 되면서 동시에 맥이 풀리기도 했다. 이제야 나는 깨달았다. 엄마의 지혜는 온전히 직관에서 나온 게 아니라 몸에 새겨진 기억 같은 것이기도 했다는 사실을—그녀가 과거의 그녀, 모든 것을 망쳤다고 생각하던 그녀에게 전해주고 싶은 말이라는 것을.

한편 피터는 이혼을 하자마자 다른 여자와 바닷가에서 아름다운 결혼식을 올렸다(엄마는 할머니한테 그 소식을 들었고, 할머니가 그 결혼식에 다녀왔다는 사실에 배신감을 느꼈다). 그리고 그들은 샨티라는 남자아이를 낳았다. 엄마는 샨티가 태어나고 몇 주 뒤 그들을 만나러 갔다. 그들 세 사람은 작은 아파트의 커버를 씌우지 않은 매트리스에 누워 있었다. 엄마는 아이에 대한 욕구를—추상적이 아니라 진심으로—느낀 게 그때가 처음이었다고 기억한다.

엄마가 보기에 피터는 자신이 그리던 삶을 정확히 그대로 살고 있는 것 같았지만, 피터의 생각은 달랐다. 피터가 기억하기로 그는 이별 후 열여덟 달 중 많은 시간을 그녀가 동의한 우정의 선을 넘으려고 계속 시도함으로써 그들의 결혼을 "되찾으려" 노력했다. 하지만 그건 잘될 운명이 아니었다고, 그가 내게 말한다. "상대가 원하는 사람이 되려고 노력해도 바뀌는 데는 한계가 있지."

피터는 이혼하고 이 년 뒤 그 관계의 상실을 스스로 받아들이려는 방편으로『길의 이별』초안을 썼다. 처음에는 거의 치료활동에 가까웠다. 그는 심리치료사도 만나고, "신성한 물질" LSD를 주기적으로 복용하고, 나체주의자 모임(어느 사람의 집에 모여 옷을 다 벗고 타인의 인생을 깊이 파헤쳐보는 모임)에도 참석했다. 어느 시점에서, 그 모임 사람들은 피터가 비폭력운동에 점점 빠져드는 게 분노의 승화와 관련있다고 확신하고 한 가지 실험을 했다—그가 분노를 표출하도록 도우려고 그의 팔다리를 꽉 붙잡고 귀에 욕을 속삭였다. 그는 내게 간단히 말한다. "실패했지."

　피터는 명확하고 직접적인 자기분석을 유지하기 위해 처음에는 소설을 일인칭시점으로 썼다. 그는 사건을 겪을 당시 느낀 감정의 강약 정도를 전달하기 위해 특정 사건들을 압축하거나 과장하긴 했지만, 대체로 일어난 사건들을 충실하게 전하려고 애썼다. 내가 그 소설을 쓴 이유를 묻자 그는 니체를 인용한다. "기억은 우리가 그랬다고 한다. 자존심은 우리가 그럴 리 없다고 한다. 기억은 살금살금 뒤안길로 들어간다." 피터는 기억이 뒤안길로 슬금슬금 들어가게 놔두고 싶지 않았다. 자존심이 진실을 재구성하도록 놔두고 싶지 않았다. "최대한 솔직하게 이 일을 꽉 붙들어보자." 그는 스스로 이렇게 말한 것으로 기억한다. "그걸 적어서 가둬두자." 그것이 엄마를 붙잡아두는 하나의 방법이었고, 그렇게 그의 인생에서 그녀를 떠나보낼 수 있었다.

　피터는 마침내 삼인칭시점 서술에 안착했다. 서술 시점에 약간 더 거리를 둠으로써 좀더 예술적인 뭔가가 되었으면 하는 바람에서였다. 그러다 삼인칭시점은 비겁하고 모호하다고 느껴져 다시 일인칭시점으로 바꾸었다. 그는 세일럼 서부, 오리건주 산림 한가운데 살면서 소설을 다시 썼다. 그곳에서 코뮌* 설립을 돕는 중이었다. 그는 공동 작업실 책상에 앉아—미완성된 타원형 지붕을 짓는 데 쓰일 여분의 삼각형 타일과 아이들에게 둘러싸인 채—다른 등장인물들, 주로 우리 엄마의 입장에서 상상해본 일인칭 관점을 소환해보려고 노력했다. 엄마의 경험을 바탕으로 쓰는 것이라면 그녀의 관점도 포함해야 한다고 생각했다.

그의 분노가 엄마에 대한 묘사를 변질시킬지 모른다는 우려는 없었는지 묻자, 그는 강하게 말한다. "난 화나지 않았어. 엄청나게 슬펐을 뿐이야."

엄마는 셀라라는 이름이 너무 생경해서 가끔은 피터가 그녀를 공격하려고 그런 이름을 붙인 건 아닐까 궁금해했다. 나는 그녀를 이해한다. 그 이름은 너무 황금빛이고 너무 발랄해서 마치 찢어진 데님 반바지를 입고 마냥 즐거워하는 여자에게 어울릴 것 같기 때문이다. 하지만 소설 속 그녀의 성격은 눈에 띄었고 분명 경이롭게 다가왔다—아마 경이롭게 묘사됐기 때문에 눈에 띄었을 것이다. 엄마를 향한 피터의 시선은 나의 시선과 마찬가지로, 일종의 경건

* 반정부, 반자본을 지향하며 공동의 이익, 위계 없는 사회, 환경 친화적인 삶을 원칙으로 하는 거주 공동체. 1960년대 히피들 사이에서 유행했다.

한 사랑으로 휘어지고 굴절되어 있었다.

능력 있고 남을 잘 보살피는 셸라는 다른 사람들의 기분을 굉장히 잘 맞췄다. 특히 사람들이 화가 나 있거나 자기 자신에게서 빠져나올 필요가 있는 경우에 더욱 그랬다. 그러면서도 그런 기분이 어디에서 비롯된 것인지도 잘 알았다. 언젠가 피터는 그녀가 관심을 기울여주지 않자 기분이 좋지 않았고, 그녀는 그가 좋지 않은 기분을 "권위주의"로 인한 좌절로 포장하고 있다는 걸 정확히 간파한다. 피터— 수년이 지나 작가가 된 사람—는 그녀가 때로는 그보다 그를 더 잘 안다고 느낀다.

셸라는 잘 보살피는 성향에도 불구하고 한편으로는 천진하고 자립적인 여성이기도 하다. 그녀는 쉬지 않고 공간을 찾는다. 그녀의 입꼬리에 잠긴 단호함은 거기에서 나온 것이다. 어떻게 보면 그녀의 성격은 내가 늘 되고 싶어 상상하던 모습이다. 경계를 해체하거나 전복시키기보다는 경계를 갈구하고 세워나가는 모습. 피터는 엄마의 그런 부분을 가장 사랑했다. 그의 말에 따르면 그들은 "정말 많은 걸 함께했지만 결국 하나가 되진 못했다." 그것은 그녀가 그를 떠난 이유이기도 했다.

내가 애시드 여행, 욕정과 호기심, 대마초와 지직거리는 음반으로 가득한 긴긴밤들로 점철된 그 여름에 대해 무엇이 기억나는지 물어보자 그녀가 말한다. "도서관에 갔던 게 기억나."

그녀는 평화봉사단에 대해 얘기한다. 그해 9월 그녀와 피터는 라이베리아*에 파견될 예정이었다. 그리고 그녀는 떠나기 전에 그곳에 대해 최대한 많이 읽고 싶었다. 그해 초여름만 해도 그들의 원래 계획은 베추아날란드**로 떠나는 것이었지만, 피터가 버클리에서 히피로 살아보고 싶다고 해서 9월에 라이베리아로 떠나는 것으로 바뀐 참이었다. 하지만 8월이 되자 그는 라이베리아에 가고 싶지 않다고 말했고, 결국 그들은 어디로도 가지 않았다. 돌이켜 생각해보면 피터가 실은 아프리카에 가고 싶지 않아했다는 걸 엄마는 알 수 있었다―애초에 그녀와 결혼하기 위해, 아프리카에 가고 싶다고 그녀에게, 혹은 그 스스로에게 말한 것뿐이었다.

모든 이야기에는 항상 이면이 있다고 말할 때, 보통 우리는 일어난 사건을 두고 상반된 설명을 하는 것을 떠올린다. 하지만 내가 생각하기에 의견 불일치는 이야기에 어떤 내용을 담느냐를 두고 더 자주 벌어진다. 엄마의 입장에서, 평화봉사단은 그 여름 이야기에서 가장 중요한 부분이었다. 그

---

* 서아프리카의 공화국.

** 남아프리카 남부 내륙의 국가 보츠와나의 전 이름.

사건이 그녀가 얘기하고 싶은 최우선의 화제였다. 하지만 피터의 입장에서, 그 사건은 소설에 아예 나오지도 않는다. 그건 문제가 된 일들에서 가장 중요한 부분이 아니었다. 그의 결혼이 파국을 맞은 곳은 완전히 다른 언덕이었다.

도서관에 간 것 외에 엄마는 1966년의 여름에 대해 또 무엇을 기억할까? 수많은 파티. 수많은 대마초. 수많은 애시드. 수많은 싸구려 레드와인. 그중 많은 와인을 공동주택에서 마셨는데 그녀와 피터는 그곳의 커튼이 쳐진 거실 구석에서 잤다. "그 구석!" 그녀는 소리친다. 그 거실 구석을 그녀는 확실히 기억한다. "롭과 내가 첫날밤을 보낸 곳이지. 그동안 피터는 바로 옆방에 있었고." 소설 속 얼의 진짜 이름은 롭이었다. 그와 그녀와 피터는 함께 백패킹을 떠났고—개방 결혼의 한계를 시험하며—애시드에 전 채로 산을 올라 정상 근처에서 햇빛에 반짝이는 화강암 바위를 나체로 기어올랐다. 그들 모두 살갗이 심하게 탔다. (소설에서 얼은 그 여행으로 "공산주의 중국의 붉은색"처럼 탔다고 묘사됐다.)

엄마는 남편이 그렇게 가까이 있는 상태에서 자신이 롭을 그 구석으로 데려갈 때의 긴장감이 매혹적이었다고 말한다. 개방 결혼이긴 했지만 그래도 선을 넘는 행동에는 짜릿한 뭔가가 있었다. 지금 돌이켜보며 깨닫건대 그녀는 이미 깨져버린 뭔가를 부수려 애쓰고 있었다.

엄마는 할머니 집에서의 그 절정에 치달은 애시드 경험을 설명할 때, 그 끝이 밀실공포증의 끔찍한 공격이었다고 말한다. "내가 그 언덕에서 두려움을 만난 게 이해가 돼." 그녀가 내게 말한다. "난 내가 통제할 수 없는 곳에 갇혀 있었어…… 상황이 끝나고 그곳을 빠져나올 수 있다는 생각이 들지 않았지."

『길의 이별』을 읽고 몇 달 뒤 나는 리드대학교에서의 낭독회를 위해 포틀랜드로 날아간다. 그곳은 1960년대 초 엄마와 피터가 처음 사랑에 빠진 장소였다. 나는 엄마에게 로스앤젤레스에서 비행기를 타고 오라고, 피터에게 세일럼에서 차를 몰고 와달라고 했다. 그들이 공유한 과거의 풍경을 배경으로 두 사람의 시작에 대해 직접 듣기 위해서였다.

화창한 한겨울 오후였다. 가죽 베레모를 쓰고 **안전지대** 브로치를 단 오트밀색 가디건을 입은 피터가 도착한다. 리드 캠퍼스의 찻집에 앉자 피터는 학생들─옆에서 폭스호크 스타일*을 한 여자애가 푸코를 읽고, 머리가 긴 남자애는 『오디세이』를 읽고 있었다─을 보니 함께 학교에 다닌 사람들이 생각난다고 말한다. 우리는 엄마가 1학년 때 지낸 기숙사로 걸어가면서 골판지에 적힌 글귀를 지나친다.

---

* 옆머리는 바짝 깎고 가운데만 길게 남기는 모히칸 스타일을 약간 변형한 것.

성생활갤러리라는 곳으로 오르가슴을 녹음해서 보내달라는 내용이다. 엄마가 지낸 기숙사 라드관 삼층 창문을 올려다보며 피터는 자신의 1학년 룸메이트에 대해 얘기한다ㅡ잔지바르에서 온 이슬람인이었는데 하루에만 다섯 번씩 기도용 매트를 꺼냈다고ㅡ그리고 바로 옆방의 학생은 존 바에즈*의 앨범 하나를 몇 주 내내 틀어놓았다고 한다. 피터는 그 모든 음을 알고 있었다.

그들은 나를 시내에 있는 파이어니어 법원 청사로 데려간다. 반미활동위원회**에 반대하며 두 분이 처음으로 함께 시위했던 장소였다. 우리 주변의 그 앙증맞은 포틀랜드ㅡ뒤뜰마다 있는 벌집, 자전거 수리점, 장인이 회향과 호박맛 아이스크림을 파는 가게들이 즐비하던ㅡ는 그들이 알던 포틀랜드가 아니었다. 보수적이고 지역주의가 강하게 느껴지는 곳이었다. 피터가 말하기를, 한 여성은 그가 나눠준 전단지 한 장을 공처럼 뭉쳐 그 위에 침을 뱉었다고 한다. 또 어떤 여자는 엄마에게 이렇게 말했다고 한다. "당신 애들이 커서 당신을 싫어했으면 좋겠어."

엄마에게 욕을 한 여자를 묘사하며 피터가 엄마를 보호

---

* 미국의 포크가수이자 인권운동가, 반전운동가.
** 1938년 민주주의 원칙에 어긋나는 비미국적, 파괴적 활동을 조사하고 탄핵하기 위해 하원에 처음 설치된 특별위원회. 2차세계대전 후에는 특히 공산주의자 적발에 중점을 두었다.

하는 투로 말하자 엄마는 자신이 그의 보호본능을 좋아했음을 떠올린다. 한번은 그녀가 행진중에 낯선 이에게 추행을 당하자 화가 난 피터의 목 힘줄이 점점 팽팽해지는 걸 본 적이 있었다. 그는 그 사내를 때려눕히고 싶었으나 비폭력을 고수하느라 속만 끓었다. 또 엄마가 정치의식을 내세워 좋은 인상을 심어주려 한 일을 떠올리자 그는 환히 웃으며 몸을 기울여 그녀의 다리를 쓰다듬는다—정말 부드럽고 정말 기쁘게. 그가 엄마에 대한 첫인상이 "겉으로 보기에 매력적인 아가씨"였다고 말했을 때, 나는 삼각관계의 이상하면서도 악의 없는 분위기에 놓인 듯한 기분이 들었다. 이렇게 오랜 세월이 지났음에도 피터는 여전히 엄마의 환심을 사려는 듯했고, 내가 그들의 목격자라는 게 왠지 중요한 듯했다.

엄마와 피터는 그들이 처음 살던 집이 있었던 램버트 스트리트의 공터로 나를 데려간다. 그 집에서 피터는 주방에 있는 커다란 쓰레기통에 맥주를 발효시켜 마룻바닥 밑에 세 통을 묻었는데 하나가 폭발해버렸다. 어느 날 밤에는 한 부부를 초대해 식사를 마치고 나자 그 아내가 이렇게 말했다. "남편이 디저트를 먹으려고 하는데 괜찮으실까요"—그러고 나서 그 남편은 바로 그 자리에서 아내의 젖을 먹기 시작했다. 마치 이런 질문에 대한 결정적인 대답처럼 들렸다. 장차 히피가 되려는 두 사람이 내숭쟁이인 것처럼 느끼게 하는 방법은?

엄마가 가리킨 건물은 그녀가 첫 피임약을 받은 곳이자 피임약 처방 때문에 의사에게 창피를 당한 곳이었다. 또 그들은 나를 냅 스트리트에 있는 그들의 집으로 데려간다. 그들이 결혼하고 살던 곳으로, 뒤뜰에는 자두나무가 있고 앞뜰에는 호두나무가 있다. 엄마는 말린 자두를 넣은 렌틸콩 요리를 만들었고, 피터는 감자칩을 대량으로 구매하려고 할인쿠폰 페이지를 샅샅이 뒤졌다. 엄마는 프랑스 중세 서사시 「하벨록 더 데인」을 주제로 졸업논문을 썼고, 피터는 청소기 방문 판매원으로 일하다 그만뒀다. 아이 여섯을 둔 어느 싱글맘이 청소기 할부금을 내지 못하자, 그 청소기를 직접 떠안게 되어서였다. 엄마는 그의 그런 점을 사랑했다.

피터와 엄마가 의견이 일치한 부분은 그녀가 결혼할 준비가 되어 있지 않았다는 사실이다. 피터가 내게 말한다. "네 엄마는 확신이 필요했어." 그녀는 이렇게 말한다. "나중에는 거절할 이유가 바닥나더라."

피터는 그녀의 거절을 맞닥뜨릴 때마다—그녀는 여행, 평화봉사단 합류, 대학원 진학을 원했다—약속했다. 그녀가 원하는 것들을 두 사람이 함께 해나갈 수 있다고. 인문학 강의 토론에서 이기려 하는 것과 비슷했다고, 그가 말한다. "네 엄마를 끝까지 설득하지 말았어야 했어."

엄마는 피터를 깊이 사랑했지만 누구하고든 결혼할 준비가 되어 있지 않았다고 말한다. 그녀가 말한다. "그때 그걸 더 잘 알았더라면."

피터는 결혼의 종지부를 젊은 시절 신념의 붕괴로 묘사한다. "나는 내가 원하는 건 뭐든 할 수 있다고 생각하면서 자랐어." 그가 말한다. "그런데 내가 정말로 원하는 게 있는데도 그걸 이룰 수 없었던 거야."

이 말을 들으니 함께하고 싶은 마음은 엄마보다 피터가 훨씬 컸던 것 같다. 그 사실에 순간 자부심이 느껴진다. 이런 자부심은 내가 십대 후반에 주로 믿던 착각과 동일한 내면의 지점에서 생긴 것이다. 더 갈망하는 자가 되기보다는 더 갈망받는 자가 되는 것이 낫다는 착각 말이다. 마치 사랑이 시합인 것처럼, 욕망이 고정되어 있거나 절대적인 것처럼, 마치 둘 중 한 명은 상처를 받거나 상처를 주는 일에서 벗어날 수 있는 것처럼, 상황을 지배하는 사람은 무엇에서든 벗어날 수 있는 것처럼.

피터와 엄마가 이혼한 후 세상이 무너졌다고 말해도 과장은 아니다. 1960년대 말에는 마틴 루서 킹과 로버트 케네디 암살, 전국에 횡행했던 인종 폭동, 1968년 민주당 전당대회에서의 곤봉 진압, 닉슨 대통령의 기밀 유출 사건이 있었다. 또한 이 모든 사건은 베트남에서의 가슴 아픈 유혈

전쟁을 배경으로 일어났다.

이런 상황 속에서, 아니 이런 상황 때문에, 피터는 비폭력 저항을 정식으로 가르치는 일에 스스로를 바치기로 마음먹었다. 그는 오리건주의 산림 지역에 자신의 코뮌을 세웠다. 도시에서 활동하는 사회운동가가 큰 임무를 수행한 뒤 몇 달간 휴식을 취할 수 있는 곳이었다.

엄마는 우울한 시기를 보낸 뒤, 진지한 다음 연애 상대 루시를 만났다. 그러고는 런던으로 여행을 떠났다. 그곳에서 열아홉 살에 임신한 이모와 함께 지냈다. 이후 결국 엄마와 루시는 프랑스 남부 지역에서 수확기를 따라 거처를 옮기며 올리브를 따던 동료 노동자들과 함께, 혹한기 장시간 노동에 저항하는 파업을 조직하기도 했다. 미국으로 돌아오고 두 사람의 관계가 끝난 뒤, 엄마는 스탠퍼드대학교의 젊은 경제학 교수와 사랑에 빠졌다. 우리 아빠였다. 두 분은 캠퍼스 사택으로 이사했고, 그후 이 년 동안 엄마는 아들 둘을 낳았다. 우리 오빠들이었다.

숲에서 길이 두 갈래로 갈라졌다. 하나는 코뮌으로, 다른 하나는 교직원 사택으로.

엄마는 세 번 결혼했다. 피터 이후 우리 아빠와의 결혼생활은 이십삼 년간 지속되다가 내가 열한 살 때 끝났다. 아빠는 쾌활하고 성공한 사람이었고 그녀가 항상 내게 말하기로는 "결코 지루하지 않았다". 또한 그는 주기적으로 외도를 했고 자주 타지에 나가 있었다. 내가 집을 떠나 대학에 간 뒤 엄마는 월터를 만났다. 케첩 판매원으로 일하다 은퇴한 분으로, 두 사람은 성공회교회에서 사회정의 활동을 하다가 만났다. 그들은 함께 조부모가 되었고 2차 이라크전쟁에 반대하는 시위에 참여해 거리 행진을 했다. 이 세번의 결혼은 결국 내 안에서 세 가지 남성 원형으로 정제됐다. 자신만만하고 이상주의적인 젊은 몽상가, 끝없이 매혹적이지만 까다로운 솔메이트, 그리고 험난한 인생살이를 모두 끝내고 정착한 안정적인 동반자. 나는 이 유형들에 집착한다.

아마 그래서 내가 『길의 이별』에서 피터가 다양한 남성성의 전형—"고지식한" 남자, 쿨한 남자, 애인, 보호자, 부양자, 시위자—을 이것저것 시도하며 자기 자리를 찾아가려고 한 인물로 묘사된 부분을 흥미롭게 여겼으리라. 그건 별로 놀랍지 않다. 그는 자기 자신의 주저하는 성향과 모순점들을 자각하고 사랑스럽게 바라보며 피터라는 등장인물을 구성한다. 그는 디너파티에서 마약에 취해 아서왕인 척하며 버터에 박힌 나이프를 빼내는 남자이기도 했지만, 같은 주삿바늘로 마약을 주입하려는 낯선 두 사람에게 이렇게 속삭이는 남자이기도 했다. "간염 걱정은 안 돼요?" 등장인물 피터가 스스로를 발견하기 위해 탐색하며 장황한

독백에 빠져 있는 사이, 작가 피터는 그런 피터의 가식을 부드럽게 조롱한다—어느 인물이 그의 불평불만을 듣다가 조는 장면을 연출함으로써 말이다. 하지만 피터가 차분함에 집착하고 나중에는 그 집착을 깊이 성찰하는 모습들은 더 깊고 더 보편적인 것에 대한 굶주림의 실제적인 표현이었다. 규범에 제한받지 않고, 절대적으로 자유로운, 온전하고 진정한 자아에 대한 공상을 표현한 것이었다.

엄마는 피터가 대학원 진학 생각이 없는 것을 답답해했으며 그에게는 대학원 생활을 잘 헤쳐나가는 데 필요한 엄격함이 없다고 말했던 기억을 떠올린다. "물론 그런 엄격함이 있었지." 그녀는 말한다. "그리고 누구에게든 그런 채찍질은 부당해—그건 피터가 자신의 재능을 내가 원하는 삶의 방식을 위해 쓰지 않는 것에 대한 답답함을 표현한 거였어."

그녀가 기대한 야망에 따라 살아주지 않아서 실망했다는 얘기를 듣자 섬뜩했다. 그건 내가 수년간 동반자들에게 야망을 기대한 방식과 너무 많이 닮아 있었기 때문이다. 그건 자아의 확장이라기보다 경외감 속에 머물고 싶은 욕구였다. 영감을 받고 어느 정도 더 나은 사람이 된 기분을 느끼기 위한 것이었다. 어쩌면 냉혹함이나 거리감을 느끼기 위해서일지도 모른다. 엄마의 버전으로 그런 이야기를 듣고 있자니 동질감이 들었다.

엄마는 대학원 문제를 두고 나눈 힘든 대화를 피터가 기억하지 않았으면 좋겠다고 말한다. 나는 소설에 그런 대목이 있음을 알려준다. 엄마는 자신이 내뱉은 말의 잔인함을 대체로 후회하고 있는 반면, 그 대화를 재현한 피터의 버전은 그의 대응에 실린 분노에 좀더 초점이 맞춰져 있다. "내 목소리는 크지 않았지만 그 안에 너무 큰 폭력성이 실려 있어 셸라는 순간 놀란다. 나는 이 극적인 상황에 심취해, 권력의 기분에 심취해, 심장이 몇 번 두근거리는 동안 잠시 멈춰 있다." 피터와 엄마는 각자 자신이 고통을 가한 쪽이었다고 기억한다.

엄마가 그 여름의 애시드 환각 여행 때 밝혀진 사실—그녀의 아버지는 절대 세계적으로 유명한 엔지니어가 되지 않을 것이고, 그녀가 지나치게 부풀려 생각한 아버지의 중요성은 세상에서의 그의 지위와 일치하지 않는다는 걸 깨달았다—을 얘기할 때 나는 이런 생각을 하지 않을 수 없었다. 그녀는 아버지에 대한 감정 때문에 피터가 세속적인 성공을 추구하길 바랐고, 결국은 우리 아빠와 결혼하게 되었다는 생각. 나 역시 아빠에 대한 감정으로 야망을 형성했고, 동반자들에게 그 야망을 기대하거나 투사했다.

피터는 결코 대학원에 가지 않았다. "코뮌이 나의 대학원이었어." 그가 내게 말한다. 그는 보살필 필요가 있는 것이 무엇이건 보살피는 방법을 익혔다. 언젠가 코뮌에서 절실히 돈이 필요했을 때 근처에 사는 농부가 피터에게 닭을 도살하는 일을 도우면 품삯을 주겠다고 제안했다. 닭은 수천 마리였다. 처음에 피터는 닭을 존엄과 연민의 마음으로 다루며, 한 마리씩 손바닥으로 조심히 부드럽게 잡으리라 생각했다. 하지만 일이 끝나갈 무렵 그는 닭을 말썽꾼처럼 다루기 시작했다. 그는 교도관의 기분을 이해했다. 우리는 스스로가 속한 구조에 대항하려 애쓰지만 우리 모두는 구조에 의해 형성된다. 꽉꽉거리는 닭들 사이에 있자니 닭들이 그의 이름을 부르기 시작한 것처럼 느껴진다.

엄마와 피터는 이십대 끝 무렵에 드디어 다시 만났다. 피터는 코뮌에서 캘리포니아 남부에 있는 부모님을 뵈러 가는 길에 스탠퍼드대학교에 들러 그녀를 만났다. 엄마의 기억에 그 재회는 행복하지 않았다. 피터는 자기 생각을 분명히 밝혔다. 두 사람이 젊은 시절 공유한 가치를 그녀가 모두 배신했다는 것이었다. 경영대 교수? 피터가 자신의 생각을 명확히 전달했는지, 아니면 엄마가 그냥 그렇게 느낀 건지 내가 묻자 그녀는 이렇게 말한다. "꽤 명확히 드러냈지." 그는 엄마가 식기세척기를 쓴다는 사실을 두고 이런 말로 그녀를 괴롭혔다. 그보다 더 부르주아적일 수가 있나?

그녀의 이야기를 듣고 있자니 피터의 소설에서 셸라는 항상 공동주택 주방에 있었다는 사실이 떠오른다—소고기

스튜나 젤오 푸딩 아니면 드림바*를 만들면서. 아무리 그들이 자유로운 사랑을 하던 시절이라 해도 누군가는 그릇을 닦으며 지냈다. 그녀는 이제야 식기세척기를 갖게 된 것뿐이다. 나는 그녀의 편에서 선 기분을 느낀다.

피터가 오해한다고 느꼈는지 묻자, 그녀는 고개를 절레절레 흔든다. "오해라는 생각은 들지 않았어. 그냥 가슴이 아팠지. 당시에 나는 앞일에 대한 계획이 전혀 없었거든."

그녀가 코뮌에서의 피터의 삶을 부러워한 건 아니다. 사실 그는 사람들에게 무슨 일을 하고 그걸 어떤 방식으로 해야 할지 말하는 게 습관이었고, 그녀는 그가 세운 코뮌에서 살았다면 좀 피곤했으리라 상상해볼 수 있었다. 하지만 적어도 그의 삶에는 뚜렷한 명확성, 확실한 도덕적 절박함이 있었다. 아마 살아보지 않은 삶의 망령—피터와 함께 이어갔을 삶, 혹은 그녀가 없는 그의 삶—이 그녀에게 더 강하게 다가왔을 수도 있다. 그때까지만 해도 그녀에게는 삶에 대한 명확한 지향점이 없었기 때문이다. 어쩌면 나는 불확실성의 측면에서 그녀를 상상하는 게 익숙지 않아서, 어린 엄마에게 있지도 않은 확신을 투사하는지도 모른다. 내게 그녀는 언제나 침범할 수 없는 사랑의 원천이자 헌신의 정의, 만일의 사태의 부재 그 자체였으니까.

---

* 초코바의 일종.

피터는 팰로앨토* 방문기를 어떻게 기억할까? 처음에 그는 그저 엄마의 감상을 되풀이했다. 불편한 자리였다. 그는 우리 아빠를 좋아하지 않았다. 하지만 그로서는 그런 감정이 그 사람 때문인지, 아니면 그 사람이 엄마와 맺어졌다는 사실 때문인지 분간하기 어려웠다. 하지만 내가 피터에게 엄마를 판단하려 든 걸 기억하는지, 그들이 젊은 시절 나눈 이상을 그녀가 정말 배신했다고 생각했는지 묻자, 그는 한동안 침묵을 지키다가 마침내 이렇게 말한다. "솔직히 말하지. 그날 만남에서 네 엄마는 정말 이상한 행동을 했어. 그 일에 대해 얘기해본 적은 한 번도 없는데 난 아직도 도통 모르겠어."

그에게 새 남편을 소개할 때 그녀가 속이 비치는 네글리제를 입고 나왔다고 그는 말한다. 피터는 그녀가 무슨 말을 전하려는지 이해할 수 없었다. 오랫동안 그는 그녀가 그 네글리제를 입은 걸 볼 수만 있다면 뭐든 했을 거라고 했다. 둘 사이에 아직 희망이 있다는 어떤 신호를 엄마가 보내주길 오랫동안 기다려왔다고 했다. 하지만 막상 당시에는 그 상황에서 어떻게 해야 할지 몰랐다. 그런데 엄마는 그런 네글리제를 입은 기억이 없다. 그녀는 그에게 어떤 신호를 주

---

* 캘리포니아주 샌프란시스코의 도시.

려고 애썼다는 것 자체를 기억하지 못한다—하긴 사실이 그렇다. 한때 보내려고 노력한 신호를 우리가 항상 전부 기억하는 건 아니다. 아니 신호를 보내려고 노력하는 순간에도 그 사실 자체를 인지하지 못할 때도 있다.

"네 엄마가 신념을 버렸다고 생각했느냐고?" 그가 말한다. "좀 그랬던 것 같아."

피터는 그녀의 새 남편, 우리 아빠를 보고 이렇게 생각했다. 스탠퍼드대학교 교수에, 박사학위가 두 개 있고, 잘생겼다고. 아빠는 박사학위가 하나뿐이었지만 피터의 기억 속에서는 그의 지위가 크게 다가왔을 것이다. 당시 피터에게는 엄마가 이렇게 말하는 것처럼 느껴졌다. 내가 지금 얼마나 잘살고 있는지 봐, 당신을 떠난 뒤 훨씬 더 출세했어. 피터는 혼자 생각했다, 저 남자에게는 없는데 내게는 있는 게 뭘까? 답은 확신이었다. 그와 엄마가 공유하던 가치들에 대한 신의였다.

피터와 엄마는 애초에 두 사람을 함께 묶어준 이념에 각자의 인생을 바치며 살아왔지만, 피터는 제도권 밖에서 혹은 제도권을 반대하면서 헌신했고, 엄마는 교육계나 비영리단체, 교회 같은 제도권 내에서 활동했다. 피터는 지난 오십 년 동안 비폭력 저항가이자 세금항의자[*]로서, '아토믹 박사의 약물 쇼'라는 정치 풍자 밴드에서 기타를 연주했다.

그의 아들 샨티는—엄마가 수년 전 매트리스에서 본 그 아기로, 코뮌에서 자랐다—이제 한 기업의 총수였다.

그 동일한 오십 년이라는 세월 동안, 엄마는 단지 경제학 교수와 결혼한 것뿐 아니라 그녀 자신도 보건학 교수가 되었다. 브라질 시골 지역에서 유아 영양실조를 주제로 박사 현장연구를 진행하면서 세 아이를 키워냈고, 해먹으로 만든 저울로 영양실조에 걸린 아기들의 몸무게를 재던 시골 마을로 두 어린 아들을 데려와 수십 년간 서아프리카의 산모 보건을 연구했다. 은퇴 후에는 성공회교회 집사가 되었고, 교회를 통해 저소득 지역 아이들을 돕는 방과후 영양 프로그램을 운영하기도 했다.

그들 두 사람의 인생을 보면 힘이 빠질 수도 있다. 그리고 약간은 죄책감 이상의 기분도 든다. 가령 이런 생각, 난 오늘 세상을 구하기 위해 대체 뭘 했지? 두 분은 전쟁과 임금 격차와 원자력에 반대하는 시위를 하다가 수없이 체포됐지만, 엄마는 성직자복 차림으로 그 일을 했다. 감옥에서 나오면 보통 그녀의 핸드폰에는 딸에게서 온 문자메시지가 기다리고 있었다.

오십 년이 지난 후, 그들의 친밀감에는 너무도 많은 갈등과 균열 그리고 젊음이 담겨 있다. 이혼 후 쌓인 친밀감은

---

* 조세법이 위헌이거나 유효하지 않다는 이유로 납세를 거부하는 운동가.

거저 생긴 게 아니다. 그것은 깊게 흐른다. 그들이 치른 대가만큼이나 깊게 흐른다. 그건 한 사람이 과거에 어떤 사람이었으며 그들이 어떻게 변화해왔는지 아는 것, 그리고 그들 안의 모든 과거를 품고 가는 것이다. 피터는 내게 몇 번이고 말한다. "그동안 많은 관계를 맺어왔지만 네 엄마를 사랑하는 마음은 멈춘 적이 없어."

포틀랜드 냅 스트리트에 있는 집에 들른 후 우리는 육군공병대에서 진행되고 있다는 집회로 향한다. 피터는 깃발 두 개를 가지고 간다. 하나는 평화 깃발, 다른 하나는 지구 깃발이다. 2월이다. 원주민보호구역 근처 미주리강 아래에 송유관을 설치하는 프로젝트를 반대하는 스탠딩록 시위가 거의 막바지에 이르렀다. 물 수호 시위대는 대부분 이미 해산했고 남은 시위대는 그달 중에 해산할 예정이다. 육군공병대는 송유관 설치 허가권을 내줬다. 우리는 그것에 항의하고 있었다.

도착해보니 육군공병대 사무실은 어느 작은 노숙자 쉼터 건너편 쇼핑몰 뒤쪽의 아주 오래된 건물에 있다. 그런데 시위대는 어디에도 보이지 않는다. 사무실 건물 밖 주차장에도 없고 건물 안 로비에도 없다. 데스크 뒤에 앉아 있는 경비원 한 명만 보인다. 경비원이 우리에게 정중히 묻는다. "도와드릴까요?"

나는 당황스럽다. 어색한 기분이 든다. 하지만 피터는 경비원에게 육군공병대 사무실이 어디냐고 묻는다. 그는 우리에게 사층이라고 알려준다.

사층에서 내심 아주 작은 시위대라도 찾아볼 수 있길 바라지만 그곳에는 아주 작은 시위대도 없다―아니 다른 게 있다. 우리가 사층에 있는 바로 그 작은 시위대다. 데스크 뒤쪽에는 상냥한 안내 직원뿐이다. 건너편 엘리베이터 문이 열리자 로비에 있던 경비원이 보인다.

"여러분을 따라가기로 했어요." 그가 말한다. "세 분 다 당황하신 것 같아서요."

"당황한 게 맞아요." 피터가 말한다. "육군공병대에 전할 말도 있고요."

나는 혼자 사무실 문밖에 먼저 나와 있다―시위가 없으니 앞으로 몇 시간을 얘기나 하면서 보낼 수 있을 것 같아 조금 안심이 되기도 했다. 다 같이 커피를 마시자고 제안해볼 수도 있겠다 싶다. 하지만 피터는 안내 직원에게 말한다. "스탠딩록에서 벌어지고 있는 일에 대해 담당자와 얘기를 하고 싶은데요."

그녀는 우리에게 기다려달라고 한 다음 겹겹이 펼쳐진 파티션들 사이로 사라진다. 정말 놀랍게도 몇 분 뒤 군복을 완전히 갖춰입은 대령이 데스크에 나타나 우리에게 안으로 들어오라고 한다. 대령은 어디 한번 허세를 부려보라는 심산이었을 것이다. 그러나 피터는 허세를 부리는 게 아니었다. 몸으로 직접 실천하는 사람이었다―한 치의 어색함도 없이 언제나 뚝심 있는 사람.

대령은 우리를 유리벽으로 둘러싸인 회의실로 안내하고 기다란 타원형 테이블의 상석에 앉는다. 피터는 대령 옆에 앉고 평화 깃발과 지구 깃발을 마치 말 잘 듣는 아이들인 양 옆에 있는 가죽 회전의자에 세워둔다. 나중에 인터넷에서 보니 대령은 이라크와 아프가니스탄을 모두 다녀왔다. 가까이에서 본 그의 군복은 인상적이다. 캔버스 재질의 주름이 빳빳하게 도드라진다.

회녹색의 양털 조끼 차림의 한참 더 젊어 보이는 남자가 합류한다. "이분은 제이슨입니다." 대령이 말한다. "이곳 변호사들 중 한 명입니다." 제이슨은 우리에게 멋쩍은 미소를 짓는다.

피터는 스탠딩록 보호구역 부근에 깔리고 있는 송유관에 대해 우려되는 점들을 하나씩 명확하면서도 열정적으로, 놀라우리만치 상세하게 설명하기 시작한다. 제이슨이 기술적인 용어로 답하기 시작하자 대령이 그의 말을 자른다. "약어가 너무 많습니다!" 그가 말한다. "무슨 말인지 모르겠습니다."

그후 대령은 빈 종이 한 장을 가져와 지도를 그리기 시작한다. 미주리강, '현존하는 지역권', 스탠딩록 원주민 지역을 그린다. 그는 우리에게 송유관을 건설하고 있는 건 육군 공병대가 아님을 상기시킨다. 허가만 내준 것뿐이라고 한다. 엄마는 오바마 대통령이 지시했지만 기각된 행정명령을 언급한다. 피터가 엄마의 말을 거든다. 그는 지금까지 내려진 법원 명령을 모조리 알고 있는 듯하다. 나는 침묵한다. 피터와 엄마가 지닌 지식에 감동받았고 한편으로는 안심이 되기도 한다. 내가 기대한 건 일반적인―제대로 알지도 못하면서 자기만족에 빠져 익명으로 구호를 외치고 있을지 모르는―시위였다. 하지만 이것은 깜짝 퀴즈 같은, 다른 종류의 시위다. 나는 스탠딩록에 대해 실제로 무엇을 알고 있나? 대령과 한 시간도 채 얘기할 수 없었을 것이다.

대화가 이어질수록 변호사와 대령은 완전히 다른 유의 사람이라는 게 확연해진다. 대령은 조직의 방침을 철저히 따르는 인물인 반면, 제이슨은 몹시 혼란스러운 듯한 인상을 풍긴다. 제이슨은 원주민 부족법을 공부하려고 로스쿨에 갔다. 아마 그가 여기에서 일하기 시작한 건 시스템을 내부에서부터 뒤집어 개혁하기 위해서였을 것이다. 그게 아니더라도 나는 머릿속으로 그에 대한 이야기를 그렇게 써본다. 지금 그는 양털 조끼를 입고 사무실에 앉아 원주민 구역을 가로지르는 송유관 설치를 옹호하고 있다. 그는 정말 가슴이 아픈 듯 보인다. 대령의 입장은 이러하다, 내가 어떻게 해주길 바라는 거지? "그들의 땅"에 대해 우리가 계속 질문을 쏟아내자 그는 몹시 짜증스러워 보인다. 그러다 어느 순간 그는 언성을 높인다. "우리 모두가 그들의 땅에 있는 겁니다. 바로 여기도요! 어딜 가나 그들의 땅이죠!"

이에 피터와 나는 시선을 교환한다. 정확히 그거예요.

대령은 육군공병대가 원주민과 논의하면서 "할 도리 이상"을 했다고 말한다. 육군공병대로서는 상당한 배려를 기울인 거라고 한다. 이때 나는 마침내 용기를 내서 말한다. "음, 원주민들은 동의하지 않는 것 같습니다."

피터가 맞장구친다. "다른 삼백 개의 부족도요!"

제이슨은 1868년 인디언수족협약과 그 선례들을 계속 언급한다. "1868년 협약에 대해 여러분도 느끼는 바가 있겠지요." 그가 말한다. "저 역시 1868년 협약에 대해 느끼는 바가 있고요―"

내가 그의 말에 끼어든다. "1868년 협약에 대해 어떻게 느끼시는데요?"

그가 말한다. "비극이었죠."

잠시 침묵이 흐른다. 우리 모두 진실을 알고 있다. 나는 제이슨과 대령이 시계를 확인하길 계속 기다린다. 대령은 그들이 모든 법을 준수해왔다는 것을 거듭 말한다. "육군공병대 여러분이 법을 어겼다고 생각하진 않습니다." 내가 말한다. "법 자체가 잘못됐다고 생각합니다."

그 순간 그 말은 의기양양하고 독선적으로 들린다. 60년대의 운동권 다큐멘터리의 문구를 그대로 가져다 말하는 것 같다. 하지만 피터가 "맞습니다!"라고 말하자 나는 자부심이 넘친다. 내가 급진파 운동가인 그에게 인상적이었다니 기쁘다. 그리고 이런 사실을 깨닫는다. 오래전 엄마가 품은 욕망, 그에게 충분히 괜찮은 사람이고 싶던 욕망을 내가 거듭 재연하고 있다는 사실을.

얘기는 모두 끝났다. 거의 한 시간 반 동안 "그들의 땅" 위의 유리벽 회의실에서 제이슨과 대령을 만났다. 그 시간 대부분 동안 나는 왜 우리가 아직도 정중하게 문밖으로 안내되지 않았는지 궁금하다. 육군공병대 홍보 같은 건가? 포틀랜드 방식인가? 아니면 할일이 없나?

우리가 자리를 떠나기 직전에 피터는 두 남자에게 스스로를 깊이 들여다보고 무엇이 옳다고 믿는지 생각해보기를 청한다. 진부한 제안일지 몰라도 내 안의 목소리도 그렇게 말하고 있었다. 아멘!

사무실 밖으로 나오면서 나는 엄마가 그날 저녁 열리는 내 낭독회에 제이슨을 초대하는 걸 듣게 된다. 육군공병대 사무실에서도 엄마는 여전히 엄마다.

주차장에 도착할 즈음, 나는 이미 그 대화가 제이슨의 삶의 방향을 송두리째 바꿀 수 있을지에 대해 공상하고 있다.

그리고 차에 타자 엄마는 자신도 정확히 똑같은 몽상에 잠겼다고 털어놓는다. 지금으로부터 오 년 뒤 그가 오늘을 인생을 바꾼 날로 회상하는 상상을 했다고. 내 자아나 엄마의 자아는 비슷한 방식으로 이루어져 있다. 다시 한번 나는 엄마와 나 사이의 경계를 찾아본다. 경계가 있다고 생각하려 애쓴다. 하지만 이 경계의 위치를 정확히 짚어내는 데 애를 먹고, 경계 대신 공통점을, 합집합을 감지하고 반투명의 양막羊膜 같은 기쁨을 느낀다. 피터라면 어떻게 표현했을까? 우리는 정말 많은 걸 함께했지만 결국 하나가 되진 못했다. 때로는 하나가 되어—비이성적이며 열렬하고 고집스럽게—이런 말을 하는 것도 기분좋다. 내가 엄마고 그녀가 나다.

제이슨과 대령은 틀림없이 우리를 가족이라고 생각했을 것이다. 70년대 초 히피였던 키 큰 두 사람과 그들의 키 큰 딸인 줄 알았을 것이다. 그리고 오늘, 이상한 방식으로, 우리는 그렇게 된다. 또다른 현실, 걸어보지 않은 갈림길을 드러내본다. 피터와 엄마는 아이를 낳고 딸과 함께—삼십 년이 흘러도—여전히 세상을 수호하는 길.

엄마와의 차이점을 짚어내려고 할 때마다, 나는 주로 자학적이고 이분법적으로 생각하게 된다. 엄마가 연구한 대상은 영양실조에 걸린 아이들이었다. 나는 식이장애를 앓았다. 그녀는 단호한 용기로 결혼생활을 중단했다. 나의 전

남자친구는 나더러 상처 속에 사는 사람이라고 했다. 나는 나만의 고통에 사로잡혀 있지만, 그녀는 타인의 고통에 사로잡혀 있다. 아니 그녀는 고통이 아니라 생계와 생존을 위한 전략들에 사로잡혀 있는지도 모르겠다.

수년 동안 분명히 표현한 적은 없지만, 나의 유일한 선택지는 스스로를 엄마와 완전히 동일시하거나, 그녀에게 다소 못 미치는 누군가로 여기는 게 아니었을까 싶다. 『길의 이별』을 읽을 때도 셸라에게 나 자신을 투사하거나 그녀의 태연함과 상처에 안주하는 내 모습, 그녀의 객관성과 나의 자기중심성 등과 같은 차이점들로 부끄러워하는 나 자신을 발견했다. 엄마가 그와의 관계에서 불행했던 이유는 평화봉사단에 합류하고 싶어서였다. 내가 나의 마지막 관계에서 불행했던 이유는 문자메시지를 더 자주 주고받고 싶어서였다. 나는 그녀의 굳게 다문 입보다 피터의 "꿈틀대는 장어 같은 고통"이 더 친숙했다.

하지만 그동안 맺은 거의 모든 관계에서 먼저 떠나는 사람이 나인 것도 사실이다―항상은 아니더라도 자주 그랬다. 일종의 밀실공포증을 느끼곤 했기 때문이었다. 이 사실은 내 과거를 병리학적으로 해석해준다기보다는, 어쩌면 내가 인지하고 있는 것 이상으로 거리와 경계에 애착을 가지는 엄마와 닮았음을 암시하는 것 같다. 독립에 대한 그녀의 굶주림은 내게 그리 낯설지 않다.

내가 피터에게 이 에세이는 엄마와 그의 관계의 진화 양상에 대한 글이 될 거라고 말했을 때, 그 말은 진실이었다. 하지만 진실의 전부는 아니었다. 이 에세이는 엄마와 나의 관계의 진화 양상에 대한 것이기도 하니까. 에세이를 통해 그녀의 신화를 인간 세상으로 끌어오고 싶은 마음도 있었다. 나는 그녀에 대한 피터의 묘사에서 흠모로 물든 또다른 시선을 발견했으며, 실제적이고 생생한 그녀의 모습을 받아들임으로써 그런 흠모의 시선을 없앨 수 있었다.

내가 바란 건 아니었지만, 피터의 소설은 나와 엄마에 대한 나만의 이야기에 영향을 주었다. 그의 소설을 통해 우리가 서로 같거나 반대라고 생각하며 영역을 한정하던 이분법적인 사고에서 벗어나 두 사람 모두 언제나 더 복잡한 존재였다는 사실을 알았다. 우리는 스스로에 대한 이야기들에 너무 익숙해져 있다. 그래서 때로 타인의 이야기 속에서 스스로를 발견할 필요가 있다.

포틀랜드에서 그날 밤, 엄마와 피터가 1학년 인문학 수업을 들었던 리드대학교 캠퍼스의 이층 예배당에서, 나는 트럼프 대통령의 취임식 이후 일어난 대규모 여성 가두시위에 대한 글을 낭독했다. 시위를 주제로 쓴 에세이로, 시위가 여전히 왜 중요한지—혹은 특히나—그 대통령이 엄마와 피터가 지난 오십 년 동안 지키려고 투쟁해온 모든 가치를 하나씩 위협하고 있는 것처럼 보이는 이 시점에서 왜 중요한지에 대한 내용이었다.

변호사 제이슨은 내 낭독회에 오지 않았다. 하지만 엄마와 피터는 앞쪽 좌석에 나란히 앉았다―오래전 그 좌석에 앉아 있던 모습 그대로. 마치 내가 과거의 엄마와 피터 앞에서 낭독하는 것처럼 느껴졌다. 그들이 시내 법원에서 시위를 하는데 한 여자가 엄마에게 자녀가 커서 엄마를 싫어하길 바란다고 말한 그 시절, 수년 뒤 피터가 팰로앨토로 엄마를 만나러 오고 그녀는 그를 실망시킬까봐 걱정하던 그 시절의 엄마와 피터 앞에서 낭독하는 것 같았다. 그 낭독은 그녀에게 이렇게 말하는 것과 다름없었다, 당신은 누구도 실망시키지 않았어요. 이렇게 말하는 것과 다름없었다, 당신의 아이들은 자라서 당신을 사랑합니다. 낭독을 하면서 나는 엄마에 대한 나의 존경심을 과거로 투사해 우리 엄마였던 여자를 위로하고자 했다. 처음 그녀를 사랑해준 남자를 왠지 실망시켰다고 느낀 여자, 앞으로 펼쳐질 갈림길이 어떨지 알지 못했고 알 수도 없었던 그 여자를.

WHAT
MY
MOTHER
AND
I
DON'T
TALK
ABOUT

감사의 말

자신의 삶에 대한 개인적이고 진심어린 이야기를 공유해준 열네 명의 작가 모두 고맙습니다.

앤솔러지는 협업으로 이루어지는 작업입니다. 명민한 편집자 카린 마커스와 무시무시한 출판 대리인 멀리사 플래시먼의 지도가 없었다면 이 책을 편집할 수 없었을 것입니다. 이 책의 영감이 된 에세이를 결국 끝낼 수 있도록 저를 자신의 부모님 댁 식당에 '가둔' 테일러 라슨에게 고맙다는 말을 전합니다. 그리고 통찰력 넘치는 피드백과 편집을 제공해준 로런 르블랑도 고맙습니다. 저를 믿고 제 에세이를 〈롱리즈〉에 실어준 사리 보통도 고맙습니다. 제가 정말 필요할 때 보금자리를 내준 게리 필게이트와 앨리슨 매

길에게도 고마움을 전합니다. 가장 힘이 되는 친구가 되어준 앨리슨 우드도 고맙습니다.

몰리 그레고리, 케일리 호프먼, 매들라인 슈미츠, 엘리스 링고, 맥스 멜처를 포함해 사이먼&슈스터 출판사의 모든 팀원에게 고마운 마음을 전합니다.

켈리 맥매스터스, 마고 칸, 토바이어스 캐럴, 조 앤 비어드와 틴 하우스 여름 워크숍의 조 앤 비어드 팀, 제니퍼 파스틸로프, 리디아 유크나비치, 캐럴라인 리빗, 포로치스타 카크푸어, 톰 홀브룩, 줄리아 피에로, 줄리 번틴, 브라이언 차이트, 베션 패트릭을 비롯해 제가 에세이를 다듬는 데 도움을 주고 끝까지 용기를 북돋워준 모든 분께 고맙다는 인사를 빼놓을 수 없을 것입니다.

제게 조언을 해준 제니퍼 베이커, 브라이언 그레스코, 사리 보통, 릴리 댄시거를 포함한 앤솔러지 편집자들에게 고마움을 전합니다.

제니퍼, 콜린, 에마를 비롯해 우리 가족들 모두 감사합니다. 마이클 필게이트와 낸시도 고맙습니다. 리사에게 고맙다는 말을 전합니다.

이 책은 나의 할머니 두 분에게 바치는 책입니다. 나나와 미모는 내가 아는 여성 중에 가장 강한 분들입니다. 이 책

작업 전반에 걸쳐 빈틈없이 지도해준 멀리사 왁스에게 고마운 마음을 전합니다.

그리고 마지막으로 덧붙입니다. 나를 웃게 하고 멋진 사람으로 만들어준 숀 피츠로이에게 고맙다는 말을 전하고 싶습니다. 사랑합니다.

미셸 필게이트 〈롱리즈〉〈워싱턴 포스트〉〈로스앤젤레스 타임스〉〈보스턴 글로브〉〈파리 리뷰〉〈틴 하우스〉 등에 글을 기고했다. NYU에서 예술학 석사 과정을 밟았다. 『엄마와 내가 이야기하지 않는 것들』은 그녀의 첫 책이다.

캐시 하나워 〈뉴욕 타임스〉 베스트셀러에 오른 장편 소설 『지나간 Gone』 『달콤한 파멸 Sweet Ruin』 『언니의 뼈 My Sister's Bones』와 앤솔러지 『그 집의 마녀 The Bitch in the House』, 2016년 NPR 최고의 책으로 선정된 『마녀가 돌아왔다 The Bitch Is Back』를 썼다. 〈뉴욕 타임스〉〈엘르〉〈오프라 매거진〉 등에 기사, 에세이, 비평을 기고했다. 남편 대니얼 존스와 함께 〈뉴욕 타임스〉 모던 러브 칼럼을 쓰기도 했다. www.cathihanauer.com을 찾아보라.

멀리사 페보스 회고록 『명석한 *Whip Smart*』과 에세이 『나를 버려 *Abandon Me*』를 출간했다. 『나를 버려』는 람다문학상 최종후보에 올랐고, 여러 매체에서 2017년 최고의 책으로 선정됐다. 람다문학상 레즈비언/퀴어 논픽션 부문에 주어지는 잔 코르도바 상의 첫번째 수상자이자, 2017년 로어맨해튼문화위원회가 수여하는 세라 버던 창작상의 수상자다. 맥도웰 콜로니, 브레드 로프 작가 회의, 버지니아 크리에이티브 아트 센터, 버몬트 스튜디오 센터 등에서 창작 기금을 수여받았다. 〈틴 하우스〉〈그랜타〉〈빌리버〉〈뉴욕 타임스〉에 글을 기고했으며 브루클린에 산다.

알렉산더 지 베스트셀러 장편소설 『에든버러 *Edinburgh*』 『밤의 여왕 *The Queen of the Night*』과 에세이 『자전소설 쓰는 법 *How to Write an Autobiographical Novel*』을 썼다. 화이팅작가상을 수상했고 NEA와 MCCA 기금을 수여받았다. 〈뉴욕 타임스〉〈예일 리뷰〉〈T〉〈틴 하우스〉에 글을 기고했다. 다트머스대학교에서 창작을 가르친다.

딜런 랜디스 연작소설집 『평범한 사람들은 이렇게 살지 않아 *Normal People Don't Live Like This*』와 장편소설 『레이니 로

열*Rainey Royal*』을 썼다. 〈뉴욕 타임스 북 리뷰〉〈하퍼스〉에 글을 기고했다. 미국 국립예술기금 소설 부문 기금을 수여받았다.

버니스 L. 맥패든 『자기, 사랑하는 도너번*Sugar, Loving Donovan*』『가장 따뜻했던 12월*The Warmest December*』『물의 모임*Gathering of Waters*』『할런의 책*The Book of Harlan*』등 아홉 편의 장편소설을 발표했다. 그중 『물의 모임』은 '뉴욕 타임스 편집자의 선택' '2012년 주목할 만한 책 100'에 선정됐고, 『할런의 책』은 2017년 미국도서상, NAACP(전미유색인지위향상협회)의 이미지상을 수상했다. 허스턴/라이트 레거시 상 최종후보에 네 번 올랐으며, 미국도서관협회 흑인단체로부터 세 개의 상을 수상했다. 『나비를 위한 찬가*Praise Song for the Butterflies*』가 그녀의 마지막 소설이다.

줄리애나 배곳 본명과 필명으로 스무 편 이상의 장편소설을 펴냈다. 최신작 『퓨어*Pure*』(ALA 알렉스상 수상작)와 『해리엇 울프의 일곱번째 놀라운 책*Harriet Wolf's Seventh Book of Wonders*』은 '뉴욕 타임스 올해의 주목할 만한 책'에 이름을 올렸다. 네 권의 시집을 펴냈고 〈워싱턴 포스트〉〈보스턴 글로브〉〈뉴욕 타임스〉〈NPR〉에 에세이를 기고했다. 플로리다주립대학교에서 시나리오 작법을 가르치며 델라

웨어에 산다.

린 스티거 스트롱 장편소설 『움직이지 마*Hold Still*』를 썼다. 〈로스앤젤레스 리뷰 오브 북스〉 〈엘르〉 등에 에세이를 기고했다. 컬럼비아대학교, 페어필드대학교, 프랫 인스티튜트에서 창작을 가르쳤다.

키에스 레이먼 『무거운: 미국인의 회고록, 미국에서 자기 자신과 다른 이들을 천천히 죽이는 법*Heavy: An American Memoir, How to Slowly Kill Yourself and Others in America*』과 『나눗셈*Long Division*』을 썼다. 미시시피대학교 영문학 및 창작과 교수로 재직했다.

카먼 마리아 마차도 소설집 『그녀의 몸과 타인들의 파티*Her Body and Other Parties*』로 데뷔했다. 이 책으로 전미도서상, 커커스상, 로스앤젤레스 타임스 아트 세덴바움 상, 세계환상문학상, 국제 딜런 토머스 상, 펜/로버트 W. 빙엄 상 최종후보에 올랐으며, 바드소설상, 셜리 잭슨 상, 람다문학상 레즈비언 소설 부문, 브루클린공립도서관 문학상, 전미비평가협회의 존 레너드 상을 수상했다. 2018년 〈뉴욕 타임스〉가 선정한 '새로운 선구자'에 이름을 올렸다. 〈뉴요커〉 〈뉴욕 타임스〉 〈그랜타〉 〈하퍼스 바자〉 〈틴 하우스〉 등에 에세이와 소설, 비평을 기고했다. 펜실베이니아대학교 전속 작가이며, 아내와 함께 필라델피아에 산다.

안드레 애치먼 펴낸 책으로 『아웃 오브 이집트*Out of Egypt*』『알리바이*Alibis*』와 장편소설 『그해 여름 손님*Call Me by Your Name*』『하버드 스퀘어*Harvard Square*』『수수께끼 변주곡*Enigma Variations*』이 있다. 소설 『그해 여름 손님』은 영화로 제작되어 2018년 오스카상 각색상을 수상했다. 뉴욕시립대학교에서 문학이론과 마르셀 프루스트에 대해 가르쳤다.

사리 보통 뉴욕 킹스턴에 산다. 〈롱리즈〉의 에세이 편집자이자 앤솔러지 『모두 안녕: 뉴욕을 사랑하고 떠난 작가들*Goodbye to All That: Writers on Loving and Leaving New York*』과 후속작 『안녕이라 말할 수 없어: 뉴욕에 대한 사랑이 흔들리지 않은 작가들*Never Can Say Goodbye: Writers on Their Unshakable Love for New York*』의 편집자다. 킹스턴 작가 스튜디오의 운영자이기도 하다.

나요미 무나위라 장편소설 『천 개의 거울의 섬*Island of a Thousand Mirrors*』『우리 사이에 놓인 것*What Lies Between Us*』 등을 썼다. 〈허핑턴 포스트〉에 따르면, "무나위라의 산문은 본능적이고 잊히지 않는 인상을 남기며 압도적으로 아름답다. 소설을 통해 진실을 말하는 길을 찾은 루이스 어드리크, 에이미 탄, 앨리스 워커의 찬란한 글쓰기를 연상시킨다". 〈뉴욕 타임스 북 리뷰〉는 그녀의 첫 소설이 "눈부시게 빛난다"라고 호평했다. 그녀는 이 책에 수록된 에세이가 인생 최고로 어려운 작업이었음을 알아주면 좋겠다고 말했다.

브랜던 테일러 아이오와 작가 워크숍을 수료했다. 2020년 데뷔작 『리얼 라이프*Real Life*』를 출간했다.

레슬리 제이미슨 〈뉴욕 타임스〉 베스트셀러 『리커버링 *The Recovering*』과 『공감 연습*The Empathy Exams*』을 썼다. 장편소설 『진 찬장*The Gin Closet*』은 로스앤젤레스 타임스 아트 세덴바움 상 최종후보에 올랐다. 〈하퍼스 바자〉〈애틀랜틱〉〈옥스퍼드 아메리칸〉 등에 글을 기고했다. 가족과 함께 브루클린에 산다.

엄마는 우리의 신체적, 정신적 고향이다. 스스로를 온전히 이해하고 싶을 때 우리는 그 고향으로 회귀한다. 엄마는 생명과 사랑의 기원이기도 하지만 우리 내면 깊은 곳에 숨은 상처의 기원이기도 하다. 미셸 필게이트의 말처럼 우리는 "우리의 첫번째 집"인 엄마에게 안정적이고 지속적인 사랑과 보호를 바란다. 그러나 엄마가 언제나 안전한 집이 되어줬다고 자신 있게 말할 수 있는 이가 과연 얼마나 될까. 「테스모포리아」와 「그 언덕에서 두려움과 만났다」의 작가들은 사랑의 기원인 엄마를 신화 속 인물처럼 아름답게 그리지만, 그럴 수 있는 이는 또 얼마나 될까.

이 에세이집의 작가들은 저마다 가슴속에 묻어뒀던 상

처를 얘기한다. 그것을 세상에 내보인 그들의 용기가 감탄스럽다. 엄마와 이야기하지 않는 것들이란 그들에게는 가장 깊은 내면에 묻고 싶은 가장 사적인 사건과 감정들, 잊고 싶었을지도 모를, 그래서 잊고 지냈을 기억이었을 것이다. 그것을 다시 "부활"시킨다는 건 줄리애나 배곳의 말처럼 "망각과 상실과 더 나아가 피할 수 없는 죽음에 맞선 싸움"이자, 엄마와 자신 간의 벌어진 틈을 인정하고 관계를 회복하고자 하는 노력일 것이다.

우리와 엄마 사이의 틈은 상상 속 이상적인 엄마의 모습과 우리 엄마가 일치하지 않아 생기기도 하지만, 우리가 이상적인 자녀가 되지 못해 생기기도 한다. 「제너두」의 알렉산더 지가 사고로 아버지를 잃은 후 아버지 대신 엄마를 보호하고 싶어서 자신에게 닥친 성폭력을 얘기할 수 없었던 것처럼, 우리는 엄마에게 이상적인 자녀로 남길 바란다. 또한 「엄마에 대한 모든 것」의 브랜던 테일러처럼, 엄마가 부재한 어느 날, 엄마도 이상적인 엄마가 되고 싶었을지도 모른다고 생각해보기도 한다. 엄마도 세상의 걸림돌에 넘어지며 살아왔을 거라고. 우리가 엄마에게 하지 않은 이야기가 많듯, 엄마 또한 우리에게 하지 못한 이야기가 많았으리라고. "나 자신의 감정에만 너무 관심을 쏟은 나머지 그녀의 감정이나 그녀가 인생에서 원한 것을 살펴볼 여유가 없"을지 모른다고. 우리가 엄마를 한 인간으로서 바라볼 수 있는 때는 안타깝게도 그녀가 "고통받거나 곁에서 사라"졌을 때 혹은 우리가 엄마로부터 벗어나 정서적으로 온전히 혼자 설 수 있을 때 찾아온다. 그제야 이야기의 빗장이 풀린다.

작가와 엄마 사이에 벌어진 거리를 가늠하면서, 우리는 엄마와의 관계, 타인과의 관계, 세상과의 관계, 그리고 스스로와의 관계를 돌아보게 된다. 린 스티거 스트롱처럼 엄마에게 사랑한다는 말을 하기 위해 핸드폰을 들었지만 돌아올 말이 두려워 끝내 내려놓은 적이 있었는지. 엄마라는 감옥에 갇혀 사랑하는 사람들에게 상처를 주진 않았는지. 엄마가 맞서다 실패했던 불평등하고 부조리한 세상에 부딪혀 실패하고 몸부림치진 않았는지. 어느새 엄마와 닮아 있는 자신을 돌아보며 부모가 되는 것이 두렵지는 않았는지 말이다.

열다섯 편의 생생하고 가슴 아픈 실화를 읽으며 엄마와, 세상과, 그리고 스스로와 건강하게 소통하는 작가들이 아름다워 보였다. 관계와 소통의 단절을 회복하려고 노력했던 일부 작가들의 경험담 또한 빛났다. 카먼 마리아 마차도처럼 단절된 관계를 솔직히 인정하고 선언하는 일도 스스로의 자아를 지키려는 노력으로 읽혔다. 또한 소통이 불가능할 수밖에 없었던, 말보다는 표정으로 이야기할 수밖에 없었던 청각장애인 엄마를 둔 안드레 애치먼이 엄마의 그 원초적인 언어를 그리워하는 걸 보며 소통의 단절은 언어로 회복되는 것이 아니라 어떤 방식으로든 서로 소통하고자 하는 의지와 사랑이 전해질 때 회복될 수 있음을 깨닫는다.

이 작가들의 극히 개인적인 경험담은 인종과 성정체성의 스펙트럼이 넓은 미국 문화권에 속하지만, 엄마와 나 그리고 소통이라는 화두는 모두에게 와닿을 것이다. 엄마와 세상을 향한 사랑과 가슴에 남겨진 상처, 벌어진 관계를 메우려고 노력했던 이들의 이야기를 통해 독자들도 치유하지 못한 관계를 회복할 수 있는 용기를 얻길 바란다.

이윤실

작품 출처

※ 아래의 수록작은 허가에 따라 재수록했습니다.

"What My Mother and I Don't Talk About" was previously published on *Longreads* on October 9, 2017

"All About My Mother" was previously published on Lit Hub on August 1, 2018

"Are You Listening?)" was previously published in The *New Yorker* on March 17, 2014

옮긴이 **이윤실**
이화여자대학교에서 사회학과 여성학을 공부하고 동 대학 통번역대학원에서
번역학으로 석사학위를 받았다. 옮긴 책으로 『난 사랑이란 걸 믿어』 『안에 있는
모든 것』이 있다.

문학동네 세계문학

엄마와 내가 이야기하지 않는 것들

초판 인쇄 2023년 12월 12일 | 초판 발행 2023년 12월 21일

지은이 미셸 필게이트 외 14인 | 옮긴이 이윤실
책임편집 정혜림 | 편집 송혜리 이희연 황문정 고선향
디자인 김유진 이원경 | 저작권 박지영 형소진 최은진 서연주 오서영
마케팅 정민호 한민아 이민경 안남영 김수현 왕지경 황승현 김혜원 김하연 김예진
브랜딩 함유지 함근아 고보미 박민재 김희숙 박다솔 정승민 배진성
제작 강신은 김동욱 이순호 | 제작처 영신사

펴낸곳 (주)문학동네 | 펴낸이 김소영
출판등록 1993년 10월 22일 제2003-000045호
주소 10881 경기도 파주시 회동길 210
전자우편 editor@munhak.com | 대표전화 031) 955-8888 | 팩스 031) 955-8855
문의전화 031) 955-1927(마케팅) 031) 955-8861(편집)
문학동네카페 http://cafe.naver.com/mhdn
인스타그램 @munhakdongne | 트위터 @munhakdongne
북클럽문학동네 http://bookclubmunhak.com

ISBN 978-89-546-9720-0 03840

www.munhak.com